THE POWER
AND THE GLORY

［英］格雷厄姆·格林 著

傅惟慈 译

权力与荣耀

文汇出版社

图书在版编目（CIP）数据

权力与荣耀 /（英）格雷厄姆·格林著；傅惟慈译.
——上海：文汇出版社，2022.4
ISBN 978-7-5496-3725-6

Ⅰ.①权… Ⅱ.①格… ②傅… Ⅲ.①长篇小说－英
国－现代 Ⅳ.① I561.45

中国版本图书馆 CIP 数据核字（2022）第 029830 号

权力与荣耀

作　　者 ／ ［英］格雷厄姆·格林
译　　者 ／ 傅惟慈

责任编辑 ／ 陈　屹
特邀编辑 ／ 孙宁霞　　张敏倩
封面装帧 ／ 陈绮清

出版发行 ／ **文匯**出版社
　　　　　　上海市威海路 755 号
　　　　　　（邮政编码 200041）
经　　销 ／ 全国新华书店
印刷装订 ／ 河北中科印刷科技发展有限公司
版　　次 ／ 2022 年 4 月第 1 版
印　　次 ／ 2022 年 4 月第 1 次印刷
开　　本 ／ 880mm×1230mm　1/32
字　　数 ／ 208 千字
印　　张 ／ 10.25

ISBN 978-7-5496-3725-6
定　　价 ／ 66.00 元

献给格瓦斯[1]

1　格瓦斯·马修（Gervase Mathew，1905—1976），一位天主教神父。——编者注

围场越来越窄；猎犬和死亡的力量

在时刻逼近。

——德莱顿[1]

1　约翰·德莱顿（John Dryden，1631—1700），英国著名诗人、文学家、文学评论家、翻译家。——译者注（本书中注释如无特别说明，均为译者注）

目 录

CONTENTS

第一部

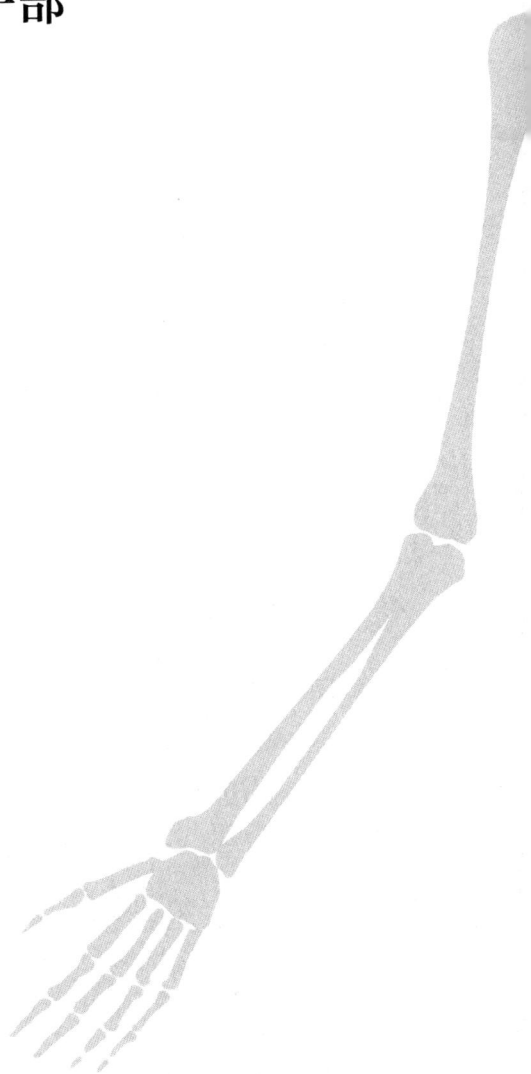

第一章　港口

坦奇先生到外边去想给自己弄一罐乙醚，他走到了墨西哥炎炎的赤日下和白热的尘沙中。几只兀鹰用鄙视的眼神从屋顶上冷漠地看着他：他还没有成为一具腐尸。坦奇先生心中隐隐地感到一阵厌恶，他用几乎开裂的手指甲从路面上抠出一块土块，有气无力地向那些兀鹰抛去。一只兀鹰扑扇着翅膀飞走了。它从小镇上飞过去，飞过一个小广场，一座曾经当过总统和将军的某位历史人物的半身雕像，又飞过两个卖矿泉水的货摊，一直向河口和大海飞去。它在那里是找不到什么东西的，鲨鱼在那一区域也在寻找腐烂的尸体。坦奇先生继续往前走，越过小广场。

一个带枪的人靠墙坐在一小片阴凉里，他向这人道了句"Buenos días"[1]。但这里并不是英国，那人并没有回答他的问候，反而毫不友善地瞪着坦奇先生，仿佛他这辈子从未同这个外国人

1　西班牙文：你好。

打过交道，仿佛他嘴里镶嵌的两颗金牙同坦奇先生毫不相关。坦奇先生汗流浃背地从他身旁走过去，之后他又走过已改成财政局的一座教堂，一直向码头走去。路已经走了一半，他突然忘记自己为什么要到街上来——是要买一杯矿泉水吗？在这个禁酒的国家，人们只能喝矿泉水——要么就是喝啤酒，但是啤酒由政府专卖，一年中除了几个特殊节日，啤酒的售价是极其昂贵的。坦奇先生感到一阵反胃——他不可能为买矿泉水上街。当然了，他是出来寻找罐装乙醚的……航船早已靠岸了。他在午饭后躺在床上休息的时候就听见了从船上传来的欢快的哨音。坦奇先生又走过一家理发店和两家牙科诊所，从仓库和海关之间的出口走到河岸。

　　河的两岸是种植园，河水沉滞地流向大海。奥布雷贡将军号靠在码头上，缆绳紧系，码头工人正在往岸上卸啤酒。摞在码头上的啤酒已经有一百箱了。坦奇先生站在海关办事处的阴凉里，他在想：我到这里来干什么呢？暑热弄得他晕头晕脑，他的记忆差不多完全丧失了。他把一肚子闷气化作一口浓痰，"呸"的一声往空中一啐。这以后他在一只木箱上坐下，等待着。他无事可做，五点钟以前是不会有人来找他的。

　　小火轮奥布雷贡将军号船身大约三十码长，甲板上残存着几英尺破旧的护栏和一只救生艇。一条烂绳索上悬着一个铃铛，船头摆着一盏油灯。如果运气好，不碰上从北方刮过来的强风暴的话，说不定它还经得起大西洋风浪两三年的吹打。但一旦被卷入这样一场风暴，它也就寿终正寝了。好在这也无大关系，因为船上的乘客在购买船票时不管愿意或不愿意都上了保险。夹杂在一群爪子被绳索系住的火鸡中间的是六七名旅客，他们现在正倚着护栏向港口眺望，遥望岸上的一座仓库和一条空旷的街道。街上一家理发店和两家牙科诊所正受着烈日炙烤。

坦奇先生听见背后不远的地方装着左轮手枪的皮袋咯吱地响了一下，便回过头来。一名海关官员正恼怒地看着他，这个人说了一句什么，坦奇先生没有听清楚。"对不起，你说什么？"他问。

"我的牙。"海关官员含混不清地说。

"啊，"坦奇先生说，"是的，你的牙。"这个人嘴里一颗牙齿也没有，全叫坦奇先生拔光了，所以他说话时发音不清。坦奇先生又一阵反胃——他的身体不知道什么地方出了毛病——是虫子还是痢疾？"你的假牙就快做好了。今天晚上。"他信口胡乱许愿说。今天晚上肯定是做不好的，但人们只能这样活着，不管什么事能往后推就往后推。海关官员满意了，说不定到时候他忘记来了。再说，即使他没忘记来，又能怎样？治牙的钱他已经预先付了。对于坦奇先生来说，这就是他全部的世界：炎热，遗忘，事情一天天往后推，如果可能先付现款——为什么要收人家钱想起来后再说。他凝视着迟缓流淌的河水。河口处，一条鲨鱼在水下游弋，背鳍冒出水面，像是潜水艇上的潜望镜。多少年来，已经有好几艘船在这一带搁浅，船身成了河流的护河堤，沉船的烟囱斜出水面，倒好像大炮的炮筒正向香蕉林和沼泽地另一方向的某一遥远目标瞄准。

坦奇先生想：一罐乙醚，我真差点儿忘了。他的下嘴唇耷拉下来，心情愁闷，开始数那些堆放在码头上的蒙特祖玛牌啤酒究竟有多少瓶。一共140箱，每箱12瓶。所以要再乘以12——他的嘴里又积了一口痰——12乘4是48。他用英语自言自语地说："我的上帝，这可真是漂亮。"1200，1680瓶。他把嘴里的痰吐出去，望着站在奥布雷贡将军号船头的一个少女。这个女子纤细优美的身材隐隐使他产生了兴趣。这里的女人一般说来都非常肥胖，眼睛是棕色的，另外还毫无例外地人人镶着一颗金牙。像这样一个清新稚嫩的女孩可真是……1680瓶，每瓶一比索。

一个人用英语低声问："你说什么？"

坦奇先生一下子转过身来。"你是英国人？"他吃惊地问，可是当他看到面前这张枯瘦的圆脸和脸上三天没有刮过的蓬乱胡须时，他又把问话改为："你会说英语？"

是的，那个人回答，他会说一点英语。他身体僵直地站在阴凉的地方。这是一个身材瘦小的人，穿着一件寒酸的黑色西服，拿着一个小公文包。他胳臂底下夹着一本小说，书中一页色彩粗俗的爱情场面插图正好露出一角来。这个人说："对不起，我还以为你是在对我说话呢。"这人生着一对金鱼眼睛，给人的印象是他正处于一种不很稳定的欢快情绪中，好像刚刚独自庆贺了自己的生日。

坦奇先生清了清喉咙里的痰，问道："我说什么了？"他一点也想不起来刚才说了什么。

"你说我的上帝，这可真是漂亮。"

"我说这句话是什么意思？"他抬头望了望毫无怜悯之情的天空。

一只兀鹰几乎一动不动地悬挂在上面；它是个观察者。"什么？噢，我想也许我是说那个女孩。这里不容易看见这样漂亮的女人。一年到头只见过一两个。"

"那孩子年纪太小了。"

"噢，我没什么意思，"坦奇先生厌倦地说，"只是看看而已。我单身一人在这里住了十五年了。"

"在这一个地方？"

"在这一带。"

两个人都没再说什么。时间一点一点地过去，海关房子的阴影又向河岸那边移动了几寸。兀鹰也稍微移动了一下位置，像是一座老钟的黑色指针。

"你是乘这艘船来的？"坦奇先生问。

"不是。"

"想坐它走？"

这个小个子最初想回避这个问题，可是后来觉得总得作个解释，就回答说："我只是来看看。我想这艘船快开了吧？"

"是开往韦拉克鲁斯[1]的，"坦奇先生说，"过几个钟头就开。"

"沿途不再靠岸了？"

"靠哪个岸？"坦奇先生反问，"你是怎么到这个地方来的？"

陌生人含含混混地说："我乘一条独木舟。"

"你有个庄园，是吗？"

"没有。"

---

1 墨西哥临墨西哥湾的一个港口。

"能够同人用英语交谈真不错，"坦奇先生说，"你是在美国学的英文吧？"

那个人只简单地说了声"是"，他的话实在不多。

坦奇先生说："嘻，要是能让我现在到美国去，叫我拿出什么来我都干。"他说话的声音虽然不高，但语意却很迫切，"喂，我问你：你的皮包里会不会碰巧装着点什么喝的？你们那里有些人——我过去也认识几个——总带着点什么酒当药喝。"

"我只有药。"那个人说。

"你是个医生？"

那个人的目光从充满血丝的眼角里狡黠地瞟了坦奇先生一眼。"你也许该叫我——走江湖的医生吧。"

"到处卖特效药？济世救人，也给自己谋一条生路。"坦奇先生说。

"你是准备乘这艘船吗？"

"我不是。我到码头上来是想……啊，算了，这件事告不告诉你没什么关系。"坦奇先生用手捂着肚子，说，"你有什么药没有？有没有治——真是见鬼，我也不知道我到底有什么毛病。都是这个鬼地方害的。你是治不了我的病的。谁也治不了。"

"你想回家去？"

"家？"坦奇先生说，"我的家就在这儿。你在墨西哥城没有看见比索的汇率吗？四比索兑换一美元。噢，主啊，Ora pro nobis[1]。"

---

1 拉丁文，意为：为我们祈祷吧。

"你是天主教徒？"

"不是，我不是。我只是随口说出这样一句话。我不相信这种事。这里的天气实在太热了。"

"我想我必须找个地方歇一会儿。"

"到我那儿去吧，"坦奇先生说，"我那儿还有一张额外的吊床。船还要过几个小时才开——如果你想看看它是怎么起航的。"

陌生人说："我本来想见一个人。这人叫洛佩兹。"

"噢，这人几个星期前就叫他们枪毙了。"坦奇先生说。

"死了？"

"你知道这里的情况。是你的朋友？"

"不是，不是，"那人连忙否认，"只不过是一个朋友的朋友。"

"这里的情况就是这样。"坦奇先生说。他又咳了一口痰，啐到耀眼的阳光里，"他们说这个人帮助过……啊，一些不法分子……帮他们逃出去。他的姑娘现在跟警察局长同居了。"

"他的姑娘？你是说他的女儿？"

"他没有结过婚。我是说跟他一起生活过的女朋友。"坦奇先生看到陌生人脸色突变，不禁吃了一惊。他又接着说："我想你该明白这儿的情况。"坦奇先生又向奥布雷贡将军号望过去，"她是个漂亮姑娘。当然了，再过两年她也就和别的女人没什么不同了，变成一个一身肥肉的蠢婆娘。噢，主啊。我真想喝口酒。Ora pro nobis。"

"我带了一点白兰地。"陌生人说。

坦奇先生目不转睛地盯着他："在哪儿？"

那个干瘦的人的手向裤子后袋那边伸去——他想指给坦奇先生看的可能也就是导致他这种莫名其妙的神经质的根源。坦奇先生连忙攥住他的手腕。"小心点儿，"他说，"别在这儿往外拿。"他望了一眼铺在脚下的一片阴影：一个哨兵正坐在一只空木箱上打盹，身旁放着一支来复枪。"到我住的地方去吧。"坦奇先生说。

"我到这儿来，"那个瘦小的人不太情愿地说，"是想看看轮船起航。"

"轮船起航还有好几个钟头呢。"坦奇先生再一次劝他放心。

"好几个钟头？你拿得准吗？在太阳底下坐着可太热了。"

"你还是跟我回家吧。"

"家"这个词只是用来指四面有墙环绕着的一个人可以在里面睡觉的地方。坦奇先生从来没有过真正意义上的家。他俩走过那个阳光炙烤着的小广场。已经谢世的将军的铜像在湿气里生满绿锈；棕榈树下面摆着几个卖汽水的摊子。家像是一张风景明信片，同另外一些明信片摞在一起。只要把这摞明信片一翻，就把它翻到了英国诺丁汉市，一个在郊区的出生地，一段发生在绍森德的插曲[1]。坦奇先生的父亲也是一名牙科医生。坦奇最早的记忆就是从一个废纸篓里找到了一副制作假牙的模子，一个简陋的没有牙齿的口腔黏土模型。这东西像是在多塞特郡[2]发掘出来的尼安德特人或是其他古猿人的骨化石。这副假牙模子成了他心爱的玩

---

1 英国临泰晤士河口的海滨胜地。
2 英格兰西南部的一个郡，境内多史前时期遗迹。

具。大人想用建筑积木转移他的兴趣。可是不成，命运已经注定了。在一个人的孩提时代，总有那么一个短暂时刻：大门敞开，前途随之踏进了门槛。湿热的港口城镇和兀鹰本来都是扔在废纸篓里的东西，可是他却偏偏把它们都捡了出来。真应该感谢上苍，我们在孩提时代看不到那些恐怖的和堕落的场景；它们那时候就在我们四周，在橱柜里，在书架上……它们是无处不在的。

这里没有铺路。下雨的时候，这个村落（实际上这个地方称不上村落）就成为一片泥塘。现在由于干旱，地面又像石头一样坚硬。这两个人一言不发地走过了理发店和牙科诊所。房顶上的兀鹰这时看起来都已吃饱喝足，像家禽一样安顺。它们正在灰蒙蒙的宽大翅膀底下捉拿寄生虫。坦奇先生说了一句"到了"，就在一幢小木头屋子前站住。这幢房子是单层的，在这条狭窄的小街里，比其他房屋略大一点。房子的阳台上悬着一张吊床。这条窄街再过去二百米便是一块沼泽。坦奇先生有些不安地说："你想不想看看我的诊所？我不是吹牛，在这个地方我是最好的牙科医生。拿牙科诊所来说，我开的这家很不错。"坦奇先生因为骄傲话音有些颤抖，好像是一株植根不深的植物在簌簌摇动。

他把客人带进屋子，随手把门锁上。他们穿过一间餐厅，餐厅里有两把摇椅摆在一张没有铺桌布的餐桌两旁，另外还有一盏油灯、几份美国出版的旧报纸和一个橱柜。他说："等我把酒杯拿出来。但是我想先叫你看看——因为你是个受过教育的人……"这位牙医的手术室窗外是个小院，几只火鸡在院子里走来走去，摇晃着它们并不怎么华丽的羽翼。一台用脚踏动的牙钻机、一把蒙着刺目的红绒面的手术椅、一个玻璃橱，胡乱摆在橱柜里的手术器械蒙着灰尘。一只瓷缸里放着一把镊子，一盏灯罩玻璃已经破裂的酒精灯被挤到角落里。橱柜里几乎每一层都放着纱布卷。

"很好。"陌生人评论说。

"还不错，是不是？"坦奇先生说，"在这样一个小镇，你想象不出这里的种种难处。"他恼怒地说下去，"这台牙钻是日本产的。我刚买了一个月，就已经磨损了。可是我又买不起美国货。"

陌生人说："你这扇窗户挺漂亮。"

窗户上安着一块带图案的彩色玻璃：圣母正从纱窗后面看着院子里的火鸡。坦奇先生说："这块玻璃是我在他们打劫教堂财物的时候弄来的。牙科诊所要是不安上一块花玻璃似乎不怎么对劲，不够文明。在我的家乡——我说的是英国——他们总是挂着'笑容骑士'[1]。我不知道为什么。要么就是一朵都铎王朝玫瑰。但在这个地方，你是没有选择余地的。"

他又打开一扇门说："这是我的工作室。"这间屋子首先映入人们眼帘的是一张挂着蚊帐的床。坦奇先生说："我的房间不够用。"一张木工台子上一头放着水罐、脸盆和肥皂盒，另一头摆着一支吹火筒、一盘沙子、火钳和一个小火炉。"我只能在沙盘里浇注牙模，"坦奇先生说，"在这个地方有什么办法呢？"他拿起一个下牙床模子说，"不是回回都做得严丝合缝。当然了，来镶牙的总是抱怨。"他又把那个模子放下，朝着木工台子

---

1 《笑容骑士》是17世纪荷兰画家弗兰茨·哈尔斯的名画。

上另外一件东西点了点头。那是一根看上去像肠子似的管子，安着两个小橡皮球。"模子一浇出来就有裂纹，"他说，"我第一次试验用这个新方法——金斯利浇灌法。我不知道能不能成功。反正一个人得跟上时代。"他的下嘴唇又耷拉下来，脸上出现一副迷惘的表情。屋子里炎热难当。他站在那里，一副茫然失措的样子，像是站在一个岩穴里，周围尽是些化石和他一无所知的某一历史时期的器皿。陌生人说："咱们坐一会儿好不好？"

坦奇先生好像没有听懂他在说什么似的看着他。

"咱们可以把白兰地打开。"

"啊，是的。白兰地。"

坦奇先生从木工台子下面的一个小柜子里取出两只玻璃杯，揩掉上面的细沙。他们回到前面的餐厅，在摇椅上坐下来。坦奇先生把酒斟到杯子里。

"兑一点水吗？"陌生人问。

"这里的水可不能轻易喝，"坦奇先生说，"我这个部位可深受其害。"他把手放在肚子上，深吸了一口气，"你的气色也不太好。"他的目光在陌生人脸上多停留了一会儿，"你的牙也不好。"一颗犬齿已经掉了，两颗门牙不仅长满黄色牙垢，而且有些糟朽。他说："你可得好好注意自己的牙齿。"

"注意有什么用？"陌生人说。他小心翼翼地捧着杯里的一小口白兰地，倒好像他在庇护着一只自己并不太信任的小动物似的。这个陌生人憔悴潦倒，样子像一个地位卑微的小人物，受尽各种疾病或者焦虑折磨。他坐在摇椅上，屁股只沾着一点边，一只小小的公文包平放在膝头上。他不急于把杯里的白兰地喝掉，看来既喜爱饮酒又感到内疚。

"快喝掉吧。"坦奇先生劝他（反正这不是坦奇先生自己的），"喝点酒对你身体有好处。"这人身穿一件黑色衣服，瘦削的肩膀，叫他联想到一口黑棺木，心里觉得很不舒服。再看看他那一口糟朽的牙齿，死亡好像已经进到里面去了。坦奇先生又给自己斟了一杯酒。他说："待在这地方真叫人感到寂寞。能跟人讲讲英语，哪怕是个陌生人，也叫我心里舒服。我不知道你愿意不愿意看一张我孩子的照片。"说着，他从一本笔记本里拿出一张发黄的相片，递了过去。相片上，两个小孩正在一个后花园里抢一只喷壶的把手。"当然了，"他说，"这张相片还是十六年前照的呢。"

"现在他们都长大成人了。"

"一个已经死了。"

"那也是死在一个相信基督教的国家里。"那个人用抚慰的语气说。他喝了一口酒，对着坦奇先生傻呵呵地笑了笑。

"我想是的。"坦奇先生有些吃惊地说。他把嗓子里的痰吐掉，接着说："当然了，对我来说，这倒也没多大关系。"他沉默下来，思想远远地飘到别的地方去了。他的下唇又耷拉下来，脸色变得灰灰的，一片茫然，直到肚子一阵疼痛他才又回到现实中来。他又喝了一口白兰地，开口说："让我想想。刚才咱们说什么啦？啊，说我的两个孩子……是的，我的孩子。真有意思，有的事情就是忘不了。你知道，关于那把喷壶我记得比我的孩子还清楚。我是花了三英镑十一便士三法寻买的，一只绿色的喷壶。我甚至还能带你找到那家卖喷壶的商店。可是关于我的两个孩子，"他的目光停在酒杯上面沉思起往事来，"除了他们总是哭哭闹闹以外，我能记得的事实在不多了。"

"你还有他们的消息吗？"

"唉，在我到这里以前就不再给家里写信了。写信有什么用？我又寄不回钱去。我的老婆要是已经改嫁，我是一点也不会吃惊的。这倒合了她母亲的心愿——那个老巫婆。她从一开始就不喜欢我。"

陌生人用低沉的声音说："太可怕了。"

坦奇先生又一次有些惊奇地看了他的伙伴一眼。这人坐在他对面好像一个黑色的问号；他在椅子上一直没有坐稳，仿佛随时准备要站起来告辞。当然了，他也可能继续留在这里。他的灰白胡茬儿已经有三天没刮，样子很不体面。他非常软弱，你可以命令他做任何事。他说："我是说这个世界太可怕了。竟发生了这些事。"

"把你的酒喝完吧。"

那人又抿了一口，喝酒对他而言好像是在放纵自己。他说："你还记得这里从前的样子吗？在红衫党[1]到这里来以前？"

"我想我还记得。"

"那时候这里多幸福。"

"那时候幸福吗？我没有注意。"

"至少当时他们是有天主的。"

"牙齿的情况什么时候都一样。"坦奇先生说。他又从陌生

---

1 红衫党是一个准军事组织，该组织反对与攻击那些他们认为有害于进步的东西，尤其是酒精和天主教徒。它的名字来源于其红色衬衫、黑色裤子和黑红色军帽的制服。

人的酒瓶里给自己斟了一杯。"这里一直是个叫人讨厌的地方。闷得叫人喘不过气来。老天啊,老家的人也许会认为这里充满浪漫气氛。我当时想:我在这里待五年,以后就再换个地方。到处都找得到活儿干,什么人都镶金牙。可是后来比索贬值了。现在我别想挪窝了。有一天我还是要走的。"他说,"我该退休了。回家乡去。像个绅士那样活下去。这些——"他指了指这间什么摆设也没有的简陋的居室,"这些我都不会再记得了。嗐,不会再等多久了。我是个乐观主义者。"坦奇先生说。

陌生人突然问道:"它到韦拉克鲁斯需要多长时间?"

"谁到韦拉克鲁斯?"

"那艘小火轮?"

坦奇先生郁闷不乐地说:"四十个小时就到那地方了。驿站马车旅馆。挺不错的旅馆。还有不少跳舞的地方。那个城市很热闹。"

"听你这么一说,那地方好像并不远,"陌生人说,"得买张票,买票要多少钱?"

"那你得问洛佩兹,"坦奇先生说,"他是轮船公司的代理人。"

"可是洛佩兹……"

"啊,对了,我忘记了。他们把他枪毙了。"

有人在外面敲门。陌生人把膝上的皮包悄悄放到椅子下面。坦奇先生极其小心地走到窗户前头。"还是得小心着点,"他说,"任何一个有点名气的牙医都免不了有仇敌。"

一个微弱的声音在外面乞求:"一个朋友。"坦奇先生把门打开，户外的阳光立刻像一根炽热的火棒探射进来。

一个小孩站在门口，他到这里来是要请医生。小孩戴着一顶大帽子，长着一双傻乎乎的棕色眼睛。在他身后，两匹骡子正在火辣辣的坚硬土地上顿着蹄子，喷着响鼻。坦奇先生说他不是医生，他是看牙的。转过身来，他看见他那位陌生的来客正蜷缩在摇椅上盯着这边看，样子像是在祈祷。小孩说镇上新来了一个医生。那位老医生正发高烧，出不了门。他母亲生病了。

坦奇先生隐隐约约想起一件事。他像突然发现了什么似的喊道："你不就是个医生吗？"

"不是，我不是。我还要赶船。"

"我记得你说过……"

"我改变主意了。"

"啊，没关系。船反正要过好几个小时才开呢，"坦奇先生说，"这里的船起航从不准时。"他问那个孩子家离这里多远。小孩说有二十几里远。

"太远了，"坦奇先生说，"你走吧。去找别的什么人吧。"他转过头来对陌生的客人说，"消息传得真够快的，谁都知道你到镇上来了。"

"我去大概也没什么用。"陌生人焦急地说。他的语气很谦卑，似乎在征求坦奇先生的意见。

"你走吧。"坦奇先生对那孩子说。可是小孩却站在那里不动。他站在炙热的阳光下，带着无限的耐心朝屋子里头望着。他说他母亲快死了。他的棕色眼睛里并未流露出多少感情：他面对的是无法更改的现实。你出生了。你的父母离开人世。后来你也老了，你也同样要死掉。

"要是你母亲快死了，"坦奇先生说，"请大夫去看也没什么用了。"

但是陌生人却站起身来，好像不很情愿地被召唤去参加一次他无法逃避的庆典。他悲哀地说："好像总是要发生一点儿事。像这次一样。"

"你想要赶上这班船可就困难了。"

"我赶不上了，"他说，"这是已经注定的事了。"他感到有一些恼怒，很不舒服。"把我的白兰地给我。"他喝了一大口，眼睛盯着那个神色漠然的孩子，盯着炎热的街道。兀鹰在空中翱翔，像是几点丑恶的黑斑。

"可是要是那个女的都快死了……"坦奇先生说。

"我知道这些人的。她不会死的，就像我一时也死不了一样。"

"你去也没什么用。"

孩子只是望着这两个人，好像医生愿意不愿意去他一点也不在乎。这两个人用一种他听不懂的外国话争论，对他来说非常抽象，他一点也不关心。他只是站在那里等着医生跟他回家去。

"你什么也不知道，"陌生人气冲冲地说，"不管什么人都这么对我说——'你没什么用了'。"他喝下去的白兰地这时候已影响了他的神经；他的语调越来越气愤。"我可以听到全世界的人都这么说。"

"反正还有下一班轮船呢，"坦奇先生让步说，"两个星期以后，也许三个星期。如果运气好，你能够离开这地方。你在这里没有资产。"他想到自己的财产：日本制造的牙钻、手术椅、酒精灯、钳子和熔化金块的小炉子。这些东西在这个国家是一笔赌注。

"Vamos."[1]那人对孩子说。他又转过身来对坦奇先生说，他感谢坦奇先生让他到屋子里休息，不受太阳晒。他那种为维持体面的做作对坦奇先生来说并不陌生；到他这里来治牙的人害怕疼痛却都装出满不在乎的样子往手术椅上一坐，他们同样是为了不失体面。也许这位陌生人并不喜欢骑骡子走长路。陌生人用这里的老式套话向坦奇先生告别："我会为你祈祷的。"

"你能到我这儿来，我很高兴。"坦奇先生回答说。那人骑上骡子，孩子在前面带路。在炎炎的烈日下，他们向那块沼泽地走去，离开海滨向内地走去。这个人今天早上正是从那里来的；他到这里来想看看奥布雷贡将军号小火轮。现在他又走回去了。因为喝了白兰地，他骑在鞍子上身体有些摇晃。他已经走到这条街的尽头，远远望去，像是一个潦倒失意的卑微的小人物。

坦奇先生走回自己的屋子，随手把门上了锁（总得小心着点）。他一边走一边想：能同一个陌生人谈谈话倒也不错。走进屋子，面对他的是冷清寂寞，一片空虚。但是他对这种寂寞的空虚已经习惯了，就好像习惯于看到镜中自己的面孔一样。他坐在摇椅上来回晃动着，在沉滞的空气里制造一点点气流。陌生人刚才在这里喝酒的时候不小心洒在地板上一些白兰地，这时蚂蚁已排成窄窄的纵队向那里爬去。它们在那块残存着酒渍的地方爬来爬去，之后又

1　西班牙文，意为：咱们走吧。

以整齐的行列向对面墙壁移去并消失不见。奥布雷贡将军号火轮在远处河口鸣了两声笛，坦奇先生弄不清为什么它要鸣汽笛。

陌生人把他的书落下了。书就扔在椅子底下：一个身着爱德华时代服装的女人蹲伏在地毯上，泪流满面，抱着一个男人擦得锃亮的尖头棕色皮鞋。男人蓄着捻蜡的小胡子，面带鄙夷地挺立在女人身边。这本书的名字是《永恒的女殉道徒》。过了一会儿坦奇先生把书捡起来。他打开一看，不禁大吃一惊——书里面的文字与封面上的完全不一致，里面是拉丁文。他思索了一会儿，后来他就把书合起来，拿到工作室去。你不能把书烧毁，可是如果你拿不准书里写的是什么，不妨把它藏起来。于是坦奇先生就把这本书放在他那只熔化金属的小火炉的炉膛里。这之后他在木工台子旁边呆立了一会儿，下嘴唇又耷拉下来。他突然记起来为什么自己要去码头了：奥布雷贡将军号要从河道上给他带来一罐乙醚。这时，他又听见码头上传来火轮的鸣笛声，他连帽子也没顾得上戴，就跑到外边太阳地里。他本来对那位陌生来客说，轮船绝不会准时在午前就开走，可是你千万不能认为那些人就一次也不按时间表起航。果不其然，当坦奇先生从海关和仓库中间的通道走到河岸的时候，这艘小火轮已经在水流迂缓的河道里开出十几英尺，朝着大海驶去了。坦奇先生在岸边大喊大叫，却一点用也没有。码头上并没有留下装乙醚的罐子。他又大声呼喊了一阵，就不再为这件事操心了。归根结底，这并不是一件多么严重的事；既然他早已听任自己沉沦下去，如今再新增的这一点小小的痛苦，也就不值得注意了。

在奥布雷贡将军号轮船上现在可以感受到阵阵微风了。河两岸是连绵不断的香蕉种植园，一块岸边岬角上立着几根接收无线电电波的天线，港口逐渐被抛在后边。回头望去，你几乎很难相信它曾经存在过。辽阔的大西洋在面前展开，巨大的滚筒状的灰色海浪把船头掀起来，于是在甲板上跂行的火鸡便都向船尾一边滑去。船长站在舱面上一间很小的舱室里，头发上别着一根牙签。陆地仿佛轻轻滚动着向后退去。夜色蓦然降临，天空上低悬起灿烂群星。船首也点起了一盏油灯。坦奇先生在岸边看到的那个女孩子开始轻声唱起歌来，这是一首感伤、忧郁而又自我陶醉的歌。歌里唱的是一朵染上真正爱情鲜血的玫瑰花。当低矮的热带海岸线像是深藏在墓穴中的木乃伊般埋葬在深邃的黑暗里时，海湾的夜空就给人一种无限广袤的自由。我是多么幸福啊，那个唱歌的女孩子对自己说。她并没有想为什么，她只是觉得很幸福。

在遥远内陆的暗夜里，骡子艰辛地跋涉着。白兰地的酒力早已消失，奥布雷贡将军号的汽笛声尖锐地刺进那个被请去看病的人的脑子里。他这时正走在一片沼泽地里；雨季来临的时候，这个地区是根本无法通行的。他知道轮船鸣笛意味着什么：船已经准时起航，而他自己却被抛弃在岸上了。他对走在自己前面的那个小孩和那个生病的女人不禁怨恨起来——他觉得自己实在不配理应担当的使命。他身前身后到处弥漫着潮湿的气味，倒好像自从地球在宇宙中旋转定位，这个地方就从来没有被炽热的火焰烘干似的。它只是不断把这一可怕地界的云雾吸收过来。随着骡子在泥泞里颠簸，他的身子也上下跳动。他开始用带着白兰地酒味的舌头祷告："让他们快点儿把我抓住吧……把我抓住吧。"他曾经试图逃跑，但他就像一个非洲部落的国王似的，即使大风已经停息，他仍须守望，不能倒下。

第二章　省城

　　警察小分队正走回自己的驻地。他们懒懒散散地挎着步枪，队形凌乱，服装不整，扣子脱落的地方留着线头，一条松弛的绑腿已经滑到踝骨上。他们个个身材矮小，长着印第安人的黑瞳孔眼睛。位于山顶上的小广场由几组三只拴在一起的灯泡照耀着，耷拉在头顶上的一根电线把它们连在一起。矗立在广场四周的是财政局、州长官邸、一家牙科诊所和监狱——监狱设在一幢三百多年前建造的带柱廊的白色建筑物里。一条陡直的街道经过几乎沦为废墟的教堂的黑色高墙，通到山下。这个地方的大街小巷任你走来走去，最终总是走到水边和河畔。许多建筑物临街的一面都是古典式的，但是建筑物粉红色的墙皮大多已经脱落，露出里面的墙泥，而墙泥又正慢慢地化作尘土。黄昏时分人们都聚集到广场四周，女人在广场这一边，男人在另一边，穿着红衬衫的年轻小伙子则吵吵嚷嚷地在几个卖汽水的摊子前后走动。

　　中尉警官带着满脸嫌恶的表情走在这一队警察前面。过去某个时期他没准儿也同这些人一起被锁链拴过；他下巴上的一块伤疤说不定就是当时他逃跑时留下的痕迹。他腿上的皮裹腿和腰上挎着的枪套都擦得锃亮，警服上的纽扣也一粒不缺。他生着一张舞蹈演员的瘦削的脸，尖尖的鹰勾鼻在脸上翘着。在这座古旧破烂的城市里，这位警官一丝不苟的装束让人觉得他一定是个野心勃勃的人物。从广场上和河流里飘来一阵阵酸腐气味；兀鹰一动不动地栖息在屋顶上，好像镶嵌在上面似的。它们个个张起粗黑的翅膀搭成小帐篷，偶尔也有一只小蠢鹰伸出头来往帐篷外面张望一下，或者有一只鹰爪移动一下。九点半，广场上的灯光一下子全都熄灭了。

守门的警察笨拙地举枪敬礼。之后，这一队巡逻归来的人就走进营房，不等解散命令，他们就都把枪支挂在警官室外边的墙上。有人溜到院子里，有人爬上吊床或者上厕所，还有些人把脚上的靴子甩下来往床上一躺。营房里墙上的灰皮不断脱落；上一代警察已经在涂了白灰的墙上刻画下不少字画。有几个农民正坐在板凳上等着，两手夹在膝盖中间。没有谁注意这些人。厕所里有两个人争吵起来。

"局长到哪儿去了？"中尉问。没有人知道局长去了哪儿，他们猜想他多半去城里哪个地方打台球了。中尉气冲冲地一屁股坐在局长的位子上。他脑后的白墙上有人用铅笔画了两颗交叠在一起的心形。"好吧，"他说，"你们还在等什么？快把犯人带上来。"于是犯人们一个个低着头，手里拿着帽子，排成一行走了进来。"这个叫什么什么的人酗酒闹事。""罚款五比索。""我交不起，老爷。""那就叫他打扫厕所和囚房吧！""这个叫什么什么的人破坏了竞选标语。""罚款五比索。""这个某某被发现衬衫里面戴着一枚圣牌。""罚款五比索。"案件审理完了，没有什么大事。屋门没有关，蚊子不停地嗡嗡飞进来。

外面哨警又在举枪致敬，警察局长步履轻快地走进来。这人身体粗壮，生着一张胖嘟嘟的红脸，身穿白法兰绒衣服，戴着顶大宽檐帽子。走路的时候，围在腰上的子弹带和一把大号手枪不住地拍打着大腿。他正害牙疼，用一块手帕捂着脸。"牙又疼了。"他说。

"没有什么值得向上边报告的。"中尉鄙夷不屑地说。

"总督今天又冲我发火了。"警察局长诉苦道。

"有人贩酒？"

"不是，是因为还有一个神父。"

"最后一个神父几星期以前已经被枪毙了。"

"他认为没有。"

"真是见鬼啦，"中尉说，"我们又没有照片。"他的目光在墙上扫过去，停在詹姆斯·卡威尔的照片上。这人是美国正在悬赏缉拿的抢劫银行的杀人犯。一张粗野剽悍的大脸从两个不同的角度各照了一张。这张照片张贴在中美洲的每个警局：脑门长得很窄，狂热的目光似乎固执地只看着一件东西。中尉看着这人的照片，感到不无遗憾：他不会有什么机会逃出美国南边的国境的，在边境上某个城镇——胡亚雷斯、比耶德拉·聂格格斯，要么就是诺加雷斯，在这样一个小城的某处，这个人很可能早已被人抓住了。

"总督说有照片。"局长一边说一边抱怨他的牙齿，"哎哟，我的牙呀！"他想从裤子后袋里拿出什么来，可是他的子弹带总是碍手碍脚。中尉不耐烦地跺动着打蜡的皮靴，敲击着地板。"找着了。"局长说。照片上，一大群人围坐在一张桌子四周：年轻的女孩身穿白纱衣服，年纪大一些的妇女头发没有太梳理，面容憔悴。几个男人站在背景里，热切却有些羞涩地向里看。这些人的脸都是由一个个小黑点组成的，因为这是多年前报纸上刊登的一张初领圣体的聚会。在这群聚会的妇女中间坐着一个戴着罗马式硬领的年轻人。可以想象，这个人正在享用各种美味的小食品，这都是为了这样一种既亲密又心怀崇敬的热烈气氛而预先准备好的。年轻人坐在一团人中，胖乎乎的身子，眼睛努着，轻松愉快地说着一个又一个给妇女们听的无伤大雅的笑话。"这张照片是很久以前拍的。"

"看起来他同普通人没有什么区别。"中尉说。虽然模糊不清，但是在这张斑斑黑点的照片上还是看得出这个年轻人的下巴刮得干干净净，扑着白粉（从年龄讲，他的下巴不应该这么早就突出来）。生活中的一些好事他都过早地得到了——同代人对他尊敬、生活安定而有保障。一些宗教上的套话他讲得非常流利，另外还能说几句笑话，让人觉得他平易近人。别人对他的称誉他听到后并不感觉不安……他是个幸福快乐的人。中尉感到肠子里阵搅动，这是一种生物对生物的自然的忌恨。"我们已经把他枪毙过十几次了。"他说。

"总督接到一个报告说这个人上星期想逃到韦拉克鲁斯去。"

"他到我们这儿来了？那些红衫党员都干什么去啦？"

"那还用说，他们让他漏网了。他没乘上轮船只不过是偶然事件。"

"他到哪儿去了？"

"他们找到他的骡子了。总督说，这个月内一定要把这个人交到他手里。在雨季到来之前。"

"他过去的教区在哪里？"

"康塞浦西昂和附近一些村子。但是他在几年前就离开那个地方了。"

"还知道这个人的另外什么情况吗？"

"他有可能假扮成一个美国佬。他在某所美国神学院待了六年。别的事我就不知道了。这个人生在卡门——父亲是个小商店店主。这些事对我们把他缉捕归案都没什么帮助。"

"在我眼里，这些人的长相都一样。"中尉说。看着这些白纱衣裙，他的心几乎被一种可以称为恐惧的感觉触动了一下。他记起了童年时代教堂里燃香的气息，记起了蜡烛、花边和必须摆出来的端庄稳重。他也想起那些不了解献祭含义的人在圣坛台阶上对教民提出的苛刻要求。一些年老的农民跪在圣像前面，平伸两臂，摆出在十字架上受难的姿势。他们在劳累了一整天以后还必须继续忍受肉体的折磨。神父拿着募捐袋到处走动，从他们手里拿走一分一分的硬币，谴责他们为了舒适而犯了一些琐屑的罪恶，而他们自己除需要节制一些情欲外却不必作出任何牺牲作为回报。节制情欲有什么困难？中尉想，这算得了什么？他自己对女人就没有需求。他说："我们会抓住他的。只不过是时间问题而已。"

"我的牙啊。"警察局长又喊起痛来。他说："我算整个被牙齿给毁了。今天我最长一杆才打了二十五分。"

"你得换一个牙医。"

"他们都是一路货色。"

中尉拿起那张照片，把它钉在墙上。詹姆斯·卡威尔，银行抢劫犯和杀人犯，现在开始侧着脸凶狠地盯着那参加初领圣体礼的一群人。"不管怎么说，这是一条汉子。"中尉赞许道。

"谁？"

"这个美国佬。"

局长说："你听说他在休斯敦干的事了吗？抢走了一万美元。两个特工人员叫他打死了。"

"特工人员？"

"从某种意义上讲，能同这些人较量还是一种荣誉。"他伸出两手，用尽力气去拍打一只蚊子。

"像他这样的人，"中尉说，"对人们没有什么真正祸害。不过是死几个人。我们早晚哪个不死。抢点儿钱——钱反正得有人花。可要是我抓住一个神父对社会的益处就更大了。"中尉穿着锃亮的靴子站在局长这间粉刷得雪白的小屋子里，说话咬牙切齿，显出一副正义凛然的样子。他的野心中含有某种非功利的想法；他一心要抓到这名主持初领圣体礼的能说会道的可敬的客人，他的这一愿望也不无维护道德的动机。

警察局长发愁地说："这个人能够这么多年逍遥法外，真是狡猾得像个魔鬼。"

"谁都能够逍遥法外，"中尉说，"我们并没有认真对付他们——除非他们自己闯进我们手里。你就瞧着吧，我保证能抓到他，不出一个月，如果……"

"如果什么？"

"如果我有权的话。"

"你讲得轻松，"局长说，"你用什么办法？"

"我们这个国家不大。北边是高山，南边是大海。我要像搜查街道似的把全国搜遍，一幢房子一幢房子地搜查。"

"听你讲起来倒很简单。"局长话语不清地说，他正用手帕捂着嘴。

中尉突然说："我可以告诉你我会怎么办。我要叫这个国家的每一个村镇交出一个人质来。如果哪个村镇的居民看到这个人不举报，人质就要被枪毙——枪毙以后再抓一个新人质。"

"那可就要死很多人了。"

"还是值得一做的，是不是？"中尉问道，"把这些人一劳永逸地消灭干净。"

"你知道，"局长说，"你想的倒是个好主意。"

中尉穿过户户都上了窗板的市镇步行回家，他的全部生活都凝聚在这里。走过工农联合会的会址后是一所学校。他曾经出过不少力帮助铲除掉那些不愉快的记忆。整个城市的面貌现在都已经改变了。山上靠近公墓的地方如今铺上了水泥改为运动场，在朦胧的月光中秋千架耸立着，像是一具绞架。新时代的儿童记住的将是新事物：一切都不会再是老样子了。中尉一边走路一边注意观察着，神态倒有些像传教士。一位神学家在历数过去的过错，准备再一次进行清除。

他走到自己的住所。这一带的建筑都是平房，外墙刷着白粉。几幢平房围着一个小院，院子里有一口水井，种着几株花。临街窗户安着铁栅栏。中尉住的屋子里有一张用旧包装箱木板拼凑起来的床，床上铺着草席、褥子和被单，墙上挂着总统的肖像和一份挂历。砖地上摆着一张桌子和一把摇椅。在烛光下，这间屋子显得非常凄凉，活像一间牢房或是修道院的密室。

中尉坐在床上，开始脱皮靴。本来这是该做晚祷的时刻。黑色的硬壳甲虫噼噼啪啪地往墙上撞，发出小鞭炮爆裂的声响。有十来只虫子翅膀撞坏，在砖地上爬动。中尉一阵气往上撞，因为他忽然想到，世间居然还有人相信一位怀有怜悯和爱心的天主。有一些神秘主义者据说可以直接体验天主。他也是个神秘主义者，但是他体验到的却是空虚——他坚信只存在着一个世界，一个正在死亡、正在变得寒冷的世界，而人类从动物向高级演化也并无任何目的。

他连衬衫和裤子都没脱就往床上一躺，吹熄蜡烛。炎热像是他的仇敌一样潜伏在这间屋子里，但是他不相信自己的感官，他只相信空虚寒冷的广漠太空。不知从何处传来了收音机的声音，从墨西哥，也许是从伦敦或者纽约播放的音乐渗入了这个偏僻的、不为人注意的国度。这里是他的国土，如果他能做到的话，他会用钢铁铸起一道墙把这个地方围起来，把一切使他记起自己悲惨童年的事物铲除干净。对他来说，这种愿望已经成为他的心病了。是的，他想把一切都毁掉：他只要自己独自一人，没有任何过去的记忆。他的生活是五年前才开始的。

中尉就这样仰躺在床上，睁着眼睛，听着硬壳甲虫撞击着天花板，噼噼啪啪地爆裂。他想起红衫党在山上墓地大墙前枪决了的那个神父，那也是一个鼓眼珠的矮胖小个子。那个人是高级教士，自以为凭他这样高的神职身份就可以把命保住。他有些看不起地位比他低下的教士。生命虽然已到尽头，他仍然不断向人解释自己的身份，直到死前才想起该做祷告。他跪在那里，他们给他一些时间叫他临终前念一段悔罪经。中尉在一旁看着，这件事不是他直接处理的。他们大概一共处决了五名神父。另外有两三个逃掉了，主教现在已经安全地逃到墨西哥城了。还有一个神父表示他已经遵从总督颁布的神职人员必须娶妻的法令，现在同他的女管家就住在河沿不远的地方。这当然是一种最好的解决办法，叫那些还活着的人亲眼看到这些神父对自己的信仰并不坚定，叫人们知道他们宣讲了这么多年的教理只不过是骗局。因为如果这些传教的人真正相信天堂和地狱的话，他们为了获得永恒就不会在意肉体上的一点点痛苦了。中尉在闷热潮湿的黑暗中，躺在自己的硬板床上，对某些人惧怕的肉体痛苦丝毫也不同情。

在商业学院后楼的一间屋子里，一位妇女在给她的孩子朗读一本书。两个小女孩，一个六岁，一个十岁，坐在床沿上；一个十四岁的男孩靠墙站着，脸色非常疲惫。

"小胡安，"母亲读道，"从很小的时候起就是个恭顺、虔敬的好孩子。别的小孩有时会很粗野，彼此打架，可是小胡安却总是遵奉基督教的训诫，一边脸挨了打还把另一边脸也递过去。有一回他父亲以为胡安说了谎，打了他。后来父亲发现儿子说的是真话，就向他道歉。可是胡安却说：'亲爱的父亲，正像我们的天父有权力任凭自己高兴惩罚他的子女似的……'"

男孩子不耐烦地在墙上来回蹭着脸。母亲低缓的声音继续嗡嗡地响着。两个小女孩瞪着眼睛，一字不漏地听着这个虔诚动人的故事。

"我们绝不该认为小胡安跟别的孩子有什么不同。其实他也像所有小孩那样爱笑爱玩。只不过有时候他会夹着一本带图画的圣书，离开他那些嘻嘻哈哈的小伙伴，独自一人躲到父亲拴牛的屋子去。"

男孩子伸出光脚板把地上的一只甲虫踩碎。他无精打采地想：反正世界上任何东西都有一个尽头——早晚这本书会念到最后一章，小胡安会倒在一堵大墙前头死掉，嘴里喊着"Viva el Christo Rey"[1]。可是这以后，他又想，又要读另外一本书啦。这些书每个月都有人偷偷从墨西哥城带进来，要是海关的人知道该怎么搜查就好了。

"不是的。小胡安是个真正的墨西哥孩子。他不仅比他的那些小伙伴更喜欢动脑子，而且每次演戏，不论排演什么，他都踊跃参加。有一年他们这一年级学生要给主教演一出短剧，这个剧是根据早期基督徒受迫害的故事编写的。当胡安被选定扮演罗马暴君尼禄的时候，没有谁像他那样高兴了。在舞台上，他扮演的角色显得既可恨又可笑，简直演绝了。可惜这样一个孩子刚刚长大成人，年轻的生命就夭折在一个比尼禄更加残暴的统治者手中

1　西班牙文，意为：基督君王万岁！

了。他的一个同班同学，后来加入耶稣会的米盖尔·塞拉神父，这样写道：'我们当年看演出的人谁也不会忘记那一刻……'"

一个小女孩偷偷地舔了舔嘴唇。生活就是这样的。

"幕布升起。我们看到胡安披着他妈妈最好的一件浴袍，嘴上用黑炭涂着胡须，头上戴着用盛饼干的铁皮盒子做的一项王冠。他走到临时搭起来的舞台前面，开始朗诵台词。这时连看剧的慈祥的老主教也忍不住哈哈笑起来……"

男孩子把脸转过去，对着墙打了个哈欠。他无精打采地说："他真是个圣人吗？"

"如果教皇同意的话，很快他就会成为圣人的。"

"他们都像他这样吗？"

"谁？"

"那些殉教者。"

"是的，他们都像他这样。"

"连何塞神父也这样？"

"不要提这个人，"母亲说，"你怎么会想起他来了？这个人很可鄙，他背叛了天主。"

"他告诉我，比起其他人来，他更是一个殉教者。"

"我已经跟你说过不止一回了，不要再提他了。亲爱的孩子，噢，我亲爱的孩子……"

"还有另外一个人呢——那个来这里看咱们的人？"

"他同何塞不……不完全一样。"

"他也可鄙吗？"

"不，不。他不是个可鄙的人。"

那个年纪最小的女孩突然开口说："他身上有一股味儿。"

母亲继续朗读那本书："那天夜里小胡安是不是已经有了预感，知道自己再活几年以后也将为了信仰而把生命奉献出去？我们不能肯定。但是塞拉神父告诉我们，那天晚上胡安跪着祈祷的时间比哪天都长。当他的一些同学像所有男孩子那样同他开几句小玩笑的时候……"

朗读的声音继续着，从容、徐缓，一直是用低柔的调子。两个女孩始终全神贯注地倾听着，小小的脑子里正在构思一些会使自己父母吃惊的虔诚的词句，而那个男孩却面对白灰粉刷的墙壁连连打哈欠。每一件事都会终结的。

不久以后，母亲回到里屋丈夫身边。她说："我很担心咱们那个儿子。"

"为什么不担心咱们的女儿？什么事不叫人担心啊？"

"她们早已经成了两个小圣女了。可是咱们的儿子——他总是提问题，问那个喝威士忌的神父的事。咱们那时候真不应该叫他到咱们家来。"

"咱们要是不让他来，他们早就把他抓住，让他成了你的另一个殉教者。他们还会写出一本关于这个人事迹的书，叫你给孩子们读。"

"那个人——他绝成不了殉教者。"

丈夫说："咳，反正他还一直做他该做的事。我就不相信他们在这些书里写的那些事。我们都是凡人。"

"你知道今天我听见什么啦？一个贫穷的女人请他去给自己的儿子施洗。她想给儿子取名佩德罗，可是那家伙喝醉了，什么也没注意到，结果给那男孩子取了个女孩子的教名，叫布莉吉塔。布莉吉塔！"

"咳，反正是个很好的圣名。"

"有的时候，"母亲说，"你真让人受不了。你看，咱们那个孩子又跟何塞神父说话来着。"

"咱们住的这个城市这么小，"她丈夫说，"怎么作假也没用。咱们被抛弃到这个地方了，一定得尽一切力量活下去。说到这里的教会——教会就是何塞和那个爱喝威士忌的神父，我不知道还有其他什么人了。要是我们不喜欢这个教会，那也没别的办法，只好离开。"

他耐心地看着自己的妻子。他比她受过更多教育。他会打字，懂得会计学基础知识，会看地图，还去过墨西哥城。他知道他们目前被丢弃的这个地区的范围——乘船顺流而下十个小时以后可以到港口，再乘海轮在海湾里航行四十二个小时才能到韦拉克鲁斯。这是离开这个地方的唯一途径。这一地区北部是山区，沼泽、河流在那里逐渐消失。高山把他们同另一个国家隔离。南部地区没有道路，只有骡子才能够通行的小道，偶尔有一块你无法信赖的平地。这一带零零散散有一些印第安人村落和放牧者的棚户。再走过去两百英里就是太平洋了。

妻子说："我宁可不活了。"

"咳，"他叹了口气说，"当然了，这还用说。可是我们还得活下去啊。"

老人坐在地面干燥的一个小院中的一只包装箱上。他非常肥胖，呼吸短促，好像在炎热中太过用力似的有些气喘。他曾经学过一点天文学，现在正仰望着夜空寻找某些星座。老人只穿着衬衫和裤子，赤着脚，但是他的举止却仍然清清楚楚地保留着神职人员的姿态。他当过四十年神父，这在他身上已经打上了烙印。小城寂然无声，人们都已进入梦乡。

那些亮晶晶的世界遍布天空，像是对他允诺：他生活于其中的世界并非整个宇宙，在某个地方，基督或许并没有死。老人不能相信，那上面如果有个观望者，会看到这里的世界仍然光彩夺目。在团团云雾下面，它像一艘燃烧起来而被弃置的海轮，在宇宙间沉重地滚动着。整个地球已经被他自己犯下的重罪包裹起来了。

"何塞，何塞。"一个妇人在他住的一间独室里喊。老人听见那女人喊他的名字，就像古代奴隶船上一个划桨的奴隶一样把身体蜷缩起来。他的双眼离开了天空，于是所有的星座都升腾远去。硬壳甲虫在院中到处爬动。"何塞，何塞。"他不无妒意地想到那些被杀害的人。死只不过是瞬间的事。他们被带到坟场去，站在一堵墙前头等候处决；两分钟后生命就不复存在了。他们被称为殉教者。而他却要在这里一天天地挨下去。他今年才六十二岁，可能会活到九十岁，还要活二十八年。这真是一段漫长的时间；从他出生到被派遣到第一个教区担任圣职，其中包括他的全部童年时代、青年时代和在神学院学习一共也不过二十八年的时间。

"何塞，来睡觉吧。"他打了个哆嗦，知道自己在演滑稽戏。老了再结婚本来就让人笑话，更何况他是个老神父……他用旁观者的目光审视了一下自己，怀疑自己是不是连下地狱都不够资格。他只不过是个丧失性功能的肥胖老头，在床铺上受人嘲笑讥讽的对象而已。但是他又想起来他还被赋予了一份别人无法取走的职能，至今他仍然拥有把圣饼化为耶稣的血与肉的权力。也就是因为这个，他才还值得遭受天谴。不论他走到哪儿，不论他做什么，他都在亵渎上帝。过去曾发生过这样一件事。一个受了总督的政治理论蛊惑、背叛了天主教的疯子，闯进一座教堂（当时教堂还没有消失），把圣体抢在手里，往上面啐唾沫，又扔在地上用脚踩。后来人们就把他抓住吊死了，正像在耶稣升天日那天他们把肚子填塞起来的稻草人犹大吊在钟楼上一样。这个人并不那么坏，何塞神父想，他会被宽恕的。这个人只不过是个政治狂而已，而他自己的罪孽却大多了——他像是一张猥亵的画片，每天都在那里腐蚀儿童。

他坐在包装箱上打了个嗝儿，身体在风中微微发抖。"何塞，你干什么呢？快上床来吧。"一天到晚无事可做——没有职守，没有告解，祈祷也不再有什么用处。做祈祷就必须有一番做作，可他已经不想装腔作势了。到现在为止，他已经一天不落地在深重的罪恶中生活了两年，无法向任何人告解。除闲坐和吃饭以外，没有任何事可做。他吃得太多了；那个女人总是拿东西填他，叫他越来越胖，把他像一口参赛的猪似的养着。"何塞。"他一想到自己将第七百三十八次面对他的那位总是板着脸的女管家——他的老婆的时候，不由得紧张地打起嗝儿来。她正躺在那张有半间屋子大的罪恶的大床上等着他呢。蚊帐里隐隐约约露出她那瘦骨嶙峋的身子、长长的下巴、灰白色的短辫子和一顶奇形怪状的睡帽。这个女人总认为她必须端着点架子，因为政府发给她养老金，她是唯一的结了婚的神父的老婆。她对此感到无比骄傲。"何塞。""我来了，亲爱的。"神父说，又打了一个嗝儿。他从包装箱上站起身来。这时不知是谁在暗地里笑了起来。

老人抬起一双小红眼睛，好像一口猪意识到前面就是屠宰场。一个又尖又细的童音在喊："何塞。"他慌乱地在小院四周寻找着，最后在对面一扇安着铁栅栏的窗户后面发现了三个孩子，他们正故作严肃地望着他。他转过身，向自己的房门走了两三步。因为身体肥胖，他走路极其缓慢。"何塞。"又有一个尖细的声音在叫他。他转过头来看了看，发现那三张小脸简直乐得开了花。老人的小红眼睛里丝毫没有怒色——他是没有权利生别人气的。老人嘴动了动，脸上现出一副苦涩的笑容。孩子们等待的正是老人这种软弱的表现，他们好像得到了批准，不再装样，开始齐声尖叫起来："何塞，上床吧，何塞。"于是整个小院回荡起这一不知羞耻的叫声。可是老人只是一边谦卑地笑着，一边做着微小的手势，叫孩子们安静下来。他已经没有体面可言，到处都得不到人们的敬重，不论在家中，在城里，或在整个这个被遗弃的星球上。

第三章　河流

　　安装在小木船船头的马达突突突地响着，费洛斯上尉独自引吭高歌。他的一张被太阳晒得黧黑的脸很像一张山区地图，布满一块块深浅不一的棕色土地，两小汪儿蓝色湖水是他的两颗眼珠。他一边唱一边自己编词，他唱的歌一点调子也没有。"快回家，快回家，家里吃饭胃口大。城里的伙食太蹩脚，吃不下呀吃不下。"他把小船从主河道开进一条支流里。几条鳄鱼正在水边沙地上晒太阳。"我不喜欢你们的大嘴巴，我不喜欢你们的大尖牙。"费洛斯是个快活的人。

　　一座座香蕉种植园一直伸展到河沿，费洛斯的歌声在烈日下回荡着。歌声和马达声，这是唯一能听到的声音。除费洛斯外，这里再没有别的人了。一阵孩童般的喜悦像海潮似的把他托得高高的——他在干一件只有男子汉才能干的活儿，一件在蛮荒天地干的活儿。他不需要为任何人负责。过去他只有在另外一个国土上感受过比现在更大的快乐，那是在大战期间的法国，在被战壕割裂成一条条一道道的田野上。河道的这一支流弯弯曲曲地伸入一块沼泽地，一只兀鹰正平伸两翼悬在天空中。费洛斯上尉打开铁皮盒，开始吃三明治——在野外吃东西味道总是那么好。木船驶过的时候，岸边有一只猴子突然对他"吱吱"尖叫起来。费洛斯觉得自己简直快同大自然融为一体了，好像他的血管里流淌着一种同外部世界虽不甚深却依依相连的血缘关系。不论到什么地方，他都觉得好像在自己家中一样。这个狡猾的小鬼，他心里说，这个狡猾的小鬼。他又开始唱起歌来，这次他唱的是别人的歌词。他记得不太确切，但一些词句始终旋在他的脑子里。"请给我喜爱的一种活法，航海归来，叫我有一个自己的家。我蘸着河水吞咽面包，坐在广袤无际的星空下。"岸边的香蕉园逐渐消失了，遥远处山脉映入眼帘——一条粗重的黑线横画在低垂的天幕下。泥泞的岸边出现了几座单层房屋，他已经到家了。这时，一块小小的阴云破坏了他的好兴致。

他想：不管怎么说，一个从外地归来的人总希望家里有人迎接。

他走到岸上自己住的那幢房屋。他的房子同岸边其他住房有些不同：瓦顶，一根没有悬旗的旗杆，门上钉着一块牌子："中美洲香蕉公司"。走廊上挂着两张吊床，可是房前一个人影也没有。费洛斯上尉知道他的妻子在什么地方。他走进一间屋子，有意弄出很大声响。他喊道："爸爸回来了。"从挂在床上的蚊帐后面，一张受了惊的瘦脸看了看他。他的靴子把宁静踩进地板里，费洛斯太太的脸又缩回到白色纱帐里面。上尉说："我回来了，高兴吗，特莉克斯？"于是那个女人立刻在脸上画出一副既惊惧又欣喜的表情来。这就像在黑板上绘制一种游戏画一样：用粉笔一笔画一只小狗——结果自然是画出一根香肠。

"回到家里来我真高兴。"费洛斯上尉说，他说这句话是真心的。爱也好，恨也好，快乐也好，哀愁也好，他都能真正感受到这些不同的感情，对这一点他是坚信不疑的。只要到了时候，他总能进入角色。

"办公室一切都好吗？"

"都好，"费洛斯说，"一切都好。"

"我昨天有些发烧。"

"啊，你需要有人照顾。我现在回家来了，你就不会有问题了。"他闪烁其词地说，有意避开发烧这一话题。他又是拍手，又是笑，显出一副高高兴兴的样子，而那个女人却躺在蚊帐里打着哆嗦。"咱们的小女儿珊瑚到哪去了？"费洛斯问道。

"她在警察那儿呢。"费洛斯太太说。

"我本来想她会跑出来迎接我呢。"费洛斯上尉没有目的地在这间面积不大的内室里走来走去。这间屋子到处摆着撑鞋的楦子。突然，他的脑子意识到老婆在说什么。"你说警察？什么警察？"

"昨天来了个警察。珊瑚叫他在走廊里的吊床上睡的觉。他到这里来找一个什么人，珊瑚对我说。"

"真是怪事。到这里来找人。"

"不是个普普通通的警察，是个警官。他让自己手下的人留在村子里了。也是珊瑚说的。"

"我想你不应该老躺着，"他说，"我的意思是说，这些家伙，你不能相信他们。"他又添了一句，但是说这话的时候却感到信心不足，"珊瑚还是个孩子。"

"我昨天就告诉你我发烧了，"费洛斯太太悲悲惨惨地说，"我非常不舒服。"

"你会好起来的，只不过中了点暑。我不是回家了吗？你会看到——"

"我从昨天起就头疼得厉害。看不了书，也做不了针线活。再说这个人……"

恐惧总是隐伏在她背后。她无时无刻不在进行斗争，不叫自己往身后看，以致弄得身心交瘁。为了叫自己能够看到想象中的恐惧，她把它用各种形式装扮起来——发烧、老鼠、失业……真正的恐惧是个禁忌，是不能说出口的。在这个奇怪的地方，死亡一年一年地向她走近。所有的人都打点好行装离开这里，而她却仍然必须留在这个无人来访的墓地里，留在地面上的一个巨大的坟墓里。

费洛斯说："我想我得去见见那个人。"他在床沿上坐下，把一只手放在她胳臂上。这两人倒是有一个共同点，都非常腼腆。他心不在焉地说："老板的那个外国秘书不在了。"

"到哪儿去了？"

"上天堂了。"他感觉得到，妻子的胳臂一下子僵直了。她把身子费力地扭过去，面对墙壁。他触到那个禁忌，同妻子间的纽带一下子断裂了。费洛斯不明白这是怎么回事。"你头疼吗，亲爱的？"

"你是不是该去见见那个人？"

"好吧，好吧。我这就去。"但是他的身体并没有动，这时他们的女儿回来了。

她在门口站住，望着他们，神情凝重，仿佛对这两人负有重大责任似的。在女儿严肃的盯视下，他们变成无法信任的小孩，变成只要吹一口气就会消失的鬼影或一缕被震骇住的烟气。这个女孩年纪很小，才十三四岁。这个年纪的人，不害怕世界上的许多事，不怕年老，不怕死亡，还有许许多多可能发生的事，像挨蛇咬啊，发高烧啊，老鼠和恶臭啊，等等等等，什么都不害怕。生活还没有伤害她，所以她仍然带着一种似乎一切都奈何不了她的神气。但尽管如此，她身上的一切又仿佛都被大大缩小了。她什么都不缺，但都只是一根细细的线条。这就是这里恶毒的太阳在一个小孩身上玩弄的恶作剧——把她变成一个内容空虚的框架。她瘦骨伶仃的手腕上戴着一只金手镯，像是帆布门上加了把挂锁，只要一拳就能把门敲开。女孩子说："我告诉警察你在家里。"

"啊，是的，"费洛斯上尉说，"吻一下你的老爸怎么样？"

女孩神情庄重地走进屋子，在他脑门上非常形式地吻了一下——费洛斯感觉到女儿吻他是非常勉强的。她脑子里正在想一些别的事。她说："我告诉厨子，妈妈今天不起床吃晚饭了。"

"我觉得你还是应该支撑着起来至少吃一点，亲爱的。"费洛斯上尉说。

"为什么要她吃？"珊瑚问。

"唉，这样的话……"

珊瑚说："我要跟你单独说几句话。"费洛斯太太躺在蚊帐里的身体动了动。她觉得应付日常生活的那些人情世故非常可怕，而且永远也学不会。她从来不会说什么"人一死就听不见了……""现在没人会告诉她……"，或者什么"假花摆得日子长"这类的话。

费洛斯上尉有些不安地说："我不懂为什么你跟我说的话不能让你母亲听到。"

"她不会愿意听的，那会把她吓着。"

珊瑚总能为自己的行为找到解释，费洛斯上尉现在对此已经习惯了。不论说什么，她都胸有成竹。她做什么事都有十足的理由，尽管她那番道理总让费洛斯上尉觉得有一点荒野气息，因为那是她根据她脑中唯一的生活方式而构筑的。沼泽地、兀鹰，没有任何童年游伴。村子里倒也有几个小孩，几个在河边抓土吃、被蛔虫闹得肚皮鼓鼓的孩子。这些孩子可不是珊瑚的伴。据说孩子可以使父母的关系密切，可是费洛斯上尉却非常不愿意把自己交到珊瑚手里。她在家里简直像个外来户。费洛斯故意提高嗓门说："你真把我们吓坏了。"

珊瑚一本正经地说："我想你不会被吓坏的。"

他按了按妻子的手，无可奈何地说："好了，亲爱的，咱们的女儿好像决定要……"

"你先去找找那个警察吧。我要叫他离开这里。我不喜欢这个人。"

"你不喜欢他，他当然得走。"费洛斯说，不太有信心地干笑了两声。

"我跟他说了。我告诉他既然他到这里来，天已经晚了，我们倒是可以让他在吊床上睡一宿。但是现在他一定得走了。"

"他没听你的话？"

"他说他要找你谈谈。"

"他根本不知道，"费洛斯上尉说，"他什么都不知道。"说反话讽刺是他唯一的自卫术，可惜他说的反话别人并不理解。隐晦的东西人们很难弄明白。例如一组字母，一个简单数字，或者历史上的一个年代。费洛斯上尉放开妻子的手，由女儿领着勉勉强强地走到太阳地里。警官正站在走廊前头，一动不动像一座橄榄色的雕像。看见费洛斯上尉走近，他一步也不向前迈。

"有什么事，中尉？"费洛斯上尉用轻松的语调问。他突然发现，珊瑚同这个人倒比同自己有更多的相似处。

"我在搜查一个人，"中尉回答，"有人报告我们说，这个人现在在这个地区。"

"不可能在我们这里。"

"你女儿也这么说。"

"她不会说瞎话。"

"这个人犯了重罪，是个被通缉的要犯。"

"谋杀罪？"

"不是。叛国罪。"

"噢，叛国。"费洛斯上尉一下子失去兴致。现在到处都有人叛国，就像军营里的小偷小摸一样多。

"他是个神父。要是他被发现，我相信你一定会报告政府的。"中尉停了停，又继续说，"你是个外国人，住在我们这里受到我们的法律保护。我们希望你也为我们做点事，回报我们的好客之情。你是天主教徒吗？"

"不是。"

"那我就更加相信你。你一定会向我们报告了。"中尉说。

"我想是的。"

中尉站在太阳底下，像个恫吓人的黑色问号。他的这种态度叫人觉得他连走进外国人家里躲躲烈日这点好处也不想沾。可是昨天他在人家吊床上睡了一夜觉，该怎样解释呢？这件事，费洛斯上尉想，他一定认为是外国人的报答吧。"来喝一杯汽水吧？"

"不，不。谢谢了。"

"好吧，"费洛斯上尉说，"我也不能拿别的什么招待你，你说是不是？要是喝酒就犯了叛国罪了。"

中尉突然把身子一转，沿着那条通向村庄的小路大踏步走去，他的皮绑腿和手枪的套子在阳光下一闪一闪地发亮。对面前的这两个人他已经无法忍受了。在他走了一段路以后，费洛斯父女俩看到他停住脚步，往地上啐了口唾沫。他并没有当面表现出任何无礼，但是在他认为他们已经不注意的时候，却把心中的厌恨和鄙视吐了出来。他非常看不上外国人的这种不同的生活方式，舒适、安全、宽容、自满自足……

"我不想顶撞他。"费洛斯上尉说。

"他当然不信任咱们。"

"他们这些人谁都不信任。"

"我觉得他也许发现有什么可疑的地方了。"珊瑚又说。

"他们觉得什么都可疑。"

"你知道，我不肯让他搜查咱们这儿。"

"为什么不肯？"费洛斯上尉问。他有些心不在焉，思绪不知跑到什么地方去了，"你是怎样拦住他的？"

"我说我要把狗放出来咬他，还要向部长投诉。他没权力……"

"是这样的，"费洛斯上尉说，"他们这些人挂在屁股上的手枪就是权力。让他看清这一点没有什么不好的。"

"我让他知道我不是随便说说的。"小女孩同中尉一样非常执拗，一个黑不溜秋的小不点儿，同周围一丛丛的香蕉树极不相称。她的真挚坦白对任何人都不留情。未来会充满妥协、焦虑和种种丢脸的事，但现在这一切她都不放在心上。今天，一句话，一个手势，一件最微不足道的小事，随时都可能是为她打开一扇门的咒语——一扇通往何处的门？费洛斯上尉突然感到一阵恐惧，因为他意识到自己心头涌起了对这个孩子的无限爱怜，他再也没有能力管辖她了。你是无法控制一个你爱之极深的东西的。你会眼睁睁地看着它轻率地冲上一座断桥，一条废弃的车道，一头冲进未来六七十年战栗惊恐的一生。他闭上眼睛——他是个快活的人——又哼唱起一首歌来。

珊瑚说："我可不想叫这个家伙发现我——说谎。"

"说谎？我的天啊，"费洛斯上尉惊叫起来，"你不是说那个人在咱们这儿吧！"

"他当然在咱们这儿。"珊瑚说。

"在哪儿？"

"在仓房里，"她不动声色地说，"咱们不能让他们把他抓走。"

"你母亲知道不知道？"

珊瑚带着叫人受不了的坦白说："啊，不知道。我不信任她。"父亲和母亲谁也管不了她，他俩都属于过去的时代。再过四十年他们早就都死了，不会有人再记得他们了。父亲说："你最好带我去看看。"

他走得很慢，快活的心境一下子消失了，比在一个不快活的人身上消失得更快、更彻底。不快活的人不论遇见什么事总有心理准备。珊瑚走在他前面，两条小细辫子被炙热的阳光晒得有些发白。他第一次想到，这孩子已经到了墨西哥小女孩准备同第一个男人幽会的年纪了。以后她会怎样呢？他立刻从这些他从来不敢面对的问题面前退缩回去。他们走过卧室窗前的时候，他看见蜷缩在蚊帐里面的那个瘦骨嶙峋的孤单身影。他不无自怜地怀念起自己在河上漂流时的幸福时刻。那时他在干一件男子汉干的活儿，无牵无挂。唉，要是我没有结婚该多好啊！望着面前这个没有发育成熟的冷酷无情的背影，他像个孩子似的悲悲惨惨地说："咱们不应该卷进政治里去。"

"这不是政治，"女孩温和地说，"我知道什么是政治，母亲和我正在读改革法案[1]。"她从衣服口袋里掏出钥匙，打开谷仓的门。香蕉在用河轮运到港口之前，就存放在这间大仓房里。从阳光下面走进去，屋里一片漆黑。墙角有一些响动。费洛斯上尉拿起一支手电筒，电筒的光亮照在一个身穿黑色服装的小个子身上。这人衣服褴褛，而且胡须很久没有刮了。

1　这里指英国19世纪扩大选举权的几次议会法案。

"Quién es usted？[1]"费洛斯上尉问。

"我能讲英语。"他一只胳臂紧紧夹住一只小公文包，靠在身边，样子像是正在等一列他无论如何也不能错过的火车。

"你不该躲在这个地方。"

"不该，"那人说，"不该。"

"我们管不了你的事，"费洛斯上尉说，"我们是外国人。"

那人说："当然了。我这就走。"他站在那里，头微微低着，好像一个士兵正站在营房办公的地方听候军官作出决定。费洛斯上尉语气缓和了一些。他说："你最好等到天黑再走。你肯定不想叫他们抓住。"

"不想。"

"饿不饿？"

"有一点儿饿。可是这没关系。"他说话的语气非常谦卑，谦卑得叫人受不了，"要是你肯帮我个小忙的话……"

"什么？"

"我想要一点白兰地。"

"你躲在我这里，我就已经触犯法律了。"费洛斯上尉说，他大跨步地走出谷仓，把那个躬身俯首的小人物留在黑暗中一堆堆香蕉里。他好像觉得这间仓房比平时大了一倍。珊瑚跟在他后面，锁上房门。"这人信的是什么教？"费洛斯上尉说，"居然向人讨白兰地喝。真不知羞耻。"

"你不是有时候也喝酒吗？"

1　西班牙文，意为：你是什么人？

"亲爱的，"费洛斯上尉说，"等你长大一些你就明白了。这跟我吃过晚饭喝一点儿白兰地不同——我，怎么说呢，我需要它。"

"我能不能给他拿一点儿啤酒？"

"不许你拿任何东西给他。"

"叫用人给他拿东西不安全。"

费洛斯上尉感觉自己毫无办法，他非常生气。"你看，你真是叫咱们陷进烂泥坑里了。"他一边说一边踉踉跄跄地走回住房。他一头钻进卧室里，没有目的地在撑鞋的楦子中间走来走去。费洛斯太太睡着了，但是睡得很不安稳。她正梦见结婚典礼。她说了一句梦话："我的火车。注意着点我的火车。"

"你说什么？"他很不耐烦地问，"你说什么呢？"

黑暗像一块幕布似的落下来。前一分钟屋子里还有阳光，转眼之间阳光就消失了。费洛斯太太从梦中醒来的时候，已经又是一个暗夜了。"你说话了吗，亲爱的？"她问。

"我没说，是你说什么来着，"她的丈夫说，"你说什么火车。"

"我一定是在做梦。"

"一时半会儿他们这里是不会有火车的。"他带着些忧郁的满足感说。他走过来坐在床边上，有意避开屋子里的窗户：眼不见心不烦，他不想看到远处那座仓房。蟋蟀开始唧唧地叫起来，帐子外面萤火虫飞来飞去像一盏盏小灯泡。为了使自己安心，他把自己的一只厚重快活的大手掌放在被单下面的人形上说道："我们不是活得挺不错吗，特莉克斯？活得不是挺好吗？"话一出口，他就感到妻子的身体绷得僵直，原来"活"这个词也是禁忌，"活"会使人想到"死"。妻子把头转过去，面对着墙，但是马上又绝望地把头转回来——"把头转向墙"也是忌讳。她躺在床上，感到一阵阵毛骨悚然，恐惧的范围变得越来越大，不只包括了她的所有亲属，而且把一切没有生命的事物也都囊括进去了。恐惧简直像传染病，把一切一切都感染了。不论什么东西，只要多看一会儿，就会发现它也带着细菌……就连"被单"也不例外。她把被单一掀，抱怨道："太热了，太热了。"这一对伴侣一个平时总是快快活活，另一个无时无刻不在烦恼愁闷，这时却一起心怀疑惧地愣愣地望着室内越来越浓重的夜色。他们俩已经同外面的世界完全隔开了。除了他们自己的两颗心，其他一切都是毫无意义的。他们像两个孩子，正乘着一辆车在广袤无边的空间飞行，不知道被载往何方。费洛斯上尉勉强装作快乐的样子开始哼唱一支大战时期的歌曲，他不想听到院子外边有人走向仓房的足音。

珊瑚把鸡腿和玉米面煎饼放在地上，打开房门的挂锁。她在胳臂底下还夹着一瓶蒙特祖玛牌啤酒。房子里的黑暗角落又发出一阵响声，这是那个提心吊胆的陌生人。珊瑚怕把他吓着，向他招呼了一句"是我"，但是她没有打开电筒。珊瑚说："这里有一瓶啤酒，还有一点儿吃的。"

"谢谢你，谢谢你。"

"警察已经从村子里走了——往南去了。你最好往北走。"

那个人没有说话。

她带着小孩常有的那种并不太热切的好奇心问："他们要是

抓住你，会把你怎么样？"

"把我枪毙。"

"那你一定吓得要命了。"她感兴趣地问。

他在黑暗里摸索着向闪着暗淡星光的门口走去。他说："我
是很害怕。"说着，脚下的一堆香蕉差点儿把他绊倒。

"你不能从这个地方逃走吗？"

"我试过了。一个月以前，轮船快要开的时候有人把我叫走
了。"

"有人需要你？"

"她并不需要我。"他恼恨地说。地球在星际中不停地转
动，她现在可以隐隐约约地看清这个人的面庞了——那是一张她
父亲会告诉她不能信赖的面孔。他说："你看我这个人真不配，
竟说出这样的话来。"

"不配什么？"

他把公文包更紧地夹在身旁说："你能不能告诉我现在是几
月了？二月还没过完吗？"

"过完了。今天是三月七日。"

"我很少遇见知道日子的人。这么说来，再过一个月——再
过六个星期雨季就来了。"他又接着说，"雨季来了以后我差不
多就安全了。你知道，那时候警察就不能到处查找了。"

"雨季对你来说是不是最好的日子？"她问。她迫切地想知
道一切。什么改革法案啊，森拉克山[1]啊，还有一点儿法语知识，

1　在英国苏塞克斯郡，黑斯廷战役（1066年）中英格兰国王哈罗德二世在这
里被诺曼人击败。

这些事她都像宝贝似的记在脑子里。她希望知道每个问题的答案，而且如饥似渴地把它们吸收进来。

"啊，不是的，不是最好的日子。那只意味着像现在这样再活六个月而已。"他从鸡腿上咬下一口肉来。她闻到了那人嘴里的气味，好像什么东西在热天里搁久了，有些腐烂的臭味。他说："我还不如叫他们抓住呢。"

"那你不是可以投案自首吗？"她问的问题很合逻辑。

他的回答也像那女孩提的问题一样浅显明白。"我怕受痛苦。这样自动地去寻求痛苦，是我做不到的。再说，我也有职责不叫他们把我抓到。你知道，我的主教已经不在这个地方了。"他自己也不明白，为什么他会对这孩子说一些她不可能理解的道理。"这个地方是我的教区。"他找到一块玉米饼，就开始狼吞虎咽地吃起来。

女孩很严肃地说："这倒是个难题。"她听见那人从瓶子里喝酒的咕噜咕噜的声音。那人说："我尽量回忆我曾经多么幸福过。"一只萤火虫像支火炬似的把他的脸照亮了一会儿就又熄灭了——这是一张流浪者的脸，有什么曾使他感到幸福过？那人说："这时候他们在墨西哥城该举行降福仪式了。主教也在那儿……你想他会不会偶然想到……他们甚至不知道我还活着呢。"

女孩说："你当然还可以——弃绝。"

"我不懂。"

"弃绝你的信仰。"她用她学过的欧洲史的词句解释说。

他说："这是不可能的。没有办法。我是一个神父。我没有这种力量。"

女孩子全神贯注地听着。她说："就像身上生来就有的一块黑痣。"听到这个陌生人拼命地嘬酒瓶，她说，"我想我能够给你找到我父亲的白兰地。"

"啊，不要，你不该偷偷拿你父亲的东西。"他把瓶子里的啤酒喝光。黑暗中酒瓶咯咯地响了一声，瓶里的最后一滴一定也被他嘬到嘴里去了。他开口说："我得走了。我马上就得走。"

"你随时都可以回到这儿来。"

"你父亲可不愿意我回来。"

"不必叫他知道，"女孩说，"我可以照看你。我住的屋子就对着这里的门。也许——"她的神情开始严肃起来，"咱们最好定一个暗号。说不定别的人也敲我的门呢，你知道。"

他感到惊骇地说："不是一个男的来敲你的门吧？"

"这种事谁也说不准。说不定有另外一个逃犯呢！"

"这种事可不一定会发生。"他有些困惑地说。

女孩子毫不在意地说："这种事会发生的。"

"在今天以前发生过？"

"没有，可是我预料会有。我需要做好准备。你敲门的时候要敲三下——两长一短。"

他突然像孩子似的笑起来："怎么能敲长音呢？"

"像这么敲。"

"啊，你是说敲得更响一些？"

"我就管这样敲叫长音，这是莫尔斯电码。"他对这些事一窍不通，感到莫名其妙。他说："你的心眼儿真好。你愿意为我祈祷吗？"

"噢，我不信这些。"她说。

"你不信祈祷？"

"你知道，我不相信上帝。我十岁的时候就没有宗教信仰了。"

"好吧，"他说，"那让我为你祈祷吧。"

"你要是愿意的话就做吧，"她像是哄小孩似的说，"你下次再到这儿来的时候，我就教你莫尔斯电码。这对你很有用。"

"怎么对我有用？"

"你要是藏在种植园里，我可以用一面镜子向你发信号，告诉你敌人的行踪。"

他认真地听了女孩说的，问她道："他们不会发现你吗？"

她说："啊，我会胡乱编造点什么解释一下的。"她根据逻辑推理，一步一步地向前走，任何障碍她都不放在眼里。

"再见，我的孩子。"他说。

他站在门口仍然不想同她分手："也许……既然你不愿意祈祷，也许你喜欢……我会变一种很有趣的戏法。"

"我喜欢戏法。"

"这是一种用纸牌变的戏法。你有纸牌没有？"

"没有。"

他叹了口气："那就变不成了。"他嘻嘻地笑起来——女孩闻到从他嘴里呼出的啤酒气味。"我只能为你做祷告了。"

她说："听你说话的语气，你一点儿也不害怕。"

他说："只要喝一点儿酒，就是在怯懦的人身上也会产生奇迹。要是能喝几口白兰地，我就——连魔鬼也不怕了。"他在门口磕绊了一下。

"再见，"女孩子说，"我希望你能逃掉。"黑暗中传来一声微弱的叹息。她又温柔地说："他们要是把你杀掉，我是不会原谅他们的——永远也不原谅。"任何责任她都准备承担，即使叫她复仇，她也会不假思索地去做。这就是她的生活。

一块空地上矗立着六间篱笆墙涂着泥巴的小土房子，其中有两间已经坍塌了。几口猪在房子四周拱地觅食。一个老妇拿着一块炭火到一间间屋子里，在每间屋子中间的地面上点起一把火。转眼间几间屋子就都冒起浓烟，蚊子就这样被赶出屋外。妇女住在两间土屋里，第三间是猪圈。最后一间还没有倒塌的土屋除了储存玉米还住着一个老人、一个男孩和一大群老鼠。老人这时正站在空地上看着老妇一间间屋子点火——黑暗中一个亮光闪来闪去，这像是他一生中每天同一时间必定会重复一次的某种仪式。他的年纪已经很老了，苍苍白发，下巴上一捧白胡须，两只颜色焦黄枯槁的手像是隔年的干树叶。给人的印象是，多少年来，他一直是这个样子。老人活在生命的边缘，世上任何变化对他都已不再产生影响。他在多少年以前就已经这样苍老了。

陌生人来到这块空地上，脚上穿的是城里人穿的尖头黑皮鞋。但是这双鞋只剩下两个鞋帮，鞋底早已脱落，所以实际上他是在赤脚走路。正像教堂顶上还挂着已经成了碎片的旗子，他脚上的鞋也完全是象征性的。他穿着一件衬衫，一条破破烂烂的黑裤子，手里仍然拿着那只公文包，倒好像那是一张月票似的。跟那个老人一样，他差不多也到了永远不再改变的状态，只不过他身上镌刻着时间的伤疤——破烂的皮鞋蕴藏着昔日的尊严，脸上的皱纹提示他对未来既暗怀希望又充满恐惧。他耷拉着眼皮走到空地上来，耸着肩膀，仿佛感到自己已经暴露似的。老人迎着他走过来，拿起陌生人的一只手吻了一下。

"你能给我找一张吊床让我在你这里过夜吗？"

"啊，神父，你要睡吊床得到城里去。在我们这里只能随便将就一夜。"

"没关系。只要有个地方躺下就成。你能给我……一点儿酒喝吗？"

"只有咖啡，神父。我们别的什么都没有。"

"有什么吃的东西吗？"

"我们没有吃的。"

"那没关系。"

小男孩从泥巴屋子里跑出来看着他们，所有的人都看着他们。他们像在看一场斗牛。那牲畜已经劳累不堪，人们在等着它的下一个动作。他们心肠并不残忍，他们只不过在观望一个命运比他们更悲惨的人正在演出的一场戏。神父跛着脚向一间泥巴房子走去。屋子里只有膝盖以下才有一点儿光亮，只有一堆暗火在地面上阴燃。半间屋子堆满了玉米秆，老鼠在枯干的叶子里窸窸窣窣地窜动。一张土炕上铺着草垫，两只包装箱构成一张桌子。陌生人在炕上躺下来，老人随手把身后的屋门关上。

"这里安全吗？"

"那个孩子会在外边守着。他懂得这些事。"

"你是不是知道我要来？"

"不知道，神父。我们这里已经有五年没有看见神父了……但是早晚有一天会有什么人来的。"

他睡着了，睡得很不安稳。老人蹲在地上吹火，叫火烧得更旺一些。有人在敲门，神父一激灵从睡梦中坐起来。"没事，"老人说，"是他们给你送咖啡来了，神父。"他把咖啡给他端过来，盛在一只锡杯里，是用烧糊玉米煮的灰色咖啡。杯子里还冒着热气，可是神父因为过于疲劳，已经顾不上喝了。他一动不动地侧身躺着。一只老鼠从玉米秆上望着他。

"当兵的昨天到这儿来过。"老人说，他继续吹火，一股股浓烟冒起来，填满小屋子。神父呛得咳嗽起来，老鼠像一道手影倏地钻进玉米秆里边。

"神父，这个孩子还没有受洗呢。最后来的那个神父要两比索。我那时候只有一个比索。现在我就剩下五角钱了。"

"明天再说吧。"神父疲劳不堪地说。

"你明天早上会不会做弥撒，神父？"

"会的，会的。"

"听我们告解，神父？你会不会听我们告解？"

"会的。你先让我睡一会儿觉吧。"他翻了个身，仰面躺着。他又把眼睛闭起来，免得叫烟熏着。

"我们没有钱给你，神父。另外那位神父，何塞神父……"

"那就给我件衣服吧。"他有些不耐烦地说。

"衣服也没有，除了我们身上穿的。"

"那就跟我身上的换一下。"

老人斜着眼睛看了一下火光照射下的穿在神父身上的破衣

服，不太情愿地自己跟自己嘟囔了一句什么。"要是你非换不可的话，神父。"最后他说。他又继续一言不发地吹火。神父的眼睛又一次闭上了。

"五年以来我们有多少罪要告解啊！"

神父一下子坐了起来。"那是什么？"他问。

"你在做梦，神父。当兵的要是来了，那孩子会叫我们知道的。我刚才在说——"

"你不能叫我睡五分钟觉吗？"他重又躺下。外面从妇女们住的一间泥巴房子里传出一个人唱歌的声音："我到田野里去，找到一朵玫瑰花。"

老人低声说："要是士兵突然来了，咱们还没来得及……那就太可惜了。可怜的灵魂背负着这么沉重的包袱，神父……"神父背靠墙挣扎着坐起来，气呼呼地说："好吧，那就开始吧。我先听你告解。"老鼠在玉米秆里窜来窜去。"说吧，"他说，"别浪费时间，快点儿说。上次你是什么时候……"老人跪在火堆旁边，空地上传来一个女人的歌声："我到田野里去，玫瑰已经枯萎。"

"五年以前了，"他只说了这几个字就又去吹火，"记不清楚了，神父。"

"你犯过不洁的罪吗？"

神父靠墙坐着，两腿缩回压在身子底下。老鼠已经习惯了嗡嗡的谈话声，开始在玉米里大胆活动起来。老人费力地一件一件回忆自己的犯罪，一边仍然吹着火。"好好悔罪吧，"神父说，"念……念一遍《玫瑰经》。你有没有念经的念珠？"他闭上眼睛，动着嘴唇和舌头，含含混混地背赦罪文。他没有背完，一下子又从睡梦里惊醒过来。

"我能叫那些女人进来吗？"他听见老人在说，"已经有五年了……"

"啊，叫她们进来吧！叫她们都进来！"神父生气地喊着，"我是你们的仆人。"他用手捂着眼睛哭起来。老人打开房门。室外，在星光闪烁的巨大穹庐般的天幕下，天还没有完全黑。老人走到妇女居住的泥巴屋子前面，敲着门说："来吧。你们得告解了。你们得对神父表示一点儿敬意。"女人们号叫着说，她们都太累了……明天早上再说吧。"你们是不是想侮辱他？"老人说，"你们说说，他到这儿来是为了什么？他是个道德高尚的神父，现在正在我屋子里为你们犯下的罪掉眼泪呢。"他把几个老娘们从屋子里赶出去。于是这些人一个跟着一个走过外面的空地向老人住的那间屋子走去。老人沿着一条小路走向河边，代替那个小男孩瞭望着河边的渡口。

第四章　旁观者

坦奇先生已经有好几年没有写过信了。现在他正坐在工作台后边，嘴里嗫着钢笔尖。他突然有一种奇异的冲动，要写一封不太有希望能寄到的信，寄到他最后有过的地址——英国绍森德一个什么地方。谁知道哪个人还活着？他开始动笔。写这封信就像参加一次你一个人都不认识的宴请，盘算如何设法打破谈话的僵局。他先从信封开始写——玛尔斯代克太太转交亨利·坦奇太太收，威斯特克里夫大大街三号。这是他岳母的住址；正是听了这位盛气凌人、总爱管别人闲事的老太太的话，他才在绍森德开了个牙科诊所，度过一段悲惨的时光。他又在信封上写了"烦交"两个字。如果玛尔斯代克太太知道这封信是谁写的，她一定不会把信转出去，但是说不定她现在早已认不出他的笔迹了。

他又开始嗫起笔尖来——信该怎样措辞呢？除了想叫对方知道他还活在人世上这一模糊的希望，如果他写信还有别的什么目的，这封信就容易写了。说不定他妻子已经又结了婚，这封信会使她感到非常尴尬。但如果妻子真的又结了婚，也许就会毫不犹豫地一下子就把信撕掉了。坦奇先生一边听着工作台上小火炉的火苗噗噗作响，一边用清晰而又不很成熟的字体写了"亲爱的塞尔维娅"几个大字。他正在坩埚里熔化一种合金：这里的材料库买不到现成的镶牙材料。此外，材料库也不赞成叫人用14k的金子做假牙，而更精细的材料他又买不起。

这里的问题是，从来都无事发生。他的生活文静、高雅、一成不变，甚至像玛尔斯代克太太要求他做到的那样。

他看了一眼坩埚，黄金正要同合金熔合。他连忙倒进一羹匙草木灰，为的是不使熔化后的合金同空气接触。他又拿起笔来，头脑空空地望着信纸。妻子是什么样子，他已经记不清了。他只记得她戴的几顶帽子。这么多年以后，她重又接到他的信，该如何惊奇啊！自从他们的小男孩死了以后，他们俩只互相通过一次信。对他来说，岁月已经没有什么意义了。年复一年，时间很快地过去，他的生活习惯丝毫没有什么改变。六年以前，他本来已经准备回去了，但因为发生了一场革命，比索贬值了，于是他到这个国家的南部来了。后来他又积蓄了一点儿钱，不料一个月以前，比索再度贬值——不知道什么地方又闹革命了。没有别的办法，只能继续等待着……他又用牙齿叼着钢笔尖，记忆在闷热的小屋里已经融化干净了。为什么要写信呢，他这时想不起来为什么突然产生了这个奇怪的念头。有人在外面敲了敲门，他把信扔在工作台上——"亲爱的塞尔维娅"几个大黑字无望地瞪着他。河边传来轮船上的敲钟声，那是奥布雷贡将军号从韦拉克鲁斯返程回来了。坦奇先生忽然想起了什么：好像曾经有过一个生灵在他前室的那些摇椅中间非常痛苦地停留过一阵。那天下午同他在一起过得可真有意思。后来这个人怎样了？他问自己。是什么时候走的……过了一会儿他就不想走了。坦奇先生已经习惯于痛苦，这是他的职业。他小心翼翼地等着，直到那敲门的声音又响起来，一个声音说"con amistad"[1]（对任何人都不能信任），他才拉开门闩，打开门，叫一个看牙的病人走进屋子来。

何塞走进一个巨大的古典式建筑大门，门上边的黑字写着"寂静园地"几个字，人们一般管这个地方叫"众神园"。这地方是个大建筑场，没有人注意邻居的建筑式样。矗立在地面的石砌的高大墓室和碑碣高低不一，形状各异。有的是一个站在顶端的天使，翅膀上覆满青苔；有的从玻璃窗外可以看见里面架子上摆着已经生锈的金属花朵——这就像从室外窥视房主早已迁居他处的厨房似的，厨房里还留下没有洗刷的瓶瓶罐罐。在这个墓地上人们有一种亲切感，你可以自由自在地到处走动，想看什么就看什么。这里已经完全没有生命气息了。

因为身躯肥胖，他在一座座坟墓中间走得很慢。在这里不会有人打搅他，孩子们是不会到这个地方来的。他隐隐约约地产生了一种怀旧感，但这总比心里空荡荡的什么感觉也没有好。这里不少死人都是他主持仪式埋葬的。他的一对红肿的小眼睛东瞧瞧、西望望，寻找他熟悉的坟墓。转过洛佩斯家族——这是一个经商的人家，五十年以前曾经拥有首都唯一的旅馆——的灰色大

---

1 西班牙文，意为：朋友。

墓碑以后，他发现坟地上还有另外几个人。紧靠坟场围墙有人正在掘一个墓穴。那是两个男人，活儿干得很快。一个妇女站在一个老人身旁，地上搁着一具小孩的棺材。因为土壤非常湿润，墓穴挖得很快，坑里已经出现一汪积水。正是因为土地过于潮湿，所以有钱的人都把墓室建在地面上。

掘墓的人停下手里的活儿，连同墓穴旁边站着的人都把目光投向何塞神父。可是神父却一步步往后退，好像他无意中闯入了别人的领域似的。这是一个晴朗的日子，气候炎热，墓地里没有丝毫阴郁气氛。一只兀鹰栖息在墙外一所房子屋顶上。人群里有人招呼他：“神父！”

何塞神父慌忙挥动一只手臂，仿佛向人们表示他并没有出现在那里，他已经走了，已经走得老远，无影无踪了。

老人又喊了一声：“何塞神父！”这些人满怀渴望地看着他。在何塞神父出现之前，他们本来已经不抱任何希望了，可是现在他们却都显得非常焦急，渴望着……何塞神父躲躲闪闪，想尽快离开这群人。“何塞神父，”老人又在叫，“能不能念一段经文？”他们对他笑着，等待着。他们对于死人的事已经司空见惯了，可是现在突然间，又在坟茔中出其不意地显现出幸福的希望。事过之后，他们可以向别人夸口说，他们家族中至少有一名成员是举行正式祈祷仪式后安葬在地下的。

“这是不可能的。”何塞神父说。

“昨天还是她的瞻礼日呢！”那个女人说，倒好像这是个充足理由似的，“她刚刚五岁。”这是个爱多嘴的女人，她总是把自己孩子的照片拿给不认识的人看，可她现在能够给人看的只是这口棺材了。

"真是对不起。"

老人想走到何塞身边去，就把横搁在脚下的棺材往旁边蹬了一脚；棺材又小又轻，倒好像里面只装了一把骨头。"用不着整个仪式，您知道，只要为她祈祷几句就成了。这孩子是没有罪的。"老人说。在这个小小的石头城里，老人的话听着古怪而陈旧，像洛佩斯家的坟墓一样古老，外人不易听懂，而且只属于本地所有。

"这是违法的。"

"她叫阿妮塔，"女人又说，"我怀着她的时候正在害病。"她解释道，像是为这个孩子因体弱夭折而引起的这种麻烦作辩解，"法律……"

老人把一根手指放在唇上。"你可以相信我们。你只不过简单祈祷几句。我是孩子的祖父。这是她母亲，另外两个人是孩子的父亲和叔叔。我们这些人你是可以信任的。"

问题正在这儿——他谁也不能相信。这些人一回家，一定会有一个向别人夸口，泄露出诵经的事。何塞神父一边摆动着胖手指，一边身子往后退，差一点儿撞在洛佩斯的墓碑上。他吓得要死，可是与此同时心坎里却泛起一种奇怪的骄傲感，因为有人正把他当传教士看待，对他表示敬意。"如果我做了，"他说，"我的孩子们……"

谁也没想到，墓地突然沉浸在巨大的痛苦里。他们已经习惯于小孩夭折的事，可是对世界其他地方早已熟知的一件事他们却还没有习惯，那就是希望破灭。小孩的母亲开始号哭起来，没有眼泪地大声号丧着，好像要把郁结在心里的某些东西发泄出来。老人双膝跪倒，伸着两只手乞求。"何塞神父，"他哀求着，"这里没有外人……"他的样子好像在祈求一个奇迹。何塞神父的决心动摇了，他准备冒一次险，在坟头上念一段经文。他感觉到的是责任感对他的巨大吸引力。他在空中画了个十字。但就在这个时候，恐惧又回到他身上，像一个人又犯了毒瘾似的。码头边上等着他的是他那间受人唾弃但非常安全的小屋，他渴望逃回那里去。"放我走吧，"他说，"我不配当神父。你们难道看不出来——我是个懦夫。"这两个老人面对面地跪在坟堆中间。小棺材已被扔在一边，像是个不再需要的托词。如今它摆在那里看起来非常荒谬。神父也知道这是很荒谬的。他这一辈子不断分析自己，知道自己是怎么一个人：肥胖，丑陋，永远是个受气包。他有一种感觉：仿佛天使的美妙合唱都已远去，只剩下院子里几个顽童揶揄的喊声："上床来吧，何塞，上床来吧。"这声音听起来比过去任何时候都更尖锐刺耳，无法忍受。他知道他已落入无法饶恕的罪孽的魔掌里，无法再逃脱了。

　　"最后终于盼到了那一神圣的日子，"母亲给孩子朗读道，"这一天胡安的修士见习期期满了。哎呀，对他母亲和两个妹妹来说，这是多么快乐的日子啊！当然了，她们也有一些悲哀，因为人心都是肉长的。从今以后她们将不再容易见到自己的儿子和哥哥了，她们怎么能不难过呢？哎，要是她们知道这一天家里出了个以后会在天上为她们祈祷的圣人，将会如何高兴啊！"

　　小女儿坐在床上问："咱们家有了一个圣人了？"

"当然了。"

"为什么她们还要一个圣人呢？"

母亲没有理睬她的问题，接着往下念："第二天全家从一个儿子和哥哥手里领了圣体。之后她们亲切地同他告别，一点儿也不知道这是最后的告别了。儿子是耶稣基督的一名新兵，他回到他们在莫雷洛斯[1]的驻地去了。这时天空中阴云密布，卡列斯总统[2]正在查普尔特佩克[3]的宫殿里讨论反对天主教会的法律。魔鬼已经准备好攻击可怜的墨西哥了。"

"是不是很快就要开枪杀人了？"男孩问。他身子靠着墙，不安地晃动着。母亲不理睬他的提问，接着往下念："胡安决定含辛茹苦地修炼自己，准备迎接苦难的来临。这件事除了给他办告解的神父知道，他没有向任何人说过。他的一些同伴对此毫无所知，因为在平日同别人的轻松交谈中，他总是表现得非常活泼，谈笑自若。后来到了庆祝教团成立节日的时候，胡安主动要求……"

"我知道，我知道，"男孩说，"他排演了一出戏。"

两个妹妹好奇地睁大了眼睛。

"他为什么不可以这样做呢，吕斯？"母亲将手指放在她读的禁书上，停止阅读并问道。男孩耷拉着脸看着她。"为什

---

1 墨西哥的一个内陆州。

2 卡列斯（Plutarco Elías Calles，1877—1945）：墨西哥军政领导人，1924年当选总统。在职期间曾进行各方面改革，并根据宪法取缔教会办的学校，禁止教会进行宗教活动。1926年，他签署了限制天主教信仰的"刑法改革法"，由此一场反抗墨西哥政府的基督战争也拉开了帷幕。许多神父和天主教徒在战争中遭到了残酷杀害。

3 墨西哥城西端小山，墨西哥总统官邸所在地。

么不可以呢，吕斯？"母亲又重复了一句。停了一会儿，她又念下去。两个小女孩害怕地看着哥哥，但是她们的目光里又不无带有赞服的神情。母亲念道："他主动要求演一出戏，而且得到批准。这出戏是根据……"

"我知道，我知道，"男孩说，"根据地下墓窖的故事。"

母亲抿着嘴念道："……早期基督徒受迫害的故事。也许胡安还记得儿时曾经给那位老主教演过罗马皇帝尼禄。但是这次他一定要扮演一个滑稽角色，一个卖鱼的罗马人……"

"这些话我一个字也不信，"男孩气呼呼地说，"没有一句是真的。"

"你怎么敢这么说？"

"没有这样的傻瓜！"

女孩们一动不动地坐着，她们棕色的大眼睛里流露出虔诚的神情。

"去找你父亲吧！"

"只要离开这儿就好，这都是些……"男孩说。

"告诉他你刚才说什么来着。"

"这都是些……"

"出去。"

男孩使劲把门一摔。他父亲正站在客厅里安着防护栏的窗户前面向外观望。硬壳甲虫乒乒乓乓地撞击着油灯玻璃罩，翅膀烧伤以后就在石板地上爬动。男孩子说："母亲叫我告诉你我刚才说的话。我跟她说我不相信她念的那本书……"

"什么书？"

"那本圣书。"

父亲神情忧郁地说："啊，那本书。"街上没有行人，一切都很平静。时间已过了九点半钟，各处的电灯都已熄灭。父亲说："你不必太认真。你知道，对我们老一辈人来说，所有这些事似乎都已经过去了。那本书记述的……好像是我们的童年时代。"

"那本书太可笑了。"

"以前这里有教会，那个时候的事你不会记得的。我不是个好天主教徒。对我来说，那个年代有音乐，有烛光，有个阴凉的地方可以叫你坐下歇歇腿。咳，教会总是主办这个，主办那个。要是咱们还有戏看的话，或者不管有一点儿什么能代替的话，咱们就不会感觉这样——像被抛弃似的了。"

"可是那个叫胡安的人，"男孩说，"他的事太不近情理了。"

"他不是被杀害了吗？"

"他们都被杀害了，维拉、奥布雷贡、玛迭罗……"

"是谁告诉你这么多事的？"

"我们都演过他们的戏。昨天我还演过玛迭罗。他们在广场上把我枪毙了——因为我犯了私逃罪。"外边不知什么地方有人在敲鼓，鼓声在暗夜里发出重浊的声响。屋里充塞着河面飘来的酸臭气，这同城市中的污垢一样，人们早就习惯了。"我们抓阄儿分配角色。我演玛迭罗。佩德罗得演胡尔塔。他坐船逃到韦拉克鲁斯去了。曼奴埃尔在后边追他——曼奴埃尔是卡兰扎。"父亲打掉飞到袖口上的一只甲虫，他又向窗外望去。列队行进的足音越来越近了，他说："我想你母亲生气了吧？"

"你可没生气。"男孩说。

"生气有什么用？这不是你的错。我们被抛弃了。"

士兵走过去了，他们正走回兵营去。他们的兵营设在山顶过去的天主教堂附近。虽然有鼓点声，可是士兵的步伐仍然非常杂乱。这些当兵的看起来营养不良，战争并没有给他们带来多大好处。他们无精打采地在这条昏黑的小街上走过去，男孩子兴奋的充满希望的目光一直追随着他们，直到他们消失在视线外。

费洛斯太太摇晃着身子，一会儿向前，一会儿向后。"于是帕默斯顿勋爵说，如果希腊政府对待唐·帕塞菲科不公平的话……"她说，"亲爱的，我头疼得厉害，我看咱们今天就读到这儿吧。"

"可不是。我也有点儿头疼。"

"我想你很快就会好的。你把这些书拿走好不好？"帕特诺斯特街有一家私立函授学校，这些印刷粗糙的一本本小册子都是这家学校从邮局寄来的。这是由浅入深的一整套进修课程，从"无泪阅读"开始直到改革法案、帕默斯顿勋爵传和雨果的诗歌。每过半年学校寄来一份试卷，费洛斯太太都必须一丝不苟地写出答案或者勾画试卷上给出的符号。之后她再把答好的试卷寄回帕特诺斯特街。几个星期之后，学校就会把学生寄来的卷子归档备案。有一回因为萨帕塔发生骚乱，费洛斯太太忘记了寄考卷，她曾接到过一纸打印的通知单："亲爱的家长，我们遗憾地发现……"参加这样函授进修的问题是，他们阅读的书早已远远走到计划前面——因为住在这样一个穷乡僻壤，根本没有别的书可读——而考试的答卷却落后了好几年。有时候学校寄来一张可以镶在镜框里的带着浮凸花纹的证书，证明卡洛尔（珊瑚）·费洛斯小姐已经以优异成绩通过三级考试，现在进入二级了。证书下面是这家进修学校校长、文学学士亨利·贝克理的签名和印章。偶尔学校也寄来一封用打字机打的信，信下面同样是那位文学学士用蓝墨水写的墨迹斑驳的签名。信上写的是："亲爱的同学，我认为你在本周应该更注意……"这些信寄到的时候总是晚了六个星期。

"亲爱的，"费洛斯太太说，"你去看看厨师，叫他准备午饭，好不好？就给你一个人做饭。我什么也吃不下去。你父亲也到种植园去了。"

"母亲，"女孩说，"你信不信有天主？"

这个问题把母亲吓坏了，她拼命摇晃着身体，说："当然有。"

"我的意思是，你信不信贞女诞生说这些事。"

"亲爱的，你怎么会问这样的问题？你跟谁说话来着？"

"没跟谁，"她说，"我只不过自己在想。"她没有等母亲再回答她。她知道得很清楚，这些问题是得不到解答的——不论什么事，一向是她自己做出决定。所有这些事文学学士亨利·贝克理在早先的一篇课文里都解释过。那个时候接受他的解释并不困难，正像她也曾相信过豆秆上坐着巨人的童话故事一样。但是到了十岁的时候，这两类神话她就一点儿都不信了。这时候她正在开始学代数。

"一定不会是你父亲……"

"啊，不是。"

她戴上太阳帽，到外边上午十点钟的炽烈阳光里去找厨师。她的体态看上去比过去更加纤弱，但神情却更加桀骜不驯。她把要嘱咐厨师的话吩咐完就走进仓房，查看钉在墙上的鳄鱼皮。之后她又去马厩看了看拴在那里的几头小驴照料得怎么样。在炎热的庭院里，她小心翼翼地履行着这些职责，好像在摆放一件又一件容易碰坏的陶器。不论别人问什么，她都能够脱口而出。在她走近的时候，栖息在低处的兀鹰就懒洋洋地飞起来。

她又走回到屋子，对母亲说："今天是星期四。"

"是星期四吗，亲爱的？"

"父亲是不是已经叫人把香蕉运到码头上去了？"

"我可不知道，亲爱的。"

她脚步敏捷地走到院子里，摇了摇铃。一个印第安人走过来。没有，香蕉还堆在仓房里，没有人吩咐把香蕉运走。"立刻送到码头上去，"她说，"马上就弄过去，轮船很快就要来了。"她把父亲的账本取出来，一束一束数着从仓房里抬出去的香蕉——一束香蕉有百十余只，价值几便士。把堆在仓房里的香蕉全部运出去得花两个多小时。这件苦差事反正得有人做。过去有一次她父亲就把日子记错了。过了大约半小时，她就感觉累了——过去她从来没有这么早就感觉到疲劳。她站在那里，上半身倚在墙上，双肩烤得发烫，但是她丝毫也没有怨言，只知道必须监督着工人把活儿干完。"游戏"这个词对她来说毫无意义；她的全部生活同成年人没有什么两样。在亨利·贝克理的一本初级读本里，她曾看见过一幅插图——一个洋娃娃请朋友来喝茶。她不懂这幅画表现的是什么，正像她不理解没有人教过她的一个什么仪式似的。凡是不懂的事，她从来不装懂。四百五十六，四百五十七。抬香蕉的工人大汗淋漓，仿佛在洗淋浴。她突然感到肚子一阵剧痛——她漏掉一担没有数，连忙把它补上。她第一次感觉到责任感像是一副已经压在她肩上很多很多年的重担。五百二十五。这是她过去没有过的一种疼（这次不会是蛔虫），但是她并不害怕。她的身体似乎早就等待着这种病痛了，因为她已经长大，可以忍受它了，正像她的心志日趋坚韧，不再像小孩那样敏感脆弱一样。你当然不能说她的童心已经丧失，因为她似乎从来没有真正体味过童年的乐趣。

"这是最后一束了吗？"她问。

"是的，小姐。"

"肯定没有了？"

"是的，小姐。"

但她还是要亲自去看看。过去她从来没有不愿意干活儿的情况——很多事她要是不做就没人做了——但是今天她却只想躺着，只想睡觉。要是香蕉没能全部运出去，责任在她父亲。她怀疑自己是不是发烧了，她的两只脚踩在滚烫的地面上也一阵阵发冷。咳，反正也这样了，她想。于是她就耐着性子走进仓房里。她找到手电筒，打开开关。可不是，里面的东西好像都抬出去了。但她是一个只要干事就干得非常彻底的人。她又向后山墙走了几步，用手电筒向前面照了照。脚底下一只玻璃瓶滚动了一下。她用手电筒照了照——蒙特祖玛牌啤酒。电筒的光移动了一下，射在后墙上。她发现靠近地面的一段墙皮上有许多白粉笔画的道道。她走近几步，手电筒的光环照射出一大堆小十字。那个人当时躺在香蕉堆上，为了排除恐惧感他就在墙上胡乱涂画。除了十字架他还能画什么呢？女孩忍受着折磨着妇女的痛苦，望着这些小十字架。这一天早上她经历了自己从未尝到过的感受，既新奇又让她觉得可怕。

中尉进来找他的时候，警察局长正在饭厅里打台球。他的脸上系着一块手绢，他认为这可以减轻他的牙痛。中尉推开饭厅的转门，局长正在往自己的球杆上涂白粉，下一杆是很难打的一记球。球台背后的碗架上只摆着一些汽水和一种名叫西德拉的黄色饮料，瓶子上注明绝对不含酒精成分。中尉站在门口，面露不悦之色。他看到的景象有些不成体统。他是个立志消除国内任何会引起外国人嘲笑的现象的斗士。他开口说："我能同你谈几句话吗？"局长因为牙突然疼了一下，皱了皱眉头，但还是向门口走去，步子甚至比平常迈得更快一点儿。屋子里悬着一根细绳，绳子上套着许多小环，用来记录双方积分。中尉看了看积分记录，这局局长看来已经输定了。"我马上回来。"局长说。他又向中尉解释："嘴张不开。"在这两个人推门出去的时候，一个人举起球杆，把局长的积分环偷偷地拨回去一个。

两个人，一胖一瘦，并肩在街上走着。这一天是星期日，所有商店正午都不再营业——这是旧时代留下的唯一遗风了。任何地方都听不到钟声了。中尉说："你见到州长了吗？"

"你爱怎么干就怎么干吧，"警察局长说，"干什么都成。"

"他把这个差事交给咱们了？"

"在一定条件下。"局长有些躲闪地说。

"什么条件？"

"如果……在雨季到来以前……还没有抓到……你要负全责。"

"只要别把别的差事再加到我头上……"中尉郁郁不乐地说。

"那就这样吧。你提出了要求，你得到了准许。"

"我很高兴。"中尉觉得，他一心盼望着的一个世界现在已经展现在他面前了。这两人走过为工农联合会新建的一座大厅。从窗户外面，他们可以望到墙壁上线条粗犷的壁画——一个传教士在告解室里抚慰一个妇女，另一个传教士在喝领圣餐时用的葡萄酒。中尉说："过不了多久，我们就用不着这些画了。"他用一个外国人的目光审视着壁画，他觉得这幅画一点儿也不文明。

"早晚有一天他们会忘记这里曾经有过教堂的。"

警察局长没有说什么。中尉知道他正在想：这一切都是没事找事。他提高嗓门问："有什么吩咐吗？"

"吩咐？"

"你不是我的上级吗？"

局长没有说什么，一双狡猾的小眼睛暗地里打量着这位警官。过了一会儿，他开口说："你知道我信任你。你觉得该怎么做就怎么做吧。"

"能不能请你把这个意思用书面写下来？"

"啊，没这个必要。我们互相都很了解。"

他俩一路走一路勾心斗角，措辞谨慎地用语言交锋。

"州长没有给你写什么书面指令吗？"中尉问。

"没有。他说我同他互相都很了解。"

最后到底是中尉表示让步，因为他确实把这件事看得非常重要。至于自己的前途如何，他倒觉得无所谓。他开口说："我要在每一个村子里抓一个人质。"

"那他就不在村子里停留了。"

"你真的认为，"中尉气恼地说，"他们就一点儿不知道他藏在什么地方？他需要同一些人保持联系——否则他孤零零地还做什么？"

"你爱怎么办就怎么办吧。"局长说。

"只要有必要，我会不断地枪毙人的。"

局长像开玩笑似的故作轻松说："流一点儿血伤害不了谁。你准备从什么地方开始？"

"我想先从他的教区——康塞浦西昂下手，接着——或许是他的家乡。"

"为什么是他的家乡？"

"他也许觉得在自己老家最安全。"中尉沉思地看着路上经过的一家家上了门板的店铺，"死几个人，这个代价是值得的。但是如果墨西哥城跟我捣乱，你猜想咱们上头那个人会不会出面支持我？"

"不太可能有什么麻烦，也许，"局长说，"但这是——"他的牙又疼了一下，话也就没有说完。

"这是我需要得到的。"中尉替他把下半句话补充上。

中尉一个人向警察局走去，局长又接着去打台球。街上空荡荡的，几乎没有行人，天气实在太热了。要是能有一个好摄影师就好了，中尉想。他要知道敌人的面貌特征。广场被一群孩子占据着，他们从一条长凳跑到另一条长凳，正在做一个外人弄不清楚的复杂游戏。一只空汽水瓶从半空飞过来，摔碎在中尉脚底下。他不假思索地把手伸向手枪皮套，身子倏地转过来。他看到的是一个小男孩惊慌失措的脸。

"瓶子是你扔的吗？"

孩子的一双棕色大眼睛阴沉地看着他。

"你们在耍什么把戏？"

"我扔的是一个炸弹。"

"是要炸我吗？"

"不是。"

"那你在炸谁？"

"一个外国佬。"

中尉笑了——他的嘴唇怪模怪样地动了一下。"那好，可是你要瞄得准确一些。"他把汽水瓶踢到路上，想要说一句什么话，叫这些孩子知道他跟他们是站在一边的。他说："我猜想你说的外国人是一个有钱的美国佬吧……"他没有想到这句话叫男孩子脸上显出热诚的神情。他有些感动，觉得心里荡漾起一种悲哀的、无法满足的爱恋。他说："到我这儿来。"男孩子向前走了几步，他的几个伙伴围成半圈站在他身后。他们同中尉保持着一个安全的距离，心里都很害怕。"你叫什么名字？"

"吕斯。"

"好样的。"中尉说。他不知道还应该同他说什么。"你得学会瞄准。"

男孩热情地说："我希望我能瞄得准。"他的眼睛盯着中尉的手枪皮套。

"你想看看我的手枪吗？"中尉问。他把自己那把沉重的自动手枪从枪套里取出来，递了过去。孩子们小心翼翼地靠拢过来。他解释说："这是保险栓。这么一扳，就可以射击了。"

"枪里有子弹吗？"吕斯问。

"我的枪里总是装着子弹。"

男孩子的舌尖吐露出来，咽了口唾沫。他好像闻见好吃的东西似的嘴里漾出了口水。这时别的孩子也都靠得越来越近。一个小孩胆子很大，甚至伸出手来摸了一下枪套。他们把中尉围在中间。他觉得自己被一种无法把握的幸福笼罩着。他把手枪放回到枪套里。

"这是把什么枪？"吕斯问。

"一把柯尔特点三八。"

"能装几颗子弹？"

"六颗。"

"你用它杀过人吗？"

"还没有。"中尉说。

孩子们个个兴奋得喘不过气来。中尉一只手放在枪套上，站在那里望着孩子们的一双双热切的棕色眼睛。他就是为了这个才进行战斗的。他要从他们的童年中消除一切他自己尝到的苦难，消除一切贫穷、迷信和腐败的事物。他们这一代至少不该再被虚伪欺骗，他们有权得到一个空旷的宇宙空间，一个变得冷却的世界，有权选择任何活得幸福的方式。为了这些孩子，他不惜屠杀一批人，首先是教会的人，其次是外国佬，最后是那些政客——甚至他的顶头上司早晚有一天也得除掉。他要同他们一起重新开始建立一个世界，在沙漠中建造。

"啊，"吕斯说，"我希望……我希望……"他的雄心壮志好像无法用言辞表达出来。中尉伸出一只手准备表示对他的爱怜，他想抚摩一下这个小孩，可是却不知道该怎样做，于是他拧了一下小孩的耳朵，看着他疼得把头一扭。所有的孩子都从他身旁跑开了，像是一群受惊的小鸟。中尉形单影只地走过广场向警察局走去——他身材矮小，神采奕奕，充满了仇恨，可谁知道在他内心深处也会隐藏着对孩子的爱怜呢？办公室的墙壁上，那个强盗的侧面像仍在盯视着初领圣餐的一群信徒。不知是谁用墨水在神父的脑袋四周画了一个圆圈，为了把他同那些少女和老妇的脸分别开。这倒好像叫他的头上发出灵光，他就在灵光里叫人无法忍受地摆着一张笑脸。中尉非常生气地向院子里喊："人都到哪儿去了？"然后他在办公桌后面坐下，他的枪托砸在了地板上。

第二部

第一章

神父骑的骡子趴到地上不肯再走了。这是意料之中的事，因为他们已经在树林里走了将近十二个小时了。原来他往西走，后来听说西边有兵，他又掉头往东。但是这个方向红衫党正在活动，于是他又转而向北，在沼泽地里跋涉了一段路，进入幽暗的红木树林里。现在坐骑和人都已疲惫不堪，骡子索性趴在地上不动了。神父从骡背上爬下来，呵呵地笑起来。他的心情非常好。生活中怪事很多，人们发现，不论日子多么不好过，总有某些瞬间你还是感到活得很开心，总可以同更倒霉的时刻作比较。即使在艰难险阻中，钟摆也依然来回摇摆。

他小心翼翼地走出林莽，来到一块有积水的空地。这一整个地区都是这种地貌：河流、沼泽和森林。他在迟暮的阳光中跪下，在一汪棕黄色的水坑里洗了一把脸。积水像一片上了釉的大陶片，照出他的一张胡子拉碴的干瘪圆脸。他看见自己这副怪相吓了一跳，不由得笑了笑——那是一个人出其不意被人发现时脸上现出的笑容，忸怩、躲闪、不太叫人信任。在过去那些日子里，他常常在镜子前面反复练习这个姿态，所以他已经像演员似的熟悉自己的脸相了。他的长相好像不太怎么对头——过于温顺了。这是一张丑角的脸，只适合在女人堆里说几句文雅的笑话，不宜站在祭坛上宣教。他一直努力改变自己的面容。他想，现在好了，我已经成功了，他们再也认不出我来了。他为此感到高兴，就像又尝到一口白兰地似的。他在短时间内可以不感觉恐惧、孤独和许许多多不愉快的事了。当前，他正被无处不在的军人逼得走向一个他最想去的地方。六年来他一直躲着这个地方不愿意去，现在他终于踏上返乡之路。这并非他的过错，是他的职责召唤他走向这个方向。因此，他不是犯了罪。神父回到自己坐骑旁边，轻轻地踢了它几脚，吆喝道："起来，骡子，起来。"一个瘦削矮小的人，穿着破破烂烂的农民衣服，同任何一个普通老百姓毫无两样。这么多年以来，他第一次向他的家乡走去。

不论怎么说，哪怕他能够躲开村落逃到南方去，那也不过是他又一次放弃职责。同这回一样，过去几年里他已经一次又一次放弃自己的职责了。开始是不再纪念节日，不再禁食、斋戒，其后又越来越频繁地忘记携带每日祈祷书。最后在港口必须再一次逃亡的时候，他就索性把书扔下了。再后来因为太危险他也不敢带着祭坛圣石。没有祭坛圣石就做不了弥撒，很可能因此而被停止圣职。但是在一个当权者只颁布死刑判决的国度里，教会的任何惩罚似乎已经失去现实意义了。他的生活惯例像是一道决了很多裂口的堤坝，潮水不断涌进，把例行常规一个又一个冲刷走，逐渐都忘在脑后了。五年以前他曾经彻底绝望——那不可赦免的罪——如今他正走向当年痛苦绝望的场地。奇怪的是，他的心情一点也不感到沉重了。一段痛苦绝望的时间已经过去，他知道自己是个很不称职的传教士。人们对他这样的传教士有个叫法——"威士忌神父"，但现在他对自己的种种失职都已经习以为常了。也许在哪个地方他的过失正在暗中堆积着，如同一块又一块过失的碎石瓦砾。而后有一天，他想，这些成堆的过失就会把天主可能恩恕他的源流完全堵死。但是直到那一天来临以前，他只能这样一天天挨下去，尽管感到一阵阵恐惧、劳累，而心却不知羞耻地总是那么轻盈。

骡子蹚着水走过这块林中空地，他们重又进入树林里。若说他现在不再感到绝望，自然不是说，他认为自己不应受到天主的谴责。他之所以不再那么痛苦欲绝，是因为他心中有一种神秘感，而且觉得越来越不可解——一个应受天主惩罚的人却把圣体送进人们嘴里！他可真是主的奇怪的仆人。难道他是在受魔鬼支使吗？他心里想的只是一个含义被简单化的神话[1]：米迦勒披盔戴甲杀死毒龙，众天使像一颗颗彗星似的从天空坠下，美丽的长发在身后披拂，因为他们都感到嫉妒。有一位道德高尚的学者曾经解释过，天主为世人准备的就是至高无上的生活权利，也就是此生！

骡子又走了一段路，已经看得到有人居住的迹象了。一丛丛林木被清除，几块准备播种的土地，地上还留着已被砍掉枝茎的树桩和一些草木灰。他不再踢打骡子以催促它赶路了；他心里有

---

1 《圣经·新约·启示录》第12章所载天使米迦勒率领众天使与龙交战的故事。龙即魔鬼化身。

一种奇怪的羞怯的感觉……一个女人从一间泥土棚子里走出来，望着他骑在疲顿的骡背上慢腾腾地从小路上走过来。这个小村子只有二十来个小泥棚，建在一个尘土飞扬的广场四周，格局同别的村子一模一样，这一直是他心里记忆中的农村模式。他觉得安全——肯定这里的人欢迎他到来，肯定这地方至少有一个人不会把他出卖给警察。他已经离小村子只有几步路的时候，骡子又一次趴下了。这回他不得不连滚带爬地离开骡背。他站直了身子，村子里的那个女人一直盯着他，倒好像他是个敌人似的。"喂，玛丽亚，"他说，"你好吗？"

"啊，"女人喊道，"是你吗，神父？"

他没有朝那女人的脸上看，他谨慎地避开女人的目光。他说："你认不出我了？"

"你的样子变了。"她带着些鄙夷上下打量着他。她说："你什么时候弄来这么一身衣服的，神父？"

"一个星期以前。"

"你自己的到哪儿去了？"

"跟人家换了。"

"干吗换呀？你的衣服多好啊！"

"已经穿烂了，而且太显眼。"

"我可以把你那身衣服缝补好收起来。你把它换给别人太可惜了。你现在的样子跟普通老百姓没有区别了。"

神父笑了笑，目光仍然看着地面，而那个女人却像管家婆似的呵斥他。一切还像旧时的情景：那时候有教士的住房，有圣母会，有各式各样的善会，教区的人随便聊天。但是当然了，只不过……他脸上带着困惑的笑容，仍旧不看她的脸。他温和地说："布莉吉塔好吗？"这个名字叫他的心怦怦跳起来。过去犯过的罪的后果可能是很严重的。自从他上次回家乡，时间已经过了六年了。

"她不错，跟我们大家一样。你想她会怎样？"

他觉得满意了，但他的满意是同他犯的罪有关，并非因为怀旧。凡是与往昔有关的事，他都没有理由感觉快乐。他机械地说了句："那就好。"但他的心却仍然因为一种秘密的爱恋而跳动着。他又说："我很累。萨帕塔附近有警察去过。"

"你为什么不到基督山去？"

他忧惧地向远处的人群瞥了一眼。这些人对他的到来不像他期待的那样热情。一小撮人聚集在几座泥土房子中间，他们只在安全的距离外远远望着他。空场上有一个已经颓败了的演奏音乐的土台和一个孤零零的汽水摊。人们已经把椅子搬出室外，准备晚上乘凉。没有一个人走过来吻他的手，请求他祝福。他看上去像是因为犯了罪而被谴谪到尘世来，卷入人类的纷争，让他除绝望与慈爱以外，再学习一些别的事，学到一个人在自己家乡也会受到冷遇。他说："红衫党到那儿去过。"

"好了，神父，"那个妇女说，"我们不能把你赶走。你还是跟我来吧。"他顺从地跟在她后面，因为他跟人换的裤子太长，走路时磕绊了 下。他的脸上这时已经没有了幸福感，但笑容仍然滞留着，像轮船沉没后幸存下来的人。泥土房子外边站着七八个男人、两个妇女和十来个小孩。他像个讨饭的人走到这些人中间，不由得记起上次到这里来的情景。那次人们见到他都非常兴奋，不断有人把装在葫芦里的白酒从地窖里取出来……当时他刚刚犯罪不久，但是他是多么受欢迎啊！他像是他们中的一名成员似的回到这些人的阴暗牢狱里，像是个移居国外的人衣锦还乡似的。

"这是神父。"妇人说。这些人大概没有认出我是谁，他想。他等着他们同他行见面礼。这些人果然一个一个地走到他跟前，吻他的手。之后他们又站回去，远远地看着他。他说："我很高兴见到你们……"他本来想叫他们"我的孩子"，但他突然想起来，这个地方大概只有没有子女的人才有权管陌生人叫孩子。这时候真正的孩子也走过来同他行吻手礼，他们一个挨着一个，多半是听了大人吩咐才这样做的。这些孩子年纪都太小，不会记得当年的规矩。那时候神父都穿着黑袍子，戴着白色硬领，他们的手柔软而高贵，像对人施恩似的伸出来给别人亲吻。孩子们对他行吻手礼时有些迷惑不解，他们不知道为什么要对一个跟他们父母一样的农夫这样毕恭毕敬。他的眼睛虽然没有紧紧盯着这些小孩，但还是看得很仔细。两个是女孩，其中一个极其瘦弱，年纪有五六岁，也许六七岁，他说不准。另一个因为贫穷和饥饿变得早熟，生着一张机警、圆滑、甚至带有某种邪恶的面孔，童稚的眼睛里射出来的是年轻妇女的目光。他看着这些孩子散去，什么也没说。对他来说，他们都是陌生人。

一个男人问他："神父，你要在我们这儿待很久吗？"

他回答说："我本来想，也许……我能够……歇几天。"

另外一个男人说："你不能再往北多走一点儿吗，神父？你可以到普埃布里托去。"

"我们已经走了十二个小时，我同我的骡子。"

那个女人突然替神父说了话，她非常生气。"他今天晚上当然要住在这儿。我们起码也应该让他住一宵吧！"

神父说："明天早上我可以给你们做弥撒。"他这样说倒好像是在向他们行贿，但从那些农民脸上的踌躇和不情愿的表情看，他用来行贿的钱倒像是偷来的似的。

又有一个人说："要是可以的话，神父，能不能一清早……要么就在夜里？"

"你们都怎么啦？"他问，"为什么这么害怕？"

"你没听说？"

"听说什么？"

"他们现在开始抓人质了——从所有他们认为你到过的村子里抓一个人当人质。要是村子里的人不说……他们就把人质枪毙，然后再抓一个。他们在康塞浦西昂已经这么做了。"

"康塞浦西昂？"他的一个眼皮开始上上下下地跳动起来。他说："哪个人？"他们茫然地看着他。他生气地说："哪个人叫他们给杀了？"

"佩德罗·蒙太兹。"

他像小狗似的哀号了一声——这是他感到悲痛的简短表示。那个早熟的女孩子嘻嘻地笑起来。他说："为什么他们不来抓我？这些笨蛋。为什么他们抓的不是我？"那个小女孩又笑了一声。他茫然地看着她，好像只听见她的声音而看不见她的脸似的。幸福之感还没有来得及呼吸就在他身上断气了。他像是个分娩了死胎的妇女——赶快把死婴埋掉，把它忘记，再重新开始吧。或许下一胎能够活下来。

"你现在知道了，神父……"一个农民说，"为什么……"

他觉得自己像是个站在法官面前的罪犯。他说："你们是不是愿意让我像……像留在城里的何塞神父那样……你们听说过何塞神父吧？"

这些人没有什么信心地说："我们当然不愿意你像他那样，神父。"

他说："那我还有什么要说的？既然你们不愿意叫我那样，我自己也不愿意那样。"接着，他就以不容置喙的口气说，"我现在去睡会儿觉……你们在天亮以前一个小时叫醒我……我用半个小时听你们告解……以后做弥撒。完了以后我就离开这儿。"

但是到哪儿去呢？在这个国家里，现在已经没有一个村子不把他当作不受欢迎的危险人物了。

那个女人说："跟我来，神父。"

他跟在女人身后走进一间小屋，这里所有家具都是用包装箱做的——一把椅子，一张木板拼装起来的床板，上面放着一床草垫，一只蒙着布的木箱，布上摆着盏油灯。神父说："我不想把原来住在这里的人赶走。"

"这是我的屋子。"

他不怎么相信地看着她："那你到哪儿去睡？"他怕她提出什么要求来。他偷偷地看着她：难道这就是婚姻？婚姻就只意味着躲躲闪闪、相互猜疑和种种不舒适？当教徒们以激动的言辞向他告解时，他们诉说的难道只是这些事——坚硬的床板，妇女终日劳碌，对过去的经历讳莫如深？

"你走了以后我再睡。"

阳光隐没在树林后面，长长的树影指向泥土门口。他在床上躺下。那个女人在他看不到的一个地方忙着做事，他只能听到她好像在地面上拖动什么。他无法睡着。逃离这个国家是否也成了他的职责了？他几次设法逃走，但是每一次都发生了一件意外的事，把他耽搁住了……现在他们还是叫他逃走。没有谁再拦阻他，告诉他一个妇女病重或者一个男人生命垂危这些事了。他自己已经成为人人要躲避的瘟疫了。

"玛丽亚，"他叫道，"玛丽亚，你在做什么呢？"

"我给你存了一点儿白兰地。"

他思索着：如果我能逃走，我就会看到别的神父。我就可以去办告解，向告解神父悔罪，得到宽恕。这样的话，我就可以重新开始永生了。教会教导人们，每个人的首要职责是拯救自己的灵魂。他的脑子里思考着天堂和地狱两个简单的概念，因为多日来他既不读书，又不同有文化的人接触，他的头脑已经变得一片空白，除了生和死这一最大的人生之谜，其他的问题都从他的记忆中剥落了。

"给你。"妇人说。她拿给他的是一个装着白兰地的小药瓶。

他要是离开这里，他们就安全了，也不再有他这样一个范例了。他是孩子们记得的唯一的神父，他们的宗教信仰只能从他身上得到。也是从他那里他们能够领圣餐——把圣体放进嘴里。要是他走了，整个这一地区，从大海到高山，天主好像就不再存在了。他的职责是不是应该继续停留在这里，哪怕人们都厌弃他，哪怕他们会因此而被杀害？甚至从他的事例他们根本学不到什么好处？这个问题太重大了，他感到一阵头晕目眩。他躺在床上，两手捂着眼睛：在这块广阔平坦的沼泽地上，竟没有一个人可以给他出个主意。他把白兰地酒瓶举到唇边。

他羞怯地问："布莉吉塔……她……还好吗？"

"你刚才不是看见她了吗？"

"我没看见。"他不相信他会认不出自己的女儿。要是真的认不出来，那就说明他对自己犯的死罪没有放在心上。一个人不可能做了那样的事而又根本认不出来……

"是的，她刚才也在那儿，"玛丽亚跑到门口去喊，"布莉吉塔，布莉吉塔。"神父在床上侧过身来看着那孩子从外面恐怖与欲望的风景线里向这边走过来，一步步走进这间屋子，一个嘻嘻地嘲笑过他的邪恶的小女孩。

"去跟神父说几句话，"玛丽亚说，"去说吧。"

神父想把装着白兰地的瓶子藏起来，可是找不到地方……他只能装作毫不在意的样子把它握在手里。他望着面前的这个孩子，为心中洋溢起的爱恋之情感到震骇。

"她学过教理问答，"玛丽亚说，"可是她不肯背……"

女孩站在床前看着他，眼睛里流露出的是锐利的、轻蔑的目光。她并非爱的产物——当年叫他干出这件事的是恐惧、绝望和孤寂感，再加上半瓶白兰地。事过之后，他吓得要死。他没想到，结果会是现在这种又羞又怕、一往情深的疼爱。他问："为什么不背？为什么你不肯背给我听？"他的目光在孩子身上偷偷地转来转去，却不敢直接看她的眼睛。他的心在胸膛里跳得很不均匀，像是一台老蒸汽机。他觉得自己应该把她从——从这一切中救出来，可是他又无能为力。

"我干吗要背？"

"天主希望你背。"

他感到自己负有极大的责任，他分不清责任是否就是对孩子的爱。他想，所有做父母的一定都是这种心情。一般人就是这样生活的：合起手掌祷告，祈求孩子免受痛苦，为孩子担心……而我们却不必付任何代价就躲避开这种忧虑，只不过牺牲了肉体的一个无足轻重的行为而已。当然了，多少年来他也负有责任，但那是拯救灵魂的责任，与此不同……那是一件比较容易做的事。天主一定能够宽容待人，这一点你不必怀疑。但天花、饥饿、恶棍……却是另外一件事，你无法相信它们能有天主的仁慈心……他喊了一句"亲爱的"就握紧手中的酒瓶……上次来的时候，他给这孩子施了洗礼。那时她像个布娃娃，一脸皱纹。很难相信这样一个孩子会活下来……他心中只有悔恨的感觉。因为他并未因此而受到任何人谴责，所以他倒也没觉得耻辱。这里大多数人只见过他这一个神父，因此他们都把他看作神父的榜样，就连妇女也不例外。

"你就是那个外国佬吗？"

"哪个外国佬？"

玛丽亚替女孩解释说："这个傻孩子！因为警察一直在抓一个人。"他听说警察要抓的不是他而是另外一个人，觉得很奇怪。

"那个人犯了什么事？"

"一个美国佬。在北边杀了好几个人。"

"他到这一带来做什么？"

"他们想这个人会到昆塔纳·路去，到奇切利农庄。"墨西哥有很多罪犯最后都逃到那个地方，他们可以在农场里做工，赚不少钱。那地方没有人管。

"你是那个外国佬吗？"孩子又问了一声。

"我长得像杀人犯吗？"

"我不知道。"

如果他逃离这个国家，他也就离开了这个孩子，再也管不了她了。他低声下气地对那女人说："我能不能在这里待几天？"

"那太危险了，神父。"

这时他看到小女孩的眼神，他吓了一跳。他看到的是一个过早成熟的妇人的眼睛。仿佛她已经知道许许多多事，正在为自己的未来打主意。神父好像看到自己犯的罪，罪恶毫无悔意地回望着他。他不想再同那女人讲话，而想同孩子亲近一会儿。他问："亲爱的，告诉我你都玩什么游戏？"女孩只是嘻嘻地笑。他很快把头转向一边，凝视着屋顶。那上边正有一只蜘蛛在爬动。他想起了童年时期听过的一句俗话。童年早已逝去，但这句话却一直藏在他的记忆深处。他父亲常说："最好闻的是面包；最有味的是盐；最珍贵的是对孩子的爱。"他的童年倒也幸福，只不过有很多事物让他害怕。他也厌恶贫穷，把它看作是一种罪恶。他曾经相信，当自己当了神父以后，他就会有很多钱，就能够自豪了。他认为传教是神的召唤。他回忆自己走过的漫长道路，从他抽打过的第一个陀螺到今天他握着白兰地酒瓶躺在上面的这张床。在天主眼中，这只不过是一瞬间。嬉笑的女孩同他第一次犯了那不可赦免的罪前后相连，时间也不过像一个人眨了两次眼。

他伸出手臂，好像要用力把女孩拉过来，不叫什么东西碰着她。但是他是没有这种力量的。那个等待着叫她彻底堕落的男人或者女人或许现在还没有出生——他又怎能保护她防卫还不存在的人呢？

女孩子从他够得到的地方跳开，在远处对他吐了吐舌头。女人骂了声"你这个讨厌鬼"，举手要打。

"别打，"神父说，"别打。"他挣扎着在床上坐起来，"你不要打她……"

"我是她妈妈。"

"我们没有权利打她。"他又对那小孩说，"我要是有一副牌，就可以教你一两个游戏。你再去教你的朋友……"他这辈子除了站在讲道坛上还从来没跟小孩讲过话呢，"你知道怎么传递消息吗？你可以敲打一件什么东西，长、短、长……"

"你在胡说什么，神父？"女人喊道。

"一种儿童游戏。我知道怎么玩。"他对女孩说，"你有没有朋友？"

孩子突然大声笑起来，好像她什么都懂了。她的七周岁的身躯非常矮小，但这个貌似小矮人的孩子实际上已是个相貌丑陋的成年人了。

"到外边去，"女人喊道，"快点走，要不我就揍你了……"

小孩最后又对他做了个极不礼貌的嘲弄手势，就跑开了——说不定从今以后她就再也走不进他的生活里来了。当你热爱的人躺在病榻上生命垂危的时候，你多半不会在香烟缭绕和静谧的气氛中向他告别的。他说："我不知道我们能不能教给她……"他想到自己生命即将终结，而孩子却还要活下去。如果他看到孩子长大以后，在她开始堕落的岁月里越来越像自己，像感染上肺病似的也染上他自己的毛病，那他可真要下地狱了……他仰面躺在床上，转过头，避开越来越暗的一点光亮。他装作已经睡着的样子，但实际上却非常清醒。女人继续在做零碎的家务，最后当太阳完全落下以后，蚊子就猖獗起来，在空中嗡嗡乱飞，像水手投掷刀子一样准确无误地落到攻击目标上。

"要不要我给你挂上一顶蚊帐，神父？"

"不用，没关系。"过去十年中他不知道发过多少次疟疾，他已经不把害病当回事了。病一时犯，一时好，对他不再有什么影响，这已经成为他生活中的一部分了。

不久她就从屋子里走出去了。他听得到她正在室外和人说闲话。他感到惊讶，这个女人竟这么容易就恢复了常态，但这也使他心安了一些。七年前，他同她曾经做了五分钟的情人，如果你可以不叫他的洗礼名而视之为情人的话。对她而言，这只是件偶然的事，就像皮肤蹭破很快就愈合一样。她甚至为做过这位神父的情妇而感到骄傲。但是他却一直带着这个伤口，倒好像整个世界已经崩陷了似的。

天还没有亮，黎明尚无来临征象，但他已开始向坐在最大一幢泥屋的土地上的二十多个村民讲道了。他一点儿也看不清这些人的面孔。竖立在包装箱上的几支蜡烛不断向上冒黑烟。门关着，屋子里空气沉滞。他穿着那条雇工穿过的破裤子和一件七孔八洞的汗衫，站在这群村民同蜡烛中间宣讲什么是天国。这些坐在泥地上的人不安地晃动着身子，有时还不耐烦地咕哝一句什么。他知道他们都希望弥撒赶快结束。他们很早就把他叫醒，因为有消息说警察会到这地方来……

他说："有一位基督教作家告诉我们，快乐依附在痛苦上，痛苦也是快乐的一部分。因为我们饿了，才想到如果吃到东西该多么快乐。因为我们渴了……"他突然停住了，眼睛看着地上的憧憧人影。他本以为人们会毫不留情地大笑，但却没听到笑声。他接着说："我们克制着自己的欲望，为了享受更大的欢乐。你们听说过北方的那些阔人吗？他们吃的食物放了很多盐，为了叫自己口渴，好去喝一种叫鸡尾酒的东西。结婚同样是这种情况。结婚之前有一个很长的订婚期……"他又停住了。他感到自己不配向人们宣教。他像是舌头上坠着一块什么重东西，无法把话说清。蜡烛熔化发散出一阵阵燃蜡气味。人们在坚硬的地上移动着身体，身上的汗臭同燃烧的蜡烛味混在一起。他提高了嗓门，极力使自己的话语更带有权威性。"因此我才对你们说，天国就在地上。你们在这里生活就是天国的一部分，正像痛苦也是快乐的一部分一样。"他说，"你们要祈祷，祈求受到更多、更多的苦难。千万不要因为受苦受难而心怀不满。警察在监视你们，士兵要你们交税，你们因为太穷付不起税还要不断受警察鞭打。此外还有天花啊，热病啊这些疾病，经常挨饿……但这一切都是天国的一部分——是为了进天国做准备。没有这些灾难，说不定你们就不会享受天国的幸福。什么是天国？"他记得的那些文学词语现在说出口来非常混乱。这些词本来是在严肃、恬静的修道院中常用的，同现在的日子比起来，那简直像是完全不同的生活。各种宝石的名字啊，黄金的耶路撒冷啊……这里的人什么时候见过黄金呢?

他还是磕磕巴巴地说下去:"天国是这样一个地方:那里没有警官,没有不公正的法律,没有税收,没有士兵,也没有饥饿。你们的孩子在天国里永远也不会死。"泥屋的门从外面被推开,一个人悄无声息地走进来。在烛光照不到的地方人们低声耳语。"你们在那里不会再害怕,或者感到不安全。那里没有红衫党。所有的人都不会衰老。庄稼永远也不会歉收。天国里没有的东西还可以列举很多,说出来一点也不难。但我要说的是那里有的——天主,这就不容易说了。因为我们的话语是用来描述我们从感官上认识到的事。比如我们说'光',我们就只想到太阳;我们说'爱'……"他的思想很难集中。警察离这地方已经不远了,刚才进来的人很可能就带来了这个消息。"它可能意味着我们的孩子……"门又一次被推开,他看到屋子外边另一个白昼像块灰色石板似的挂在天空上。一个急促的声音低声叫他:"神父!"

"啊?"

"警察来了。离这儿还有一公里远,正从树林里往这儿走。"

他对这样的事已经习惯了:道理没有说透彻,仪式匆匆结束,在他同他的信仰之间,痛苦随时可能闯进来。他不顾一切地说下去:"最重要的是你们要记住——天堂就在你们这里。"他们是骑马还是步行到这里来?如果步行,他还有二十分钟,可以把弥撒做完再藏起来。"现在在这个地方,就在此时此刻,你们的恐惧和我的恐惧都是天国的一部分。但是在天国就不再有恐惧了,永远没有了。"他转过身,背对着村民,开始急速地背诵

《信经》。曾经有一段时间，他在主持弥撒礼正祭的时候真正感到心惊胆战——那是在他第一次犯了死罪而领圣体、圣血的时候。但是后来生活就给了他不少宽恕自己的借口。再以后他就觉得不管自己受没受到天主谴责都无所谓了，只要别的这些人⋯⋯

他吻了一下包装箱的上顶，开始给村民祝福。因为烛光暗淡，他只看见两个人跪在地上平伸两臂，样子像一个十字架。他们必须一直摆着这个姿势，直到祝圣仪式结束。在他们艰辛困顿的生活中这是又一次承受肉体折磨。既然连平平常常的人都甘愿忍受这种痛苦，相形之下，他感觉自己未免太卑微了，因为他受的痛苦不是出于自愿，而是迫不得已。他背诵经文："主啊，我曾热爱过你美丽的住所⋯⋯"蜡烛烟袅袅上升，人们跪在地上晃动着身体——在又一次感到焦虑以前他心中奇怪地产生了一种幸福感，好像他已经得到允许从外边观望到天国的居民。天国里的人一定也有不少是他现在见到的这些满面饥容、奉公守法的小百姓。有那么短暂的几秒时间，他感到非常得意，能够真心实意地同这些人谈论他忍受的苦难，因为他的赞美贫穷跟那些吃得肚皮鼓鼓的油光水滑的传教士是截然不同的。他开始为活在世上的人祈祷，念出一长串信徒和殉教者的名字——柯内利、齐普里安尼、劳伦提、克瑞索哥尼⋯⋯这些人一个接一个地倒下，留下一连串脚印。警察不久就要走到他的骡子卧倒、他在水坑里洗脸的那块林间空地了。他匆匆读出的拉丁词撞击到一起。另外，他也明显感到屋子里的人个个坐立不安。接着，他就开始行祝圣仪式（面饼早已准备好，那是用玛丽亚的炉灶烤的一块面包）。突然，人们都耐心等待起来，一切按照常规进行，除了——"他在受难前一日用神圣的双手捧起圣饼……"森林中的小路上有人正在暗中走动，但不管来的是什么人，这里的泥屋却非常宁静。

"Hoc est enim Corpus Meum."[1]他听到人们轻轻的呼吸声，这是六年以来天主第一次进入教徒体内。在他举起圣体时，他想象得出人人都像饥饿的小狗似的仰起头来。他又开始奉献圣酒。酒盛在一只缺口的茶杯里。这是他又一次向敌对势力屈服。有两年多他一直随身带着一只圣爵。有一次还差点儿为此送命，幸亏那个检查他包裹的警官是个天主教徒。如果他幸而逃脱的消息透露出去，就连执行检查任务的警官也将被处死——他不知道后来到底怎么样了。就这样，你四处游荡，在康塞浦西昂或者其他地方到处叫天主知道有哪些殉教者，而你自己却未得到奉献生命的恩佑。

祝圣礼是在寂静中进行的，没有铃声。他跪在包装箱旁边，精疲力竭，连祈祷的话也没有说。门又被打开了，一个人走进来气急败坏地说："他们已经进村了。"他模模糊糊地想，他们不是步行来的，否则不会这么快。在寂静无声的黎明中，远处传来了马嘶声，离村子最多不过四百米。

他站起身，玛丽亚站在他身边。玛丽亚说："桌布，神父，递给我那块布。"神父连忙把圣体放进嘴里，把酒喝光。不该叫圣餐受到亵渎。桌布一下子从包装箱上扯下来。玛丽亚把蜡烛捻灭，不叫烛芯带着烟味……屋子转瞬间已经收拾干净，只有房主人仍然站在门口等着吻神父的手。从打开的房门可以隐约看到外边的景色。一只公鸡在村子里喔喔地啼叫起来。

1　拉丁文：这是我的躯体。

玛丽亚说："快跟我到我的屋子去。"

"我还是走吧，"他说，虽然他也不知道该往哪儿走，"不要让他们在村子里找到我。"

"他们已经把村子围起来了。"

他想，就这样终于结束了吗？他知道恐惧正隐藏在暗处，随时要扑到他身上，但是现在他还没有害怕。他跟在那个女人身后，快步走过一块空地，迈进她的屋子。他一边走一边机械地祈祷忏悔。他很想知道，什么时候他才感到恐惧。那一次，当那个警官打开他的提包时，他曾经害怕过——但那是多年以前的事了。另一次他藏在香蕉林中的小棚里，听着一个小孩在旁边跟警察争论，他也害怕过。这只是几周以前的事。毫无疑问，恐惧很快就又要开始了。现在警察还没出现——四周只是一片茫茫灰暗。几只鸟和火鸡栖在树上过夜，这时扑棱棱从上面跳下来。远处那只公鸡又打鸣了，他们要是细心的话，肯定会知道他正躲在村子里。那就是事情的结束了。

玛丽亚扯了一下他的衣服："进去，快一点儿。躺在床上。"看来她已经有了主意——妇女都非常实际，实际得叫人觉得可怕。头一个计划行不通，她们马上又有了新主意。可这有什么用呢？她说："让我闻闻你的嘴。哎呀，老天，你一嘴酒气，谁都闻得出来——平常的日子咱们喝酒干什么？"她走进里面一间屋子，不知去做什么。在清晨的一片沉寂中，屋里传出乒乒乓乓的声音特别刺耳。突然，从大约一百米以外的树林里，一个军官骑着马走出来。他身上佩带的手枪套随着他转身挥手，吱吱咯咯地响着，就是从老远的地方也听得清清楚楚。

小小的空地周围都出现了警察。他们一定是以急行军速度赶来的，因为除了警官骑着马，别人都没坐骑。这些人端着枪一步步逼近这一簇泥巴房子——他们这种显示威力的样子实在有些小题大做，让人感到滑稽。一个警察的绑腿拖在脚后——在穿过树林的时候他的绑腿一定是挂在什么东西上松开了——他被绊了一下，摔了个跟头，子弹带哐啷一声撞在枪托上。中尉警官骑在马上回头看了一眼，但马上就把他的一张满面怒容的脸又转回到面前的泥屋上。

　　玛丽亚从里间屋子伸出手来拉了他一下，对他说："快点咬几口这个。没时间了……"他转过身，背对着向屋子走来的警察，闪到屋子的暗影里。女人手里拿着一头生葱。"咬几口。"她说。他咬了一口，马上就呛出眼泪来。"好一点了吧？"她问。他听到外面嘚嘚的马蹄声一点点走近。

　　"真辣得慌。"他说，嘻嘻地笑了一声。

　　"把它给我。"转眼间葱头就在她衣服里面什么地方消失了。这是一种似乎所有女人都会变的戏法。他问："我的提包在什么地方？"

　　"你就别管提包了。快到床上去吧。"

　　他还没有来得及往床边走，室外已经出现了一匹大马，横拦在门口。他们只能看到骑在马上的一条腿，脚上穿着镶着红边的长筒马靴。马鞍上的铜配件闪闪发光。一只戴着手套的手搁在高高的鞍头上。玛丽亚的一只手搭在他的胳臂上——这是她表现出的一次最亲昵的姿态，因为在他们两人中间，亲热是一种禁忌。一个声音在喊："你们都出来，所有的人！"马蹄踏着地，地面升起一股轻尘。"快点出来，我说。"不知什么地方有人放了一枪。神父走出屋子。

天已经亮了，空中飘浮着羽状彩云。一个警察的枪口仍然对着前上方，枪口上的一团灰烟还没有散尽。痛苦是不是就要这样开始啦？

村民从一间间小房子里很不情愿地走出来。小孩最先跑出来，他们非常好奇，但并不害怕。成年男女的神情却像已经被政府判了罪似的；政府永远没错，说你犯法你就是犯了法。这些人的眼睛都不看神父。他们的目光垂到地面上，等待着。只有孩子们使劲盯着那匹马，倒好像这是最重要的物件似的。

中尉说："搜查住房。"时间过得非常慢，甚至放枪时散出的灰烟也好像凝滞在半空，一直不散。几口猪哼哼叫着从一间屋子里跑出来。一只火鸡神气十足地大摇大摆走到这群人中间，不知安着什么坏心眼儿。它一边走一边展开脏兮兮的翅膀，摇晃着喙下粉红色的长肉垂。一个士兵走到中尉面前，随随便便地向他敬了个礼，报告说："村子里的人都出来了。"

"你们没有发现什么可疑的地方吗？"

"没有。"

"再搜查一遍。"

时间又一次像停摆的钟表似的静止不动。中尉取出一只烟盒，犹豫了一下，又把它装进衣袋里。士兵又跑过来报告，什么也没发现。

中尉开始吼叫："注意了，所有的人。听我跟你们说。"站在最外圈的警察走近几步，把村民赶到中尉跟前，只有孩子们可以自由奔跑。神父看见他自己的孩子站在中尉骑着的那匹马旁边，抬起手摸弄马的缰绳。她刚刚比中尉的靴子高一点儿。中尉说："我在搜查两个人。一个是外国人，美国佬，杀人犯。我看得很清楚，他不在你们这儿。要是能抓到这个人，有五百比索的奖赏。你们要把眼睛睁大一点。"他停顿了一会儿，扫视了一遍面前的村民。神父觉得中尉的目光停住了，他像其他的村民一样眼睛望着地面。

"另外一个人，"中尉说，"是个神父。"这时他把嗓门提高了，"你们都知道神父是什么人——是共和国的叛徒。不管什么人，只要包庇他，就也是国家的叛徒。"村民们愣愣地听着，对他的话没有什么反应，这似乎把他激怒了。"要是你们还相信教会的人对你们讲的话，你们就太愚蠢了。这些人要的是你们口袋里的钱。天主给你们什么好处了？你们有足够的东西吃吗？你们的孩子有足够的东西吃吗？他们没有给你们吃的东西，只是跟你空谈什么天堂。他们说，你们死了以后，一切就都会好的。我告诉你们，只有他们都死了以后，你们的日子才能好过。所以你们必须帮助政府。"这时那个女孩已经把手放在中尉的靴子上。中尉低头看了女孩一眼，阴郁的脸上显露出关爱之情。他感慨地说："这个小孩比罗马教皇更尊贵。"警察个个倚着枪，其中一个不断打哈欠。火鸡嘶嘶叫着又走回屋子去。中尉说："你们要是看见过这个神父就要说出来，可以领到七百比索的奖赏……"没有一个人吭声。

中尉拉了拉缰绳，让马头对着这些人。他说："我们知道他正藏在这个地区。也许你们还没听说康塞浦西昂的那个人我们是怎么处置的。"村民中的一个妇女哭了起来。中尉说："走过来——一个跟在一个后面——叫我知道你们的姓名。不，女人不用过来，我要男的。"

他们哭丧着脸排成一行。一个一个走到中尉前边听他问话。"叫什么名字？干什么的？结过婚没有？哪个女的是你老婆？你听人说过那个神父吗？"这时只有一个人站在神父同骑马的人中间了。神父默默背着一段悔罪经文，却不能集中精神。"……我犯了罪，因为把我敬爱的救世主钉在十字架上……但更重要的是他们冒犯了——"现在只有他站在中尉马前了，"我立誓从今以后再不冒犯你……"他背经文只不过在走形式，因为反正他得做一点准备。这就像一个人必须要立遗嘱而遗嘱很可能毫无意义一样。

"你叫什么名字？"

他想起康塞浦西昂那个人的名字，随口说道："蒙太兹。"

"你看见过神父没有？"

"没有见过。"

"你是做什么的？"

"我有一小块地。"

"你结婚了吗？"

"结了。"

"哪个是你的老婆？"

玛丽亚突然大声喊道："我是他老婆。你干吗要问这么多问题？你觉得他像神父吗？"

中尉不知在查看放在鞍头上的什么东西，看起来是张老照片。"让我看看你的手。"他说。

神父举起双手，这双手同劳动者的手一样粗糙。中尉突然从马鞍上俯下身，开始闻他的呼吸。村民们一点声息也没有了，显得出奇地安静。这种宁静无声是个危险信号，叫中尉感觉出来他们非常恐惧……他盯着这张胡子拉碴、又干又瘦的脸看了一会儿，又转回来看那张照片。"好吧，"他说，"下一个。"正当神父要走开的时候，他又喊道："等等。"他把手放在布莉吉塔的头上，轻轻地扯了扯她的僵直的黑头发。他问那孩子说："村子里的人你都认识，是不是？"

"认识。"孩子说。

"这个人是谁？他叫什么名字？"

"我不知道。"孩子说。中尉连气都屏住了。"你不知道他叫什么？"他说，"他不是村子里的人吧？"

玛丽亚高声叫起来："你胡说什么？这孩子连自己的名字都说不清！你问问她谁是她爸爸。"

"哪个是你爸爸？"

女孩瞪大眼睛看了中尉一会儿，接着就把一双懂事的眼睛转向神父……"为我所犯下的罪感到难过，请求宽恕。"他心中念叨着，别起两根手指祈求好运。女孩说："这个人。就是他。"

"好吧，"中尉说，"下一个。"讯问继续下去："姓名？工作？结没结婚？"太阳一点一点升高，最后已经爬到树梢上面了。神父站在那里，两手在胸前握着：死亡又一次延期了。他非常想扑到这个警官前头，大声告诉他："我就是你正在找的那个人。"他们能够马上就把他枪毙吗？诱惑他的是希望得到彻底宁静，尽管他也知道，宁静并不存在。一只兀鹰在空中高高地向下注视着。从这样的高度观望地面，他们极像两群以肉类为食的猛兽，随时都会相互厮斗起来。那只飞禽，一个小小的黑点，就在上面等待着啄食被扑杀后的尸体。死亡并不是痛苦的结束——相信平和宁静是异端邪说。

最后一个人的身份已经查清。

中尉说："你们谁也不肯帮忙吗？"

他们一声不响地站在半坍塌的乐队土台旁。中尉说："你们听说康塞浦西昂的事了吧？我在那里抓了一个人当人质……当我发现那个神父到过那一带以后，我就叫那个人站在最近的一棵树前头。真实情况迟早会传到我的耳朵里来，因为总会有人后来改变了想法——也许是因为康塞浦西昂有个人爱上了这个人的老婆，想把他除掉。我不准备探究各种不同的动机。我只知道我们后来在康塞浦西昂找到了酒……你们这里的情况也不例外。也许村子里哪个人想弄到你的那块地——或者想要你的牛。所以最好是现在就说出来。因为我也要从你们这里抓一个人质。"他停了一会儿，又接着说，"其实你们连嘴都不必张。如果他在你们中间，只要用眼睛看看他就成了。谁也不会知道那个人是你告发的，就连他自己也不会知道。所以你们大可放心，不会受他诅咒。好吧……现在是你们最后的机会了。"

神父的目光垂到地面上，他不想叫那个暴露他身份的人感觉难堪。

"好吧，"中尉说，"那我就要挑出一个人来了。麻烦是你们自己找的。"

他骑在马上望着村民。一个警察把枪倚在演奏音乐的土台上，弯着腰系绑腿。村民人人看着地面，谁都害怕碰到中尉的目光。中尉突然喊叫着说："你们为什么不相信我？我不想叫你们任何人死。在我眼里——你们怎么会不了解——你们任何人的生命都比那个人宝贵。我愿意给你们——"他做了个手势。可惜谁也没有看着他，他的手势白白浪费了。"任何东西。"这以后他平平淡淡地说，"你。就是你。我要把你带走。"

一个女人尖声叫喊："那是我的儿子。他是米盖尔。你不能带走我的儿子。"

中尉继续不动声色地说："这里每个人都是别的一个什么人的丈夫或者儿子。这我知道。"

神父一语不发地站着，双手紧握。他的手攥得非常紧，以致骨节都发白了……他感觉出四周的人没有一个不在恨他，因为他不是谁的丈夫，也不是谁的儿子。他开口说："中尉……"

"你有什么话说？"

"我的年纪太老了，干不了地里的活儿了。你把我带走吧。"

几口猪从一幢房子后面跑出来，丝毫也不理会这些人在干什么。弯着腰的警察系好了绑腿，身子重又站直。阳光已经从林子上方射过来，把汽水摊上的玻璃瓶照得闪闪烁烁。

中尉说："我挑的是一个人质，不是一个想在我那儿白吃饭睡觉的懒汉。你要是干不了地里的活儿，也就没资格当人质了。"他下令说，"把这个人的手绑起来，带他走。"

警察很快就离开了村子，带走了两三只小鸡、一只火鸡和那个叫米盖尔的年轻人。神父大声说："我已经尽了我的力量了。"他又接着说，"你们应该把我交出去。你们说我该怎么办？我只不过是不想叫他们把我抓住。"

一个男人说："好了，神父。只是你以后要小心点儿……注意别把酒落下……像上回在康塞浦西昂那样。"

另外一个人说："你别在这儿待着了，神父。早晚他们会逮住你。他们这回记住你的长相了。最好到北边去，到山里头去。越过边界。"

"边界那边可是个好地方，"一个妇女说，"他们那里还有教堂呢。当然了，谁也不能进去，但是教堂还都保存着。我还听说，那边的一些城镇里也有神父。我有一个堂兄到过山那边的拉斯卡萨斯城，望过一回弥撒。在一幢房子里，摆着真正的祭坛，神父都穿着祭衣，跟早些年一模一样。你要是到了那边，日子就舒服了，神父。"

神父跟着玛丽亚走进小屋。盛白兰地的瓶子还在桌子上放着。他用手摸了摸——里面的酒已经剩下不多了。他说："我的皮包呢，玛丽亚？我的皮包到哪儿去了？"

"你带着那东西跑来跑去太危险啦。"玛丽亚说。

"没有那个包我的酒放在哪儿啊？"

"已经没有酒了。"

"你说什么？"

她说："我不想给你或给另外的人带来麻烦。我把你那个瓶子打碎了，尽管这会带来诅咒……"

他语气温和地轻声说："你不要迷信了。那不过是——葡萄酒。葡萄酒不是什么神圣的东西，只是在这个地方很难弄到就是了。所以我才在康塞浦西昂存了一些。可是叫他们发现了。"

"也许你现在该走了——再也别到这地方来了。你对谁都没有用了,"她语气严厉地说,"这你还不懂吗,神父?我们不再需要你了。"

"好吧,"他说,"我懂。但这不是你想要不想要的问题。"

她语气凶狠地说:"我不是不明白事理。我念过书,跟这里别的那些人不一样。他们都没有知识。那次咱们在一起——肯定你不只干过那一件事。我可以告诉你,我什么事都听人说过。像你这样一个离不开威士忌的神父,你认为天主要让你活下去还是让你死?"他耐心地站在她面前,就像刚才站在中尉面前一样驯服,一语不发地听着对方呵斥。他早就知道她对自己会有这些想法。玛丽亚继续说道:"你要是真死了,你就成了殉教的人,是不是?你想想你会是一个什么样的殉教的人?人们会笑掉大牙的。"

他从来没有想到过有人会把他当成殉教的人。他说:"这件事并不容易,真的很难办到。我要好好想想。我不想叫人嘲笑神职人员……"

"你越过边界再好好去想吧……"

"好……"

她说:"你知道,在发生那件事的时候,我感到骄傲。我当时想,好日子会回来的,不是随便哪个人都可以做神父的情妇的。那个孩子……我以为你可以替她做不少事。现在看来,我还真不如找个小偷呢……"

他含含糊糊地说:"小偷也有不少是好的。"

"看在天主面上，拿着这点儿白兰地快点儿离开这儿吧。"

"还有一件事，"他说，"我那个皮包里……有一件东西……"

"自己去找吧。在外面垃圾堆上边。我可不想再碰它了。"

"咱们那个孩子，"他说，"你是个好女人，玛丽亚。我的意思是说——你会尽力好好把她带大的……做一个教徒。"

"她不会有什么出息的，这你看得出来。"

"她年纪还小，不会那么坏。"他在替孩子说好话。

"她已经开始学坏了，以后只会这样下去。"

他说："下一次我再做弥撒，我要专门替她祈祷。"

他的话玛丽亚连听都没听。她说："这孩子已经坏到心眼儿里去了。"神父意识到信仰在琐碎的日常事务中正在死亡，不久之后弥撒对人们将不再有任何意义，正像他们不再忌讳在路上看见黑猫一样。他刚才为他们做弥撒，实际上只不过是为了消除一件小小的不祥征兆而拿他们的生命冒险。他说："我的那匹骡子……"

"他们正给它喂玉米呢。"

她又说："你最好到北边去。往南根本走不过去。"

"我本来想也许卡门……"

"那地方他们正严密地监视着。"

"啊，好吧……"他悲哀地说，"也许有一天……情况会好一些……"他画了个十字，为她祝福，但她站在那里神情很不耐烦，明显表示她希望他赶快走开，而且永远也别再回来。

"好了，再见吧，玛丽亚。"

"再见。"

他拱着肩膀走过村中的一片空地，感到看见他走出村子，村里的人没有一个心里不高兴的——这个制造麻烦的人，他们只是出于自己也弄不清楚的迷信原因才没有向警察暴露他的身份。神父倒有些嫉妒那个他没见过面的美国佬。如果换了那个人，村子里的人就会毫不犹豫地把他牢牢抓住。这个人四处逃窜时至少不会像他这样背负着感激的重担。

在一个树根拳曲虬结、布满骡子蹄印的土坡下边有一条最多两三尺深的小河沟。沟边扔满了破瓶烂罐。一棵树上钉着一个告示：此地严禁倾倒垃圾。但全村的人正是把所有垃圾都倒在这个地方。到了雨季，雨水就把垃圾沿河冲到下游去。神父踏着罐头盒和腐烂的菜叶拿到他的那只旧皮包。他叹了口气。这只皮包原来也是很不错的，也是过去恬静生活的一件遗物……不用过多久，就很难再记起他曾经有过一段与现在完全不同的生活了。皮包上的锁已经脱落。他在镶着绸里的内层摸了摸……

他要找的几张纸仍然夹在里面。他很不情愿地把皮包扔到垃圾堆上。这只皮包是在他被授圣职五周年的时候康塞浦西昂教区的教徒们送给他的纪念品，现在他的全部光荣而重要的青年时代已经同破罐头瓶一起埋葬了……一棵树后面有一个人影闪动了一下。他把双脚从垃圾堆里拔出来，一群苍蝇在他的踝骨周围嗡嗡乱飞。他把从皮包里拿出的几张纸藏在手里，绕过树干，想看一下是什么人正躲在树后面侦察他……他看到是他的那个小女孩。她正坐在一个树墩上，脚后跟有一搭没一搭地踢打着树皮。女孩紧紧闭着眼睛。他说："亲爱的孩子，你怎么啦？"女孩的眼睛很快睁开了——一对眼圈红肿的气愤的眼睛，但目光里却流露着叫人觉得可笑的傲慢。

她说："你……你……"

"我？"

"就是因为你。"

他极其小心地向前走了几步，倒好像女孩是个对他满怀惊惧的小动物似的。爱怜之情叫他感觉浑身瘫软。他说："亲爱的孩子，为什么因为我？"

女孩气呼呼地说："他们都笑话我。"

"因为我？"

她说："别人都有爸爸……干活儿。"

"我也干活儿。"

"你是个神父，不是吗？"

"我是。"

"佩德罗说你不是男人，你对女人没有用。"她说，"我不知道他这话是什么意思。"

"我想他自己也不知道。"

"噢，他知道，"她说，"他都十岁了。我也想知道。你要走了，是不是？"

"我是要走了。"

她从藏在心眼里的许许多多计谋里突然取出一个笑容摆在脸上，神父又一次为孩子的早熟感到震骇。她讨好地说："你给我讲讲——"她坐在垃圾堆旁边的一个树墩上，一副对什么都无所谓的样子。尘世已经进入她的心坎，正像水果里已经出现了一小点腐烂的果肉。没有任何东西保护她——没有仁慈，也没有魔法能叫她免于毁灭。神父想到这孩子必然要堕落，连心都碎了。他说："我亲爱的孩子，你要小心……"

"小心什么？你为什么要走开？"

他又走近了一点——当父亲的是可以吻自己孩子的，可是她的身体却往后一闪。"你别碰我。"她用成年妇女的声音尖叫了一声，但马上又嘻嘻地笑起来。他想：每一个孩子从生下来就朦朦胧胧地感受到爱，这是从母亲喂养的奶水中获得的。但是孩子知道的爱究竟是哪一种——是把他救上天堂的还是罚入地狱的，却因孩子的父母和朋友的不同而异。肉欲也是爱的一种。现在他就看到面前的这个孩子一生已定，正像一只小飞蝇已经被琥珀封住了一样。母亲玛丽亚的手抬起来，只是为了打她；佩德罗在昏暗的地方过早地告诉她一些秘密；警察在树林里巡查——到处都是暴力。他默默地为她祈祷："啊，主，让我去死吧，怎么死都成——没有告解，在罪恶中，我只求你救救这个孩子。"

他本是一个以拯救人们灵魂为天职的人。原来他认为这事并不难做：在圣体降福式中宣教，组织各种慈善会，在安着护栏的玻璃窗后同老太太们喝杯咖啡，为新房燃香、祝福，手上戴着黑色手套……这些事都不费事，就像一个人随手就把钱积下来一样容易。可如今怎样拯救灵魂却成为一件极其神秘的事了。他意识到自己不适宜做这种工作，怎么努力也毫无希望了。

他双膝跪倒，把小孩拉过来，而那孩子却一直嬉皮笑脸，挣扎着要从他怀里挣脱。"我爱你。我是你爸爸；我爱你，你要明白这个。"他紧紧攥着孩子的手腕。突然，她不再挣扎了，她抬起头来看着他。神父说："我愿意把我的生命给你。我的生命不算什么，我的灵魂……亲爱的孩子，亲爱的……你要明白你对我非常重要——你是那么重要。"他早就知道，他的信仰同那些只管国家大事、眼睛里只有共和国的政治领袖的信仰比较起来，不同之处就在这里。在他眼里，这个孩子远比一个国家、一块大陆更加重要。他说："你自己一定要当心，因为你是不能缺少的。总统在首都总有持枪的士兵当护卫。可是你，我的孩子，却有天堂里所有天使们保护着——"她睁着一双无知的黑色大眼睛望着他。他的感觉是，他来得太晚了。他说："再见吧，亲爱的孩子。"接着就笨拙地吻了她一下，给了那孩子一个充满爱心的傻老头的吻。他把孩子放开以后，马上转身向村中空地走去。他感觉得到，整个邪恶世界在他拱肩缩背的身后，立刻把那孩子包围起来，准备把她毁掉。他的骡子已经备好鞍，正在卖汽水的摊子旁边等着。一个人对他说："最好到北边去，神父。"他站在一旁对他挥了挥手。一个人对别人不该有感情，要不然就必须爱每个人，把他们都当作自己亲生子女那样疼爱。要想卫护他人，就必须把这种热烈的感情扩展到整个世界。但他却觉得自己像一匹跛腿的驽马，被系在一根树桩上，丝毫动弹不得。他骑着自己的骡子向南走去。

现在他走的正是警察在林中巡行的小径。只要他的速度不太快，别赶上掉队的警察，他走的这条路线就相当安全。现在他需要的是一些葡萄酒，没有酒他就一点用也没有了。当然了，他也可以掉头往北，先进到山中，再越境到那个安全的国家去。到了那边，最坏的遭遇也不过是付一笔罚款，或者因为他付不起罚款，在监狱里关几天。但是他还不准备采取投降这一最后的步骤——即使小小的屈从也需要付出更多的忍受作为代价。当前他感觉自己要做的是赎救那个孩子。他要在这里再待上一个月，待上一年……他要骑在骡背上在困苦中颠簸，立誓一定坚持下去，以此贿赂一下亲爱的天主……骡子突然绷直四足，一步也不往前走了。原来路上出现了一条小绿蛇，仰起头来看了看，又嘶嘶叫着，像一道冒着绿光的火焰钻进草丛里。骡子又开始迈步了。

每次经过一个村落，他就叫骡子停住，自己步行，一步一步尽量靠近——说不定警察已经在这里搜查过了。这以后他又骑上骡子，快步穿过村子，看见村民的时候也只是匆匆招呼一句"Buenos días"[1]，一句话也不多说。一进入森林，他就又沿着中尉的马蹄印继续往前走。现在他对一切事情都没有清晰的概念了。他心中想的只有一件事，那就是尽量把他过夜的村子抛在脑后，尽量把他同村子之间的距离拉长。他的一只手仍然握着从皮包里取出的那张纸团成的纸团。坐骑的鞍子上除了系着一把砍刀同一只盛着蜡烛的小口袋，不知什么人又给拴了一大束香蕉，足有五十来只。他每走一会儿就吃一只。香蕉早已成熟，呈棕黄色，吃在嘴里黏糊糊的，有一点肥皂味。吃过以后嘴边总留下一圈痕迹，像是生了胡须。

走了六个小时以后，他来到一个名叫拉坎德拉瑞亚的村子。这个村子是沿着格利嘉尔瓦河一条支流建立的，长长的一排铁皮

1　西班牙文：日安。

顶房子，破旧不堪。他骑着骡子小心谨慎地穿过一条尘土飞扬的小街。时间已经是下午了。兀鹰栖在房顶上，小小的脑袋埋在翅膀底下躲避着阳光。房檐投下一条窄窄的阴影，几个人懒洋洋地躺在悬在阴凉中的吊床上。骡子迈着沉重的蹄子在炎热中一步一步向前挨。神父骑在鞍子上的身子向前倾着。

走到一张吊床前头的时候，骡子不等主人吆喝就自己停下了。吊床上斜卧着一个人，一条腿耷拉下来，不时踩一下地，叫吊床来回摇晃着，扇出一点凉风来。神父招呼了一声"Buenas tardes"[1]，吊床上的人睁开眼睛，注视着他。

"这儿离卡门还有多远？"

"五公里。"

"我能找到一条小木船过河吗？"

"找得到。"

"到哪儿去找？"

那个人把手懒懒地一挥，似乎说除了这条街上哪儿都有。这人嘴里只剩下两颗牙，两颗犬齿从两边嘴角往外龇着，像是从地下挖掘出来的久已消失的某种古兽的獠牙。

"警察到这地方来做什么了？"神父问。黑乎乎的一群苍蝇飞落到骡子的脖颈上；神父用一根棍子赶了赶，于是苍蝇又成群飞走，在骡子的脖颈上留下一小道血，顺着它那灰黑的骡皮往下淌。骡子似乎什么感觉也没有，只垂着头站在太阳底下。

"来找一个什么人吧。"那人说。

1　西班牙文，意为：下午好。

"我听说，"神父说，"他们找一个外国人，有一笔悬赏。"

那人继续摇晃着他的吊床，回答说："宁可当个穷光蛋活着，也别为了发财送命。"

"我要去卡门，你说我会不会赶上他们？"

"他们没有去卡门。"

"没有吗？"

"他们进城去了。"

神父继续往前走。走了大约二十码远，他在一个卖汽水的小摊子旁边又叫骡子停住。他问那个看摊的男孩说："我能找条船过河吗？"

"这儿没有船。"

"没有船？"

"船叫人偷走了。"

"给我一瓶西达汽水。"他把一瓶冒泡的黄颜色汽水喝下去，觉得比没喝以前更加口渴。他问："我怎么过河？"

"你要过河干什么？"

"我要到卡门去。那些警察是怎么过去的？"

"他们是游水过去的。"

"嘚——嘚——"神父吆喝着，叫那匹骡子继续往前走。他走过一座每个村子必有的音乐台和一个非常俗气的雕像。雕像是个穿着长袍的妇女，伸着手，手里拿着一个花环。雕像底座有一部分已经崩塌，碎裂的石块坍倒在路上。骡子绕过它接着往前走。神父回头看了看，远处街头那个印第安人同白人生的混血儿已经从吊床上坐起来，正在望着他。骡子走下一条通向河边的陡坡，神父又回头看了一眼——那个混血儿仍然坐在吊床上，可是两只脚却踩到地上了。神父习惯性地感到一阵不安，开始抽打自己的坐骑。"嘚——嘚——"他使劲吆喝，可是骡子却不慌不忙，只是顺着河坡一点一点地往下滑。

到了河边，它无论如何也不肯下水。神父把手里的棍子一头用牙咬裂，用这个尖头在骡子肋骨上戳了一下。骡子很不情愿地迈进河里。河水先是淹没了脚镫，没走两步就已经没到他的膝部了。骡子这时开始泅水，只有双眼和鼻子露出水面，像是一条鳄鱼。神父听见背后有人在岸边喊他。

他回过头，看见那个混血儿正站在河边冲他叫喊。那人的声音不大，神父听不清他在喊什么。看来他有什么秘密的话只想说给神父一个人听。他站在岸边向神父招手，意思是叫神父回去，可是这时候骡子已经从河心深处走出来，很快就跳到对面岸上了。神父不再理会背后那个人，虽然他的脑子一直为疑虑不安困扰着。他抽打了两下骑着的骡子，叫它快点儿走进前面一片香蕉林的绿荫里。他不再往后看了。这么多年来这块土地上只有两处地方他可以隐藏，安心休息一段时间。一处是康塞浦西昂，他过去的教区，但是现在这个地方已经对他封锁了。另一个地方就是卡门，他的出生地，也是他双亲埋葬的地方。原来他还一直幻想还有另外一个处所，但现在他永远也不会再去那里了……他拉着缰绳把骡子引向去卡门的方向。不久森林就把他们吞没了。按照目前的速度，他们要在天黑的时候才能到达卡门，但这正是神父希望到达的时间。骡子如果不抽打两下就走得非常慢，有气无力地一步步往前跨，垂着头，而且散发着一些血腥气。神父骑在高鞍上身子向前俯着，开始打起瞌睡来。他梦见一个穿着浆洗过的白纱衣服的小女孩，正在背诵教理问答。背后模糊不清地站着一位主教和一群圣母会的修女，岁数都已不小，个个脸色严肃、虔诚，披着淡蓝色的带子。主教说："好极了……好极了……"他又啪啪地鼓了两下掌。一个身穿晨服的人说："买一架新管风琴超支五百比索，我们建议专门举办一场音乐演奏会，希望能够……"他突然警觉，自己不该待在这个教区……他应该退回到康塞浦西昂去。这时那个叫蒙太兹的人在穿白纱衣的孩子背后出现了，对他做手势，提醒他……蒙太兹不知出了什么事……脑门儿上有一个伤口，但是血已经凝结了。他预感到那个孩子一定要遭难，非常害怕。他说："亲爱的孩子，我的亲爱的……"他一下子从梦中惊醒。骡子仍然嘚嘚嘚地不紧不慢走着，但除蹄声外，他还听到身后有人走路的脚步声。

他转过头去。是那个混血儿跟在骡子后面走来了，衣服滴着水。他想，这人一定是游过河来的。混血儿满脸讨好地对他笑着，两颗虎牙支出来，露到下嘴唇上面。"你有什么事？"神父毫不客气地问。

"你知道，我也要去卡门，走路的时候最好有个伴儿。"这人上身穿着一件衬衫，下身穿着白裤子，脚下的一双运动鞋一只破了个洞，露出一根黄黄的大脚趾，肥肥大大，像是活在地底下的什么小生物。他一边把手伸到胳肢窝里搔痒，一边假充厮熟地紧挨到神父的鞍子旁边。"你不生我的气吧，先生？"他问。

"你为什么称呼我先生？"

"谁都看得出来，你是个受过教育的人。"

"这个树林谁都可以走。"神父说。

"卡门这个地方你熟悉不熟悉？"那个人问。

"不熟。我在那儿有几个朋友。"

"我想，你是去办事吧？"

神父没有说什么。他感觉到那人的手正放在自己脚上，鄙薄地、轻轻地摸了一下。那人说："前面两英里远的地方有一个Finca[1]。咱们可以在那儿过夜。"

"我要尽快赶到卡门去。"

"可是你在深更半夜一两点钟走到那儿有什么好处？我们可以在Finca睡一夜，明天日头升高以前就可以走到卡门了。"

"我知道我该怎么做。"

"当然，先生，当然了。"混血儿沉默了一会儿，又接着说，"要是先生身上不带着枪，夜里赶路可不够聪明。像我这样的人就不同了……"

"我是个穷人，"神父说，"这你也看得出来。我不值得强盗光顾。"

"还有那个外国佬呢——他们都说这人很野蛮，是个真正的pistolero[2]。他会走到你前头，用他自己的语言对你说，'站住……我该怎么走，我要到……'他随便说了一个地名。你听不懂他说的话，也许你做了一个什么动作，于是，砰的一枪他就把你打死了，但也许你会说英语，先生。"

"我当然不会。我怎么会英语？我是个穷人。可我不想听你

1　西班牙文，意为：农庄。
2　西班牙文，意为：持枪强盗。

这种鬼话了。"

"你是从很远的地方到这儿来的吧？"

神父想了一会儿，说："康塞浦西昂。"那地方不会因为他而再受什么伤害了。

混血儿暂时显出满足的神情。他一只手搁在鞍子上，傍着骡子走着，每隔一会儿就往地上唾一口。当神父的目光往下看的时候，就看到那人的大脚趾像个大肉虫子似的在地上蠕动着。生活就是这样，普普通通的场景竟会引起猜疑。黄昏降落以后天色立刻就黑下来。骡子走得更慢了。他们四周响起各种声音。这就像在剧院里，大幕落下之后，幕后面、边厢里、通道上到处都聒噪起来。这些声音你叫不出名字来。在矮树林里吼叫的也许是豹，猴子在树顶上窜来窜去，蚊子围着你嗡鸣，像是好几台不停转动的缝纫机。"走路走得我都渴了。"那个人说，"先生，你有没有一点儿什么喝的？"

"没有。"

"你要是想在三点钟以前走到卡门，就得狠狠抽打你的骡子。要不要把你手里的棍子给我……"

"不要，不要，让这个畜生慢慢走吧。我什么时候到都无所谓……"他打着瞌睡说。

"你说话像个神父。"

他一下子睡意全消，但是在黑暗的树影里他什么也看不到。他说："你真是胡说。"

"我是个虔诚的教徒。"那个人说，他又摸了一下神父的脚。

"这我相信。我希望我也是。"

"啊，你应该能够判断，哪些人你可以信任。"他又往地上啐了一口，表示他的伙伴关系。

"我什么都没有，谈不上信任谁、不信任谁，"神父说，"除了身上穿的裤子，它也已经破烂不堪了。还有这匹骡子——也不是头好牲口，你自己也看得出来。"

两个人都没有再说什么。过了一会儿，混血儿好像已经琢磨过神父的话以后，开口说："你要是会伺候它，这匹骡子一点儿也不比别的牲口差。讲到怎样养骡子，我比谁知道的都多。我一眼就能看出来，你已经把它累坏了。"

神父低头看了看，骡子的一颗蠢笨的灰脑袋左右摇来晃去。

"你昨天走了多少路？"

"大概十二英里吧。"

"骡子也得歇歇，不能老走。"

神父把他光着的脚丫子从马镫的皮套里拔出来，自己从骡背上跳到地上。骡子快步走了不到一分钟就又慢下来，而且比刚才走得更慢了。林中的树根和积在地上的树枝硌得他两脚生疼，五分钟以后就流起血来。他强忍着不叫自己走得一瘸一拐。混血儿说："你的脚丫子可真娇嫩。你应该穿一双鞋。"

神父还是重复他的老话："我是个穷人。"

"照现在这个走法，你永远也到不了卡门。你还是别逞强了，朋友。你要是不想离开这条大道到Finca去，我还知道有一个小棚子，离这儿不过半英里远。咱们可以在那儿睡几个钟头，天亮以前也能走到卡门。"路边草丛里窸窸窣窣地响了一下，神父想到了蛇和自己赤裸的双足。蚊子不停地叮他的手腕，像是注射针，一下一下地把装在里面的毒液注进他的血液里。有时候一只萤火虫带着身上的小亮光悬在混血儿脸跟前，像是个手电筒似的一明一灭地照射着。混血儿用谴责的口气说："你不相信我。只因为我是个爱对陌生人做好事的人，只因为我是一名教徒，你就不相信我。"他似乎越说越觉得自己受了委屈，正准备故作恼怒地发一顿脾气。他说："我要是有心抢你的东西，我早就下手了。你已经一把年纪了。"

"我还不太老。"神父语气温和地说。虽然他并不想这样，可是他不禁又发起善心来。他的好心肠就像一台吃角子机器，任何硬币都不拒绝，就连骗子扔进一个铁片，它也照吃不误。一些言辞，像骄傲、色欲、嫉妒、卑怯、负义等都能启动某个人心中的发条——而所有这些，这个混血儿恰好一项不缺。他说："给你带路已经浪费我好几个小时——我不要你任何酬谢，因为我是个善良的教徒。要是我一直待在家里的话，我可能因为这个而损失一笔钱。可是我并不在乎……"

"我想你说过你要去卡门办点事，是不是？"神父温和地说。

"我什么时候说过？"他说的大概是实话——神父记不清了，也许这样质问他对他不够公正……"我干吗跟你编假话呢？我不是去办事。我花了一整天的工夫就是为了帮你一个忙，可是我这个当向导的已经累得半死了，你却一点儿也不注意……"

"我不需要向导。"神父仍然用温和的语气说。

"你这么说是因为现在咱们走的是平路。但是我告诉你，要不是有我，你的路早就走岔了。你自己也说你对卡门这个地方并不熟。正因为这个我才跟你来的。"

"当然了，"神父说，"要是你累了，咱们可以休息。"他为自己对这个人一直不敢信任而感觉内疚。但尽管如此，这种猜疑感却像长在他身上的赘瘤，必须开一次刀才能去掉。

又走了半个小时，他们来到了一间荆条涂着泥巴的小屋子。这是一个种地的人在林间一小块空地上搭起来的，但后来森林一点点逼近，就把种地的赶跑了。只靠手头的砍刀和烧几把火，他无力击退那无法抗阻的自然力量。小屋周围还留着开垦的遗痕，几块烧焦的土地说明他曾为清除草丛灌木、收获一点可怜的粮食而奋力挣扎过。混血儿说："我去照看一下骡子，你进屋躺下歇一会儿。"

"我不累，是你说累了。"

"我累了？"混血儿说，"你怎么说这话？我这个人从来就不知道什么叫累。"

神父心情沉重地把他系在鞍子上的口袋拿下来，推开门，走进一片漆黑的屋子里。他划了根火柴看了看。屋里没有家具，只有一个土炕，炕上铺着一张草席，那是因为太破烂不值得带走才被扔在那里。他点着一支蜡烛，滴了几滴蜡油，把它立在土台上。他坐下来等着，混血儿许久也没有回来。他的一只手里仍然攥着那个从扔掉的皮包里取出的纸团——一个人只要活着，就必须保留一件什么能使他在感情上回忆往昔的旧物。至于这样做是否会引起危险，那是只有生活于相对安全中的人才去考虑的。神父猜想那个混血儿会不会把他的骡子偷走，但马上就责备自己不该这样猜疑人。后来门开了，那个人走了进来——两颗黄色犬牙，手指甲抓挠着胳肢窝。他一屁股坐在地上，背靠着门。他开口说："睡觉吧，你累了。等该动身走的时候我叫醒你。"

"我不困。"

"把蜡烛吹灭，你会睡得踏实一点儿。"

"我不喜欢黑着灯睡觉。"神父说。他有些害怕。

"睡觉以前，你要不要祈祷，神父？"

"你怎么这么叫我？"他厉声说，使劲瞪着在黑影中背靠门坐在泥地上的混血儿。

"啊，这只是我的猜想。你用不着怕我。我是个虔诚的教徒。"

"你猜错了。"

"你究竟是不是神父，我很容易就能发现，"混血儿说，"我只要对你说——神父，请听我告解。你是不会拒绝一个犯了罪的人向你告解的。"

神父没有说什么，他在等着那人提出这个要求来。他的一只攥着揉皱的纸片的手抖动着。"咳，你不用怕我。"混血儿抚慰他说，"我不会出卖你。我是教徒。我只想……你最好先背一段经文……"

"不是神父也会背经文。"在蚊子扑向烛光的一片嗡嗡声中，他开始背诵，"Pater noster qui est in coelis..."[1]他决定不睡觉：这个人肯定有什么阴谋。他的良心不再谴责自己对这人不够慈和了。他已经看透，面前的这个人是个犹大。

1　拉丁文：在天吾等父者……

神父把背倚在墙上，半闭着眼睛——他记起过去在复活节前一周，人们缝制一个犹大假人，吊在钟楼上。男孩子瞧着它在门上边摇来摇去，敲着铁皮罐发出一片哐啷哐啷的声音。教会里一些思想守旧的老人有时候反对这种做法，认为把出卖耶稣的人做成这么一个丑角是一种亵渎，但是他却默许这种活动继续下去，并没有干涉。他觉得把世界公认的叛徒当作小丑，任人嘲笑，并不是什么坏事。不然的话，人们就可能把他理想化，看成与天主抗衡的角色——一个普罗米修斯，一个在力量悬殊的战斗中的高贵的失败者。

　　"你还没睡吗？"坐在门边的人低声问。神父突然咯咯地笑起来，因为在他的想象中，这个人也像吊在钟楼上的丑角一样滑稽可笑，两条用稻草填塞起来的腿，脸上涂着白粉，戴着一顶草帽。再过一会儿，当人们发表政治演说，放起鞭炮的时候，他就要在广场上被点燃了。

　　"你睡不着？"

　　"我在做梦。"神父轻声说。他睁开眼睛，看到门前的人身体正在发抖——两颗突出来的尖牙在下嘴唇上一上一下地颤动着，"你生病了吗？"

　　"有一点发烧，"那人说，"你有没有药？"

　　"没有。"

　　随着那人身体的颤抖，屋门也咯咯吱吱地响起来。他说："刚才过河的时候衣服都湿透了……"他的身体又往地上溜了一点儿，闭上眼睛——翅膀被蜡烛燎残的蚊虫在泥地上爬动。神父想：我一定不能睡着，非常危险，我得盯着他。他打开手掌，把纸团舒展开。纸上有一些模糊的铅笔字迹——一个句子的开头和结尾，几个字同一些数字。皮包既然不在，这张纸就成了过去那种完全不同生活的唯一见证了。他舍不得把它扔掉是想把它当作吉祥物，既然过去他曾经那样生活过，谁敢肯定今后就不能再过这种生活呢？热风从低矮的沼泽地里吹进来，刮得蜡烛芯冒着黑烟，不停颤抖……神父把手里的纸凑近烛光，阅读上边的铅笔字：圣坛善会、圣礼会、圣母会……看了一会儿，他又抬起头向幽暗的屋子另一边望去，他看见那个混血儿的一双正被疟疾折磨着的黄眼珠在瞧着自己。基督是不会发现犹大在花园里睡大觉的；犹大能够一个多小时连眼皮也不眨地监视着别人……

"那是张什么纸……神父？"他乞求说，身体一直瑟瑟发抖。

"不要叫我神父。这张纸记着我要到卡门去买的几种种子。"

"你会写字吗？"

"我只能认字。"

他又看了一下那张纸，他发现上边还有一个无伤大雅的世俗笑话，铅笔字迹已经很模糊了。笑话讲的是"同一种物质"，他是指自己身上的脂肪和刚刚吃过的丰盛大餐。他的教民对他的幽默并不欣赏。

那是为了庆祝他被授予圣职十周年在康塞浦西昂举行的一次宴会。他坐在桌子的正中，右边是——是谁来着？一共上了十二道大菜。他在席上也谈了耶稣门徒的故事，但被认为用词不甚文雅。当时他还年轻，虽然温文尔雅，但谈兴一上来，却有些口无遮拦。而与他同席的人却都是康塞浦西昂的一些虔诚的、可敬的中年人，个个佩戴着所属会团的缎带或徽记。那次他喝酒有些过量，当时他还不习惯饮酒。他突然记起坐在他右手边的是谁了——是蒙太兹，是那个后来被他们枪杀了的年轻蒙太兹的父亲。

老蒙太兹在席上也发了言，他的讲话很长。他报告了过去一年圣坛善会的发展情况——目前协会还有结余捐款二十二比索。神父在纸上记下了"圣坛二十二"几个字。蒙太兹热切希望建立一个分会，起名叫圣文森特·德·保罗善会。一位妇女抱怨说，有一些坏书正在康塞浦西昂出售。这些书是从首府用骡子运来的。她自己的小孩就弄到一本叫《一夜丈夫》的书。神父自己发言的时候，表示他会写信给州长提出这件事。

当地的照相师按动闪光灯拍照的时候，他正在讲这件坏书的事，所以那时他的神情多年来一直记得很清楚。他好像被室内的喧闹声所吸引——里面正在举办一个什么欢乐的庆祝会，他脸上带着羡慕的神情，或许还觉得有趣，从室外向里观望。那时的他身体丰腴，年纪很轻，威严地伸着一只胖手，嘴唇翕动，在发"总督"这个声音时好像带着些滑稽色彩。桌子周围的人也都像鱼似的张着嘴。一张张面孔被闪光灯照得雪白，线条同个性全被抹去了。

看到自己的权威性，他马上使讲话的语气严肃起来。他摆出一副道貌岸然的样子，于是人人都高兴了。他说："圣坛慈善协会的账目上有二十二比索结余款，这件事在康塞浦西昂虽然也是史无前例，但还不是去年一年中唯一值得祝贺的事。马利亚圣女团又增加了九名团员，圣礼会每年一度的避静[1]办得非常成功。但是我们绝不该因为取得这些成绩而自满。我必须承认我还有一些叫你们感到吃惊的计划。我知道你们可能早就认为我是个野心勃勃的人。是这样的，我想让康塞浦西昂有一座更好的学校。当然了，这就意味着我们也需要有一处更好的神父住所。我想的不是为我自己，而是为我们的教会。我们的计划还远远不止这两项。尽管康塞浦西昂地区很大，但我怕也要几年时间才能筹集到足够的款项。"在他谈论这些伟大计划的时候，他想到的是自己未来将过着一种非常恬静的生活。他确实怀有野心，有朝一日他会提升到这个国家的首都大教堂去，叫另外一位神父接管康塞浦西昂的职务，替他还清这里的债务。一位神父是否能干，常常是以他欠下多少债务论断的。他挥摆着一只胖手，加强说话的语气。他说："当然了，墨西哥存在着威胁着我们心爱的教会的种种危险。在这个国家里我们感到特别幸运。在我们北边有许多人已经丧失了性命。我们必须——"他喝了一口葡萄酒润了一下喉咙。"我们也必须为可能发生的最坏的事做好准备。大家应该警觉和祈祷。"他继续说了几句含糊其词的话，"要警觉和祈祷。魔鬼像一头发怒的狮子——"马利亚圣女团的教徒个个微张着嘴，瞪着眼睛看着他。这些人穿着最好的深颜色罩衫，人人肩上斜披着一条蓝色缎带。

他讲了很长时间，连他自己也被自己的声音陶醉了。关于蒙太兹提出要建立圣文森特·德·保罗善会的事，他没有支持，因

1　又称为退修会。天主教内的一种宗教活动。在一定时期内避开"俗务"，进行宗教静修。

为他多了个心眼，认为不应该鼓励一个不在教会里有圣职的人走得太远。他在发言里还讲了一个孩子临死时的故事。这个孩子才十一岁，害了肺病，笃信上帝。在她快要咽气的时候她问别人是谁正站在她床头。人家回答她说："那是某某神父。"孩子说："不是。我认识某某神父。我是说那个戴着金冠的人。"圣礼会的一个教徒被他的故事感动得掉下了眼泪。所有的人对他的讲话都感到满意。他讲的这个故事是件真事，但他记不清是从什么地方听来的了，也许是过去从哪本书里看到的。有人又把他的酒杯斟满。他深吸了一口气说："孩子们……"

……混血儿在门前转动了一下身体，哼唧了一声。神父睁开眼睛，昔日的生活像个标签似的脱落了。他正穿着劳动者的破裤子躺在一间不通风的黑暗的小泥屋里，身份是个被重赏缉拿的罪犯。整个世界都变了——任何地方都没有教堂，没有别的神父，除了何塞神父，那个离开教会重过世俗生活的人。他躺在床上，听着混血儿沉重的呼吸声，问自己，为什么他没有走何塞神父的路，服从法令，归顺政府。我这人野心太大了，他想，问题就出在这里。或许像何塞那样做人更好，永远非常谦虚，不管别人对他如何冷嘲热讽，也从来不放在心上。即使在当年的太平日子里这人也从来不认为自己有资格当神父。有一次，首都开一个全教区神职人员大会，那还是在那位老州长当政时的幸福岁月里。他记得每次开会何塞神父总是最后一个溜进来，弓着身子坐在后排一个别人不易发现的位子上，从来也不发言。这倒不是因为他过于小心谨慎，像某些文化知识较高的教士那样。这只是因为他心中充满对天主的畏服。在高举圣体的时候，人们可以看到他的手总是瑟瑟发抖——他并不像圣托马斯[1]那样，必须把手伸进耶稣的伤口里才相信主已复活。对他来说，每次登上圣坛，鲜血总在重新为他流淌。有一次何塞对他交代了知心话："每一次……我都那么恐惧。"何塞的父亲是个雇农。

但他自己的情况却与何塞不同，他充满雄心壮志。他同何塞神父一样，都不是文化知识很深的人。但他父亲是个小店主，他懂得二十二比索盈余的价值，也懂得如何办理抵押。他不甘心终生在一个不大的教堂里当神父。现在看来，他的野心真是滑稽可笑。在昏暗的烛光下，他不禁自己也感到吃惊地笑了一下。混血儿睁开眼睛说："你还没睡吗？"

"你睡吧。"神父说，一边用袖口擦掉脸上的几滴汗珠。

"我冷得很。"

"不要紧，你只不过有点儿发烧。要不要把我的衬衫给你。没有多大用，但也许会稍微暖和一点儿。"

"不要，不要。你的东西我什么都不要。你不相信我。"

不，他同何塞神父是不一样的。要是他也像何塞那样谦恭卑顺，今天可能就同玛丽亚住在省城里靠救济金过日子了。如今他躺在这儿，要把衬衫让给一个想出卖自己的人，这都出于他的骄傲和他过分强烈的自尊心。就是他逃避追捕，也总是做得不那么认真。这同样是出于骄傲自尊——天使为之堕落的一种罪恶。当这个国家只剩下他这个唯一的神父时，他的骄傲就更加严重了。

---

1 托马斯（旧译低士马或多马），耶稣的一个门徒。人们告诉他耶稣复活的消息，他不相信，声言必须看到耶稣手上的钉痕并用手探入耶稣肋上的伤口才能相信。事见《新约·约翰福音》第二十章。

他觉得自己冒着生命危险肩负着天主给他的使命东奔西走，实在很了不起，有一天一定会得到报答的……他在昏暗中祈祷："噢，主啊，请宽恕我——我是个骄傲的、有色心和贪欲的人。我过分追求权力。而那些人才是圣徒，肯用生命保护我。他们跟我不一样。我所追求的都错了。也许我还是应该逃出去——要是我把这里的情况告诉人们，他们会派一个更合适的人来，一个有火热的爱心的人……"像历次一样，他的自我忏悔说到最后又转到一个实际问题上——我该怎么办？

混血儿躺在门前睡得很不安静。

他实在没有什么值得骄傲的。今年他只做过四次弥撒，听过大约一百次告解。他觉得任何一所修道院的成绩不佳的教士干得也不会比他差……或许更好一些。他小心谨慎地站到地上，赤着脚向门口走过去。他必须去卡门，再尽快从那地方往别处走，赶在这个混血儿前边……这个人这时正睡在地上，张着嘴，露着牙齿掉光的肉牙床。他在睡梦中呻吟着，扭动着身体，但过了一会儿又瘫倒在地上，一动不动了。

他的样子像是精疲力竭，不准备再挣命了。他已经被某种巨大力量完完全全制伏……神父现在只要迈过他的腿，把门往外一推就成了。

但就在他的脚刚刚迈过那人的身子时，他的脚踝被一只手牢牢攥住。混血儿的眼睛盯着他问："你要上哪儿去？"

"我要出去方便一下。"神父说。

那只手仍然攥着他的脚踝不放。"就在屋子里算了，干吗要出去？"那人带着哭音说，"在屋子里有什么不可以的，神父？"

"我不是神父，我是父亲，"神父说，"我有一个孩子。"

"你知道我为什么这么叫你。你懂得天主的事，不是吗？"那只滚烫的手仍旧不松开，"也许就在你的衣服口袋里。你带着他到处走，遇到有人生病……可不是，我就生病了。你为什么不把他给我？也许你认为他不屑于理我……要是他知道我是怎样一个人的话？"

"你在发烧，说胡话。"

那个人不想住口，只顾喋喋不休地唠叨着。这使神父想起了康塞浦西昂附近发生过的一次井喷。几个探测石油的人在那地方打井。那不是一块值得继续开采的富油田，但是一股黑色的石油突然从沼泽地上冒出来，一直喷射了四十八小时，每小时流出大约五万加仑，全都白白浪费掉了。这也就像一个人宗教热忱突然暴发似的，一股不纯净的黑烟升腾出来，但结果却毫无所获。

"要不要我对你说说我都干过什么事？——你应该好好听听。这是你的职责。我曾经从妇女手里拿过钱，去做你知道我要做的事，我曾经把钱花在小男孩身上……"

"我不想听。"

"这是你的职责。"

"你想错了。"

"没有，我没错。你骗不过我。我把钱花在小男孩身上——你知道这是什么意思。我在星期五也吃肉。"从他的两颗黄色虎牙中间冒出一连串可怕的杂乱话语，有的粗鄙，有的琐碎，也有的荒诞可笑。与此同时，他那只握着神父脚踝的手因为发着高烧一直抖个不停。"我说过谎话。不知有多少年我在四旬斋从没有

132

斋戒禁食。有一段日子我跟两个女的一起生活——让我告诉你我都做什么了……"他觉得自己很了不起。他无法认识自己是其中典型成员的这个世界。这个世界充斥着背信弃义、暴力和色欲，他做的坏事实在微不足道。像他忏悔的这些罪恶，神父不知已听过多少次了——人的智能何等局限，连一种新的犯罪行为也创造不出来，这同动物有什么区别？基督正是为了这样一个世界才死的，这些罪恶你看得越多，听得越多，你就越感到死是一种荣耀。为了善与美而死，为了家、为了孩子或者为了拯救一种文明而献身，这并不难。但是为了懦夫、为了堕落的人而死却需要一个救世主。他说："你告诉我这些事干什么？"

那个人躺在地上已经精疲力竭，不再说话。他开始全身冒汗，握着神父脚踝的手也无力地松开。神父推开门，走出屋外。室外一片漆黑。该怎样去找那匹骡子？他站着听了听——远处传来什么动物的吼叫声，叫他非常害怕。屋子里蜡烛仍在燃烧，他听到呜呜咽咽的声音，原来那个人正在啼哭。他又一次联想到油田，一摊摊黑色原油和从地底下噗噜噗噜冒出的气泡，冒一阵，停一阵。

神父划着一根火柴，笔直向前走。一步，两步，三步，前面是一棵树。一根火柴在漆黑的夜色里一点儿也不管事，只能发出萤火虫般的微亮。他压着嗓门呼唤了两声，生怕那个混血儿听见。其实，即使那匹蠢笨的畜生听见他吆喝也不会应声回答。他恨透了这匹骡子——那梗着的瘦长的脖颈，那贪婪的、永远咀嚼着什么的大嘴，另外还有身上的腥臭。他又划了根火柴，但走了几步以后前面仍然是棵树。屋子里继续传出那像石油冒泡似的抽抽搭搭的哭泣声。他想，在这个人想办法同警察联系上以前，他一定得先逃到卡门，然后再赶快离开。他把这块小空地分成四个方位，又从头开始，一一寻找。不知是什么东西在他脚下爬动，他想也许是只蝎子。一步，两步，三步。突然他听见黑暗中骡子正在怪声怪气地嘶叫。它一定是肚子饿了，要么就是嗅到了什么动物的气味。

骡子被拴在小屋后边几码远一处蜡烛光照不到的地方。他的火柴已经不多了，但又划着了两根，终于把骡子找到了。那个混血儿已经把鞍子卸掉，藏了起来。他不能再浪费时间去找鞍子，只能跳到光秃秃的骡背上。这时他才发现连一根套牲口脖颈的绳子都没有，他根本无法叫它迈步。他揪了揪骡子的耳朵，试了试能不能让它走，但是骡子没有任何反应。耳朵不是骡子的敏感部位，神父倒像是在掀动两只门把手。他划了根火柴，把火苗凑近骡子后腰。这次它倒是一下子就尥起蹶子来，但是当他把火柴扔到地上以后，它又像在赌气似的垂下脑袋，拱着膘肥皮厚的屁股，一动不动地在原地站着。这时神父听见一个责怪他的声音说："你想把我抛下，叫我死在这儿啊！"

"别胡说，"神父说，"我在急着赶路。你明天早上病就好了，可是我不能再等了。"

黑暗中传来一阵磕磕绊绊的脚步声，他的赤脚马上又被一只手攥住了。"别把我扔下不管，"那声音说，"我以天主教徒的身份求你了。"

"你在这儿不会遇到伤害的。"

"你怎么知道那个外国佬不正藏在附近什么地方？"

"我不知道有什么外国佬。我碰见的人也都没见过他。再说，他也是个人——跟你我一样。"

"我可不想一个人待在这儿。我有一种预感……"

"好吧，"神父疲倦地说，"把鞍子给我找来。"

他们在骡背上安好鞍子以后，就要上路了。混血儿一直揪着马镫。两个人都没再说话。混血儿有时候磕绊了一下。黎明虽然还没有真正到来，但黑暗已经转成灰灰的颜色了。在神父的心坎深处有一小块炭火在闪烁发亮，那是他的残酷的小小的满足感——犹大正病病歪歪、脚步踉跄地跟着自己，怀着极大的恐惧。他只要不断抽打骡子叫它不停奔走，就能把这个人甩在大树林里。有一次他嫌骡子走得太慢，用尖头木棍在骡子身上触了一下，他就觉出来一种拉力，那个混血儿正在拼命往后拉他脚下的镫子。他听见那人的呻吟声，仿佛在喊叫圣母。于是他又重新把速度放慢下来，他不出声地祈祷着："天主啊，宽恕我吧！"基督是为了拯救世人而死的，其中自然也包括像混血儿这样的人，难道他竟认为自己——一个犯了骄傲、恋色、怯懦等好几宗罪的人，比混血儿更值得耶稣以死拯救？这个人想出卖他是为了金钱，而他也背叛了天主的教导，把主出卖了，他为的是什么？连真正的色欲都谈不上。他说："你很不舒服吗？"那人没有回答。他跳下骡子，说："骑上吧。我走一会儿路。"

"我走得动。"那人恶狠狠地说。

"你还是骑上骡子吧。"

"你觉得你是在做好事，"那人说，"在帮助你的仇人。这是基督精神，是不是？"

"你是我的仇敌吗？"

"你是这么想的。你认为我要拿到那七百比索——那笔悬赏。你认为像我这样的穷人受不住这么一笔钱诱惑，一定会向警察告密……"

"你又在说胡话了。"

那人用病恹恹的声音狡狯地说："当然了，你说得对。"

"还是骑上去吧。"那个人差一点就倒下了，神父只好用肩膀顶着他帮他跨到骡背上。混血儿一点儿力气也没有地趴着，脸几乎同神父靠在一起，嘴里呼出的臭气直扑到神父鼻子里。他说："穷人没有办法选择。我要是有钱——稍微有点儿钱——我也不会做坏事了。"

神父毫无缘由地突然想起圣母会的修女们吃馅饼的情景，不禁咯咯地笑起来。他说："我对此表示怀疑。"如果那就是做好事……

"你说什么，神父？你不信任我，"他喋喋不休地说着，"是因为我穷。因为你不信任我，所以——"他瘫软在鞍头上，呼吸急促，浑身颤抖，神父只好用一只手扶着他。就这样他们慢慢腾腾地向卡门走去。现在没用了，他想。他不能在卡门停留了。甚至连村子最好也不进，因为万一叫人知道他到过那里，就又得有人为此送命——他们肯定又要抓一个人当人质了。远处什么地方公鸡开始报晓。沼泽地上升起了一团团雾气，一直升到膝盖。他想到空旷的教堂中一张张台子中间的照明灯都已熄灭的情景。公鸡什么时候开始报晓？这些日子这个世界上有不少让人感到奇怪的事，其中一件就是不再有钟声。一个人可以到各处走，走一年也听不到一次敲钟声。钟连同教堂都不存在了，剩下的只是迟迟到来的灰色黎明和突然降临的黑夜。人们只能用此猜度时间。

　　混血儿一直匍匐在鞍子上，但随着天色转明，他的面目也逐渐显现出来，从张着的大嘴里龇出来的两颗黄牙这时已经看得非常清楚了。神父心里想：这人确实也应该拿到这笔奖赏。七百比索虽然不是个大数目，但可能够他活一年的，住在那个尘土飞扬、毫无出路的穷村子里。他又扑哧笑了一下，他对于命运的变化不定，从来就不那么认真看待。他想，这个人如果能过上一年吃穿不愁的日子，灵魂很可能就因此得救。任何处境只要把它反转过来看一下，那些细小的荒诞和矛盾就都清清楚楚地显露出来了。他自己就是这样：他认为自己已经走入绝境，但从绝望中又产生了纯净的灵魂和对人类的爱。虽然还不是最无私的爱，但毕竟是一种爱。混血儿突然开口说："这是我的命。有一次一个算命的对我说过……一笔奖金……"

　　他紧紧扶住骑在骡背上的人，继续赶路。他的脚开始流血，但这没关系，很快脚掌的皮就磨硬了。他感觉到一种奇异的寂静笼罩到头顶的树林上，而脚下面，从迷蒙的白雾里也渗透出同样的宁静。夜本来是喧嚣杂乱的，现在却变得一点声息也没有了，这就像两军对阵突然双方的枪炮都停了火。你可以想象，全世界的人都在倾听着他们从来没听到过的——寂静无声。

　　一个声音问他："你是神父，是不是？"

　　"我是。"似乎他们都已经从敌对的战壕里爬了出来，在中间一块无人地带的铁丝网中间握手言和。神父回想起了欧洲大战年代的故事，在战争最后时期士兵们一时感情冲动会跳出战壕同对方的人会面。

"我是。"他又说了一遍。骡子继续慢腾腾地走着。在往昔的日子里，他给孩子们讲课的时候，有时候一个黑眼睛、吊眼梢的印第安小孩问他："天主是什么样子？"这时他总是脱口而出，天主就像一个人的父亲和母亲。有时他把范围更扩大一些说，天主像一个人的父母和兄弟姐妹。之后他又叫孩子知道天主的爱就是所有这些爱和亲属关系汇合成的一种巨大无比的感情，而且都集中在他一人身上……但他自己信仰的核心，却存在着一个令他无法不承认的谜——人是按照天主的形象创造出来的，天主是人的父母，但他也是警察，也是罪犯，也是神父、狂人，或者法官。某个形象同天主相同的生物被吊在绞刑架上，或者在监狱院子里被枪毙，形象极其丑陋，有的扭曲着身子像一匹正在交配的骆驼。他要在告解室里耐心听着这些按照天主模样创造的生物发明出的种种肮脏而奇巧的把戏。目前上帝的一个形象正随着骡子脊背的起伏而上下颠簸，身上发抖，下嘴唇上龇着两颗黄牙。另一位形象则在小泥屋的一群老鼠中间，同玛丽亚干了一件背叛天主的自暴自弃的勾当。他问："你现在是不是觉得好一点儿？不那么冷了吧？还发烧吗？"他用一只手按了一下另一个天主形象的肩膀，尽力表现出关切的样子。

那个人没有说什么，骑在骡子背上身子一会儿向这边滑，一会儿向那边倒。

"不到两英里路了。"神父鼓励他说。现在该是作出决定的时候了。在神父的脑子里，卡门的图像比其他任何村庄都更清晰。一道长满青草的缓坡从河边通向小山上的一块墓地。他的双亲就埋葬在那里。墓地的围墙已经倒塌，一两个十字架也被热衷革命的人打碎，一位石雕的天使失去了一只翅膀。劫余的一些没有破损的墓碑大多斜倚在茂密的草丛里。这里还有生前曾是富裕的木材商人的一座坟墓，可惜立在墓前的圣母像的耳朵和双臂都已被人敲掉，圣母如今已成为断臂维纳斯了。这种要把地球上一切带有基督印记的事物全部毁掉的狂热实在有些荒唐，因为它们到处都是，那是无法毁灭干净的。如果说天主是癞蛤蟆，你还可以把地球上所有的蛤蟆杀光，但天主也是像你我这样的普通人，只砸烂几座石像是毫无意义的。要除掉天主，就必须在坟堆里先把自己解决。

他说："你现在有没有力气自己坐住？"说着，他把手从混血儿身上拿开。这里小路向两个方向分开，一条通往卡门，另一条向西。他在后边推了骡子一把，叫它往卡门方向走，又在骡子屁股上抽了一棍子。他对混血儿说："再走两个小时你就到了。"他在原地站住，看着骡子驮着告密者向自己的家乡走去。

混血儿拼命把身子在骡背上坐直。"你要上哪儿去？"他问神父。

"你可以当我的证人，"神父说，"我没有去卡门。但如果你在那儿提一下我，他们会给你一点吃的东西。"

"怎么……怎么……"混血儿想叫骡子掉过头，却没有力气把骡子的脑袋扭过来。那匹牲口只管一个劲儿往前走。神父又在后边喊："别忘了，我没有去卡门。"但是他还有什么地方可去呢？在这个国家，他的脑子里现在只想到一个地方，那里的人不会因为他隐迹其中而有任何无辜者被当作人质逮捕，可是他现在穿着这样一身破破烂烂的衣服又怎么能去呢？混血儿使劲抓住鞍子不叫自己摔下来，哀求地转动着黄眼珠。"你不能把我一个人孤零零地抛在这儿！"但神父抛弃到林中小路上的还不只是一个混血儿。那匹骡子颠动着蠢笨的脑袋像道栅栏似的已经把他同他的出生地永远隔开了。他觉得自己像是一个没有护照的旅客，哪个港口都拒绝他上岸。

混血儿在他身后破口大骂："你还算得上是个基督徒！"他已经把骑在骡子上的腰杆坐直，嘴里不停地迸出一些没有意义的脏话。但是他的声音逐渐远去，在幽深的林中像一声声空洞的斧音。他声音嘶哑地喊："你要是再叫我看见，就别怪我……"他当然有理由这么生气——七百比索平白丢失了。他绝望地尖叫："我是不会忘记你的长相的。"

第二章

炎热的夜晚，年轻人在电灯照耀下绕着广场一圈一圈地散步，男人走一条路，姑娘们走另外一条，彼此从不交谈。北方夜空上闪电一明一灭。这种夜晚散步好像是一种宗教仪式，已经失掉任何意义了。但尽管如此，到广场上的人还是穿上自己最好的衣服。有时候一群年纪大的妇女也参加到兜圈的行列中来。这些人比年轻人更活跃，而且还常常发出笑声，好像她们仍然保存着旧时的记忆，那是所有书籍都被焚毁以前的日子。一个屁股上挎着一支手枪的人站在财政局台阶上看着广场上散步的人群。一个瘦小枯干的士兵坐在监狱门前，双膝夹着一杆长枪。一排棕榈树的影子对着他好像一排军刀。一家牙科诊所窗户里亮着灯，灯光照着一把转椅、椅子上的红绒靠垫、台架上一只漱口用的玻璃杯和摆着各种器械的小橱柜。住房的玻璃窗外也安着铁丝网。从窗外望进去，可以看到屋内墙壁上挂着这家人的照片，老奶奶在摇椅上摇曳着。这些老人无事可做，无话可说。她们穿的衣服太多，身上总是汗津津的。这就是一个国家首府的夜景。

一个身穿破旧运动服的人坐在一条长椅上望着这一切。一队武装警察步伐疲惫地经过广场向他们住宿的营地走去，漫不经心地扛着各自的枪支。广场四角各有一组三只灯泡相连的照明灯，一根电线歪歪斜斜悬在头顶，把几组电灯连接在一起。一个乞丐从一条长椅走到另一条长椅乞讨，但没有人给他施舍。

他在身穿运动服的那个人旁边坐下，喋喋不休地向他诉苦，说话的语气既像套交情，表示对他亲近，又不无某种恫吓意味。这个广场周边的几条街每条都通向下边的河流、码头和一片沼泽地。乞丐说他家里有妻子和好几个孩子，过去几周全家都在挨饿——他没有把自己的伤心事说完，就开始摸弄另外那个人的运动服。"你这身衣服值多少钱？"他问。

"值不了几个钱，我要是告诉你，你准会吓一跳。"

钟敲九时半的时候，所有电灯一下子全都熄灭了。乞丐说："真要命，简直叫人没法活了。"他向四边看了看，发现所有在广场上散步的人都陆续向山下走去。穿运动服的人站起身，乞丐也站起身，跟在他身后，赤裸的脚掌走在路面上啪啪地响着。他说："给我几个比索。你不在乎这几个钱的。"

"哎呀，你不知道我还真在乎这几个钱。"

乞丐被他这样抢白了一句，一时不知该说什么好。但他马上又换个角度说："像我这样的人，为了几个比索什么事都干得出来。"这时全城的电灯都已熄灭，这两人站在黑暗中倒令人觉得关系非常亲密。乞丐说："你不会责怪我吧？"

"不会，不会。我一点儿也不责怪你。"

这人说的每一句话似乎都叫乞丐更气愤。乞丐说："有时候我觉得我连杀人的事也干得出来……"

"那当然就不对了。"

"要是我把一个人的脖子掐住……也不对？"

"咳，一个快饿死的人当然有权利使自己活下去。"

乞丐怒容满面地望着穿运动服的人，而穿运动服的人却只顾说下去，倒像是他在探索一个理论问题似的。"自然了，如果这事情发生在我身上，我觉得不值得冒这个险。我身上的全部财产只有十五比索七十五分钱。我已经两天两夜没吃任何东西了。"

"圣母玛利亚，"乞丐说，"你可真够抠门的。你对自己也这么狠心？"

穿运动服的人突然咯咯笑起来。乞丐又接着说："你在说瞎话。怎么会舍不得买点儿东西吃——既然你有十五比索？"

"你知道，我要用这笔钱买点儿喝的。"

"什么喝的？"

"买一种不是本地人就不知道该怎样弄到手的饮料。"

"你是说酒？"

"是的——葡萄酒。"

乞丐向他凑近几步，一条腿挨到另一个人的腿，又把手放在那人的袖子上。这样，两人站在暗处就显得更加亲密无间了，简直像两个很好的朋友，或是兄弟。这时，住房室内的灯光也都熄灭，几辆停在山顶下面的出租车一辆辆开走了。这些车白天就停在那里等客，但是看样子又白等了一天。只见尾灯一闪一闪地经过警察驻地，随即消失不见。乞丐说："朋友，算你今天走运。

你肯给我多少钱？"

"买点儿喝的？"

"介绍你去找一个让你能买到白兰地的人——真正的韦拉克鲁斯白兰地。"

"我这个人喝酒的嗜好不同，"那个人说，"我要喝的是葡萄酒。"

"龙舌兰还是梅斯卡——那个人什么都有。"

"有葡萄酒吗？"

"有昆斯葡萄酒。"

"我愿意把我所有的钱都拿出来。"穿运动服的人认真地说，"我所有的钱，只留下那六七十分零钱——只要能买到真正的葡萄酒。"山下河边什么地方有人在敲鼓，一——二，一——二。随着鼓点是不太整齐的走步声音，不是士兵就是警察正在返回驻地。

"你出多少钱？"乞丐急不可耐地又问了一下。

"这样吧。我把十五比索都给你，你出多少钱去买是你的事，我不管。"

"跟我来吧。"

他们两个向小山下面走去。拐角的两条路一条经过一家药店通到山顶，另一条通到下面的旅馆、码头和联合香蕉公司的货栈。一队警察扛着枪正往山上走。"等一会儿。"在这队警察里头走着一个下嘴唇外面龇着两颗虎牙的混血儿。穿运动服的人站在阴影里看着这队人从身旁走过去。队伍里的混血儿曾经把头转过来看了一眼，和他的目光对上，但警察很快就都走了过去，走进上面的广场。"咱们走吧，快一点儿。"

乞丐说："这些人不管咱们的事。他们追捕的是大猎物。"

"你知道那个人跟他们一起干什么？"

"谁知道。也许是个人质。"

"要是人质，手就被他们绑起来了，不是吗？"

"我怎么知道？"这人生活在这个还允许穷人乞讨度日的国度里，所以多少还保留着一点儿行动的独立性。他说："你到底要不要白酒？"

"我要葡萄酒。"

"我不敢保证准有这种或者那种酒。你只能买那个人手里有的。"

他在前引路，向河边走去。他说："我连他现在在不在家都不知道。"硬壳虫成群结队地飞出来，爬满了人行道，一脚踩上就像一种叫马勃菌的小圆蘑菇"啪"的一声绽裂开，流出一汪黑水。河上飘来阵阵酸腐气味。一座街头小公园铺着石板的地面热气未减，蒙着一层灰尘。公园里一座将军的半身石雕像发出朦胧的光辉。这座城市唯一的旅馆底层安装着一台发电机，从远处就能听到它的嗡嗡转动声。一道同样爬满了硬壳虫的宽大的木板楼梯通到上面一层楼。"我已经尽力了，"那个乞丐说，"我能做到的也就是把你带到这儿来。"

从二楼一间卧室里走出一个穿黑色西装裤和白衬衫的瘦小的男人，肩膀上搭着一条毛巾。这个人蓄着贵族式的灰须，裤子上除腰带以外又多系了一副吊裤带。远处一个水管咯咯地响着。硬壳虫不断撞击着没安灯伞的电灯泡。乞丐同这个留着灰须的人认真地谈起来。在他们谈话的时候，电灯熄了一次，后来闪动了一会儿才重放光明。楼梯口堆放着许多藤椅，一块大石板上用粉笔写着旅客姓名——只有三名旅客，这家旅馆有二十个房间。

乞丐转过头来说："那位先生出去了，旅馆老板是这么说的。咱们要不要等他？"

"时间对我来说不怎么重要。"

他们走进一间瓷砖铺地的空房间，房间里没有其他家具，只有一张铁床，看来倒像是有人搬了家以后偶然遗留下来的。他俩并排坐在铁床上等着。硬壳甲虫从铁纱窗的裂缝里不停钻进来。

"这人可是个重要人物，"乞丐说，"他同总督是表兄弟——不论你想要什么，他都能给你弄到。但是当然了，得有一个他信得过的人把你介绍给他。"

"他信任你吗？"

"我给他干过事，"乞丐坦白承认道，"他不能不信任我。"

"总督知道他的情况吗？"

"当然不知道。总督是个很严格的人。"

水管时不时咕噜噜地响一声。

"可他为什么能相信我呢？"

"咳，是不是酒鬼，别人一眼就看得出来。你还会来找他帮忙的。他卖的可都是好东西。你最好把十五比索交给我。"他仔细把钱数了两遍。他说："我可以给你买一瓶最好的韦拉克鲁斯白兰地。你就看着吧，我准能买到。"电灯又灭了，他俩在黑暗中坐着，身体一移动，床就咯吱咯吱地叫唤。

"我不买白兰地，"一个声音说，"至少不买那么多。"

"那你想买什么？"

"我告诉你了——葡萄酒。"

"葡萄酒可贵了。"

"我不在乎贵不贵。要是没有葡萄酒，我就不买了。"

"昆斯葡萄酒成吗？"

"不要，不要。法国葡萄酒。"

"有时候他有加利福尼亚酿的葡萄酒。"

"那也成。"

"当然了，他自己弄来这些酒都是不花钱的。他从海关那儿拿来的。"

楼底下发电机又开始砰砰转动起来，电灯又发出暗淡的光芒来。门开了，经理向乞丐招了招手，两个人在外面谈了很久。穿运动服的人倚着床栏坐着。他的下巴在刮胡子的时候有几处被剃须刀割破了。他的面颊消瘦，带着病容，给人的印象是，这个人一度曾生着胖胖的圆脸，现在脸上的肌肉都塌陷下去了，样子像个时运不济的买卖人。

乞丐走回屋子，说："那位先生现在正在忙着，但很快就会回来的。经理已经叫一个仆役去找他了。"

"他在什么地方？"

"他正在跟警察局长打台球，没法马上就走。"他又在铁床上坐下，脚掌踩碎了两只硬壳虫，他说，"这家旅馆不错。你住在哪儿？你是从外地来的，是不是？"

"啊，我是路过这个地方的。"

"那位先生是个有势力的人。最好也请他喝一杯。反正你也不会把酒都带走。在这儿喝跟在别的什么地方喝都一样。”

“我还是想留几口带回家去。”

“反正都一样。我的看法是，什么地方有把椅子，有只酒杯，什么地方就是家。”

“可是我还是想——”电灯又灭了，地平线上的闪电照亮了更大面积的夜空。遥远的地方一声声雷鸣传进屋内，像是这个城市的另一端正在进行一场周日斗牛盛会。

乞丐表示亲热地问他：“你是干什么行当的？”

“啊，我碰到什么就干什么——到一个地方说一个地方。”

两个人沉默不语地坐着，听到木板楼梯上有脚步声走上来。门开了，但是两人什么也看不见。一个人的声音表示无可奈何地骂了一句，问道：“谁在屋里呢？”接着一根火柴被划着，显出一个长着青胡茬儿的大下巴。火柴马上又熄掉了。发动机轰轰地响了一阵，电灯又亮了。来人没有什么精神地说：“啊，是你呀。”

“是我。”

上楼的是个长着一张面饼大脸的小个子男人，穿着瘦小的灰色西装，背心下面鼓囊囊地揣着支左轮手枪。他开口说：“我没有什么可以给你。什么也没有。”

乞丐走到门口，同那个人极其认真地低声谈起来，一次还用脚趾头轻轻踩了一下那人擦得锃亮的皮鞋。最后，那人叹了口气，鼓着腮帮子仔细看了看铁床，仿佛担心这两人刚才在床上做了什么手脚似的。他语气严厉地对坐在床上的穿运动服的人说：“你想要点儿韦拉克鲁斯白兰地，是不是？这是违法的。”

148

"不是白兰地。我不要白兰地。"

"要不要啤酒？"

这位总督的表兄弟大摇大摆地走到屋子中间，一脸盛气凌人的样子，皮鞋在瓷砖地面上吱扭吱扭地响着。"只要我想，就可以马上逮捕你。"他恫吓说。

穿运动服的人谦卑地说："当然了，大人……"

"你以为我就没正经事干了，随便来了个要饭的犯了酒瘾，我就得伺候？"

"我不会来麻烦你的，要不是这个人……"

总督的表兄弟往地板上啐了口吐沫。

"如果你要我走开的话……"

那人继续用呵斥的语调说："我不是一个不讲情面的人。我一直愿意给人帮忙……要是我有这个力量，要我办的事对我又没有什么损害的话。我是个有地位的人，你知道。我那些酒都是合法地弄来的。"

"那还用说。"

"我是花了钱才弄到的，我不能白给别人。"

"那还用说。"

"要是都白送了人，我就破产了。"他踱着脚走到床前面，好像穿着的鞋有些夹脚似的。他把床上的床单拉开，回过头来说："你不爱多嘴吧？"

"我懂得替人保密。"

"要是对路的人，我倒不介意你跟人家说。"草垫上有一个裂口，他从裂口里面先掏出一把稻草，然后又把手伸进去。穿运动服的人装作漠不关心的样子转身望着窗外。他的目光落到外面街头公园、幽暗的泥土河岸和河面上航船的桅杆上。在这些景物背后，电光仍在不断闪射，雷声比刚才更近了。

"拿着，"总督的表兄弟说，"这一瓶我可以匀给你。酒是好酒。"

"我想要的可不是白兰地。"

"你不能挑。我给你什么就是什么。"

"要是这样，我就只能把我那十五比索拿回去了。"

总督的表兄弟尖叫了一声："你说十五比索！"乞丐连忙解释，来买酒的先生既想要白兰地，也想要一点儿葡萄酒。接着这两个人就站在床前头低声争论起价钱来。总督的表兄弟说："葡萄酒很难弄到。我可以给你们两瓶白兰地。"

"一瓶白兰地，一瓶……"

"我给你最好的韦拉克鲁斯白兰地。"

"可是我要葡萄酒……你不知道我多么想喝葡萄酒……"

"我弄葡萄酒得花很多钱。你还能再给我多少钱？"

"我就剩下七十五分了，我的全部财产。"

"我可以给你一瓶龙舌兰酒。"

"不成，不成。"

"那你再给我加五十分……我给你一大瓶。"他在草垫里摸索了一阵，掏出几把稻草。乞丐向穿运动服的人递了个眼色，示意他把酒瓶的软木塞拔开，斟出一杯酒来。

"拿去吧，"总督的表兄弟说，"不要就算了。"

"好，我要。"

总督的表兄弟突然不像刚才那么蛮横了。他揉了揉手，开口说："今天晚上可真够闷的。我看今年雨季来得比往常早。"

"也许阁下肯赏脸跟我喝一杯白兰地，庆祝一下咱们这笔买卖。"

"哎呀，哎呀……也许……"乞丐打开门，立刻叫人拿来酒杯。

"我有很长时间没喝葡萄酒了，"总督的表兄弟说，"也许该趁这个机会喝一杯庆祝庆祝。"

"当然了，"穿运动服的人说，"我听阁下的。"他带着痛苦和焦虑看着葡萄酒的瓶塞被打开。他说："请原谅，我还是喝白兰地吧。"说着，他勉强摆出个笑脸。眼看着葡萄酒在瓶子里少了一截。

三个人都坐在床上，彼此干杯——乞丐喝的也是白兰地。总督的表兄弟说："我为我的葡萄酒感到骄傲。这酒真不错，是加利福尼亚酿造的最好的葡萄酒。"乞丐又向穿运动服的人递了个眼色，向他做手势，于是穿运动服的人说："再喝一杯吧，阁下——要么我敬你一杯白兰地？"

"我的白兰地也不错，但是我想我还是再喝杯葡萄酒吧。"他们又把自己的酒杯斟满。穿运动服的人说："我要把葡萄酒带回去一点儿——给我母亲。她也喜欢喝一杯。"

"这对她身体有好处，"总督的表兄弟 边说一边把自己杯里的酒喝干，"这么说你还有个母亲？"他问。

"咱们哪个人没有呀？"

"哎，你真有福气。我的母亲已经死了。"他的手又向酒瓶伸过去，捻住瓶颈，"有时候我真想她。我总是叫她'我的朋友'。"他又往自己的杯里倒酒，"我可以再喝一杯吗？"

"当然可以，阁下。"另外那个人无可奈何地说，喝了一大口杯里的白兰地。乞丐说："我的母亲也还活着。"

"谁问你了？"总督的表兄弟横了他一句。他把身体往后一靠，铁床又咯吱一声响起来。他说："我常常想，比起父亲来，母亲更像孩子的朋友。她引导孩子学会平和、善良、慈爱……每到我母亲去世的周年，我总到她坟上献上一束花。"

穿运动服的人本要打嗝儿，但出于礼貌把它压了下去。他说："哎，我要是也能像你这样……"

"可你不是说你母亲还活着吗？"

"我还以为你是说你的祖母呢。"

"我怎么会是说祖母。我一点儿也不记得我的祖母了。"

"我也不记得了。"

"我还记得。"乞丐说。

总督的表兄弟说："你少说两句成不成？"

"我能不能叫他出去把这瓶酒包起来……为了阁下的缘故，最好不要有人见到我……"

"坐一会儿。坐一会儿。别着急走。你在这间屋子爱干什么干什么。喝一杯葡萄酒吧。"

"我觉得白兰地……"

"那我就不客气……"他又给自己倒了一杯葡萄酒，有几滴酒洒在床单上，"咱们刚才谈什么来着？"

"咱们的祖母。"

"大概不会吧。我一点儿也记不起我的祖母了。我能记得的最早的事……"

门开了。旅馆经理对屋子里的人说："警察局长到楼上来了。"

"太好了。请他进来吧。"

"叫他进来好吗？"

"没关系。他是个老好人。"他又转过头来对另外的人说，"但是打台球的时候你可不能相信他。"

一个身穿衬衫和白色长裤，皮带上别着左轮手枪的高大肥壮的人出现在门口。总督的表兄弟说："进来，进来。你的牙还疼不疼？我们正在谈论我们的祖母。"他又呵斥乞丐说，"快点儿把你坐的地方让给局长。"

局长仍然在门口站着。他看着这几个人，有些尴尬地说："好啊，好啊……"

"我们凑到一起，正在乐一乐。你也参加好不好？这对我们可是件荣幸的事。"

警察局长的目光落到葡萄酒上，脸上立刻有了笑容。"当然了——不管什么时候，喝口啤酒都不是坏事。"

"太对了。来，给局长倒一杯啤酒。"乞丐用自己的玻璃杯斟了一杯葡萄酒递过去。局长在床上坐下，一口气把酒喝干，马上又自己去拿葡萄酒瓶。他说："这啤酒真不坏。非常好的啤酒。只有这一瓶吗？"穿运动服的人焦急地看着，连身子都僵直了。

"我怕就只有这么一瓶。"

"干杯！"

总督的表兄弟说："咱们刚才谈到哪儿了？"

乞丐说："谈到记得的第一件事。"

"我记得的第一件事，"局长假装思考了一会儿，开口说，"可这位先生没有喝酒啊！"

"我可以喝一点儿白兰地。"

"干杯！"

"干杯！"

"我记得清清楚楚的第一件事是我初领圣体。啊，灵魂在激动，父母围在我周围……"

"且慢，你有多少父母？"

"一父一母，那还用说。"

"两个人怎么能站在你周围——至少得有两对才能站在四边——哈哈……"

"干杯！"

"干杯！"

"我没有两对父母。我想说的是，生活真是莫大的讽刺。后来给我主持圣事的神父，一位老人，被枪毙了。是我监督执行的，因为那是我的职责，我不得不履行。可是执行的时候，我掉了眼泪。我可以告诉你们，我并不认为自己心慈落泪是件丢脸的事。叫我感到一点安慰的是这位老人可能已经成为圣人，在为我们祈祷祝福呢。"

"这真是一件不寻常的事……"

"生活本来就很神秘。"

"干杯！"

穿运动服的人说："喝一杯白兰地好不好，局长？"

"葡萄酒瓶子里已经剩下不多了，我看我就……"

"可是我非得带一点儿回去给我母亲不可。"

"带这么一点儿回去？对她太不恭敬了。就剩下一点儿酒渣子了。"局长把瓶子拿起来，翻过来把里面的酒一边往自己的杯里倒，一边咯咯地笑着说，"你们谁能说啤酒就没有渣子？"他举着酒瓶，突然在半空停住，吃惊地说："怎么啦？你怎么哭起来了？"三个人都张着嘴愣愣地看着穿运动服的人。那个人说："请原谅我，先生们。我总是这样——喝一点儿就醉，一醉我就看到……"

"看到什么？"

"我也说不清，我好像看到世界上的一切希望都一点点地消失了。"

"老兄，你是个诗人。"

乞丐说："诗人是一个国家的灵魂。"

一道闪电像块大白床单似的在窗前抖了一下，头顶上突然响起一声惊雷。贴近天花板上的一只灯泡闪了一下便熄掉了。"对我手下的人来说这真是个坏消息。"局长说，一面踩碎爬近脚边的一只硬壳虫。

"为什么是坏消息？"

"雨季来得这么早。你们知道，我手底下的人正在外面追捕逃犯。"

"那个外国佬？"

"外国佬关系倒不大。可是总督发现还有一个神父。你们该了解他对这件事是怎么想的。我要是总督，我就不去管这个可怜虫了。他不是饿死、病死，也会出来向我们投降的。反正这个人也没什么用了，好事、坏事都干不了了。可不是，几个月以前还没人发现他在外面逃窜。""那你可得赶快动手把他抓住。"

"哎，他不会有机会溜掉的，除非越过边境。我们找到一个发现线索的人。这个人跟他说过话，一起过了一夜。咱们说点儿别的吧。谁愿意在警察局干事？"

"你想他会藏在什么地方？"

"你们不会想到的。"

"为什么？"

"他就在这儿——在这个城市里头。这是推断。你们知道，自从我们开始从村子里扣押人质后，他已经没有地方可去了……走到哪儿都被赶走，没有人肯收留他。就这样，我们谈到的这个人到处流窜，像个无主的野狗。早晚有一天他会撞到我们手里，到那时候……"

穿运动服的人问："你们非得杀那么多人质不可吗？"

"没杀太多。也就枪毙了三四个。好啦，这是最后一杯啤酒了。干杯！"他意犹未尽地把酒杯放下，"也许现在我可以喝一口你的——就说是汽水吧。"

"当然可以。"

"我从前见过你没有？你的脸有点儿……"

"我怕我没有过这种荣幸。"

"这是一件神秘的事。"局长说。他把一条又粗又长的胖腿一伸，把乞丐轻轻往门那边推了推。"你总觉得有些人从前就见过，有些地方从前就去过。也许是在梦里头，或者是前生的事？有一次我听见一个医生说，这同你集中目光凝视有关。但这个医生是个美国佬，一个唯物主义者。"

"我记得有一回……"总督的表兄弟说。闪电接连射到河边码头，惊雷轰打着房顶。整个国家都处于这样的气氛中——室外暴风雨肆虐，室内人们无聊地闲谈，正像他们这几个人坐在床上谈一些没有意义的话似的。"神秘"啊，"灵魂"啊，"生命的源泉"啊，这些词一再出现在人们的谈话里。他们没有可做的事，没有可以信仰的教义，也没有可以去的地方。

穿运动服的人说："我想也许我该活动活动了。"

"到哪儿去？"

"噢——找个朋友。"他含混地说，把手一挥，像是他有许许多多朋友似的。

"你最好把你那瓶酒也带着，"总督的表兄弟说，"反正你也付过钱了。"

"谢谢你，阁下。"穿运动服的人把酒拿起来。瓶子里这时大约只剩下一个底儿了。至于另一瓶，那瓶葡萄酒，早已空空如也。

"别叫人看见，朋友，别叫人看见。"总督的表兄弟厉声说。

"噢，当然了，阁下。我会小心的。"

"你用不着叫他阁下。"局长说。他哈哈大笑起来，一脚把乞丐从床上踹到地下。

"不，不，这是……"他侧着身子小心地走出屋子，一对红肿的眼睛下面还带着泪痕。他走到外边厅堂里以后，听见屋子里的谈话又开始了——"神秘"啊，"灵魂"啊什么的。这些话大概永远谈不完的。

硬壳虫不见了，看来都被雨水冲走了。雨水笔直地从天空倾注下来，而且越下越大，像是往棺材板上凿钉子。但是空气并不因为下雨而变得更清洁。雨水和汗水混在一起黏附在衣服上。神父在旅馆门口站了几秒钟，身后隆隆地响着那台发电机。他快步走了一小段路，站到另一幢房子门口，目光越过将军的半身雕像，望着停泊在河边上的一些小艇和一艘竖着铁烟囱的旧驳船。他不知道自己该到什么地方去。这场突然下起来的暴雨他预先根本没料到，本来他认为在公园的长椅上或者河边睡一觉，总可以胡乱熬过一夜的。

几个士兵从街上向码头走去，一路气呼呼地争论着什么，一任雨水在身上流淌。看来这几个士兵对淋雨一点儿也不在意，因为他们的情况反正已经够糟的了。神父把靠着的门推了一下。这是一家酒馆，木门只有膝盖以上的半扇。他从雨里走进屋子：摆着汽水的货架，一张台球桌，串在绳子上的筹码，三四个人正在打台球。酒吧的柜台上扔着不知是哪个人的手枪皮套。神父走得过于匆忙，碰了一下一个正在打球的人的胳臂。那人怒冲冲地咒骂了一句。这是个红衫党。天哪！难道什么地方都不安全，连一分钟的安全也没有？

神父低声下气地向他道歉，一边连连向后退。没想到他的动作太慌张，衣服口袋撞在墙上，口袋里的酒瓶哐啷响了一声。三四张脸同时向他这边望过来，每张脸都显出准备整治人的兴高采烈的神色。闯进来的人不是熟面孔，他们这回可有乐子了。

"你口袋里装的是什么？"红衫党问。这人是个还不到二十岁的年轻人，生着一张讥嘲、傲慢的嘴，嘴里镶着几颗金牙。

"柠檬水。"神父说。

"你带柠檬水干什么？"

"晚上用得着———我得服奎宁。"

红衫党摇摇摆摆地走到他跟前，用台球杆的粗头捅了捅他的衣袋。"柠檬水，是吗？"

"是柠檬水。"

"好吧，让咱们看看你的柠檬水。"他转过头来对另外几个人说，"我在十步以外就闻得出来贩运私酒的。"他把一只手伸进神父的衣服口袋里，掏出里面的白兰地酒瓶子。"看吧，"他说，"我不是说了吗——"神父猛地往活动门上一扑，一下子蹿到外面雨地里。"抓住他。"一个声音高喊。这回这些人可要好好乐和一下了。

神父从街上往上面的广场方向跑，先往左转，再往右转——幸运的是街道很黑，也没有月光。只要他不在亮着灯的窗户前面显形，就没人看得见他。他听到追赶他的人彼此招呼的声音，他们并没有放弃追捕。这个狩猎游戏远比打台球有意思。远处响起了哨音，警察也参与进来了。

这里本来是当年他怀着雄心壮志计划在康塞浦西昂合理地欠下一笔债务后就升迁过来的城市。现在他却不得不在这里东躲西藏成了逃犯。他一边在街道里曲里拐弯地奔跑，一边想着大教堂、蒙太兹和一位他认识的修道院院长。隐藏在他心坎深处的逃命愿望有那么短暂的一刻叫他觉得自己的处境又可怕又有些滑稽，不觉哧哧笑起来。他气喘吁吁地跑一段路，笑一阵。黑暗中吆喝声和哨子声连连传来。雨这时又下起来了，雨点敲打、跳跃在拆除教堂改建成的游戏场的水泥地上。游戏场现在形同虚设。因为天气炎热，没有人来这里打球，只有几架秋千像绞架似的伫立在广场四周。他又向山下跑，他想到一个主意。

身后的叫喊声越来越近了。不久，从河岸一边也有一群人追过来。但这群人受命追捕只是为了应差，神父听得出来这些人脚步缓慢，他们是警察和官府人员。他现在身处两组追捕人中间——一组业余狩猎者，一组官差。他认识自己要找的那扇门。他一把把门推开，闪身跑进小院，随手又把身后的门关上。

他站在黑暗的院落里喘着气，听着街道上走近的脚步声，雨仍然不停地倾注下来。这时他发现窗后正有一个人注视着他。一个抽缩的又小又黑的头，像是旅游者在南美旅行时购到的枯干的头颅。他走到玻璃窗护栏前边，叫了一声："何塞神父吗？"

"在那儿呢。"第二张面孔在摇曳的蜡烛光里出现在第一个人的肩膀后面，接着是第三张面孔，人脸像蘑菇似的一个个现出来。他蹚着雨水穿过小院向后跑，用力敲打一扇门，他可以感到那些人正在身后望着他。

何塞神父穿着一件肥大的睡衣，拿着一盏灯出现在他面前，他有一两秒钟根本没有认出这是何塞。他最后一次同这个人见面是在一次教会会议上。何塞神父坐在会议室后面一排座位上，啃着手指甲，一副生怕别人注意到自己的样子。其实他的害怕纯属多余，因为坐在大教堂里的神职人员没有一个人认识他是谁。奇怪的是，何塞神父现在的名声反而比所有那些人都大了。他轻轻叫了一声"何塞"，在雨水和黑暗中向何塞挤了挤眼睛。

"你是谁？"

"你不记得我了？当然了，已经这么多年了……你不记得那次在大教堂开会……"

"噢，主啊。"何塞神父说。

"他们正在抓我。我想今天夜里也许我可以……"

"快走，"何塞神父说，"快点儿走。"

"他们不知道我是谁，以为我是个贩卖私酒的——但要是把我带到警察局我的身份就暴露了。"

"小声点。我老婆……"

"给我找个地方藏起来。"他低声说。这时候恐惧开始向他袭来了。也许是白兰地的酒力已经逐渐消失（在这种炎热潮湿的地区酒力不可能持续很长时间，酒精的效力很快就从腋下渗透出去，或从额头随着汗液滴落），但也许是求生的欲望像个旋转的轮子，又转了回来——只要能活，怎么样活着都可以。

何塞神父的脸在灯光中是一张充满仇恨的脸。他说："你干吗来找我？你干吗觉得……你要是不走我就喊警察了。你知道我是怎样一种人。"

神父乞求说："你是个好人，何塞，我一直知道你是个好人。"

"你要是不走我就大声喊了。"

他努力回忆何塞为什么对他怀着仇恨。街头又传来话语声，人们在争论，接着就有人敲门。他们是不是想一幢房子一幢房子搜查啊？他说："如果我过去得罪过你，何塞，那就请你原谅我吧。我傲慢、自大、目中无人——我不是个好神父。我心里一直认为你是个比我更好的人。"

"走吧，"何塞对他吼起来，"快走。我这里不要殉教者。我跟教会已经没有关系了。"他尽量把一肚子的狠毒化作嘴里的一口唾沫，向对方的脸上啐去，可惜力量不够，半道儿就掉在地上了。他骂骂咧咧地说："快点儿去死吧！这是你的职责。"说罢，他就"砰"的一声把门关上。小院的街门一下子从外面推开，警察一拥而入。他看到何塞神父正从窗户里往外窥视，接着一个身穿白睡袍的又高又大的人形就把何塞包裹住，把他从窗前拉走了。这个高大的人好像是何塞的守护天使，一下子就把他从人际纠纷中解救出来。这时候一个声音说："就是他。"说话的人是那个年轻的红衫党人。他把攥着的手松开，一个纸团悄然落到何塞神父住房的墙边。扔掉这个纸团也就意味着他同过去的全部生活永远告别了。

他知道熬了这么多年以后，现在一切就要收场了。当那些人从他衣服口袋里往外拿白兰地酒瓶的时候，他默默地背诵起悔罪经来。但是他的思想却不能集中。死前悔罪的谬误就在这里：忏悔是长期修行、自律的果实，只靠恐惧感是做不好的。他逼迫自己带着羞愧感回想他的那个孩子，但泛上心头的却是眷恋和疼爱，而不是耻辱——这个孩子今后会怎么样？他觉得自己犯罪已经这么久了，好像已成为一幅古旧的画，丑陋已经淡化，只留下雅致了。那个红衫党在石头路面上把酒瓶摔碎，一股酒精味向四周散开，但是气味并不太强，因为瓶子里根本没有多少酒了。

这以后他们就带着他离开了这个小院子。一旦把他抓到，所有这些人，除了他碰了球杆的红衫党，就都对他非常友善了。他们还拿他四处乱跑跟他开玩笑。但是他却无心搭腔，他脑子里想的只有一件事：如何保全自己，逃出这次劫难。这些人什么时候才会发现他的真实身份？什么时候他会见到那个混血儿或者问过他话的中尉？这群人押着他缓缓走到山顶小广场。当一行人走进警察局的时候，大门前一支来复枪的枪托在地上擦了一下。一盏电石灯冒出黑烟，熏着原来刷过白灰、现在已经污渍斑斑的墙壁。院子里横七竖八挂着许多吊床，每张吊床上都睡着一个士兵，像是一只只捆在绳网里的家禽。"你可以坐一会儿。"一个人说，像个熟人似的把他往一张凳子上一推。现在好像一切都无可挽回了。门卫在大门外边走来走去，院子里吊床上发出的鼾声此起彼伏。

一个人跟他说了一句什么，他不知所措地张着嘴望着那人说："什么？"警察同红衫党两方正在争论，要不要把某个人叫出来。"这是他的职责啊。"红衫党不断重复这一句话。这个年轻人长着两颗兔子似的大门牙。他又说："我要把这件事报告给总督。"

一个警察问："你承认犯了法吗？"

神父说："承认。"

"你看，"警察说，"你还想要干什么？罚他五比索。为什么还去惊动别人？"

"罚他的五比索给谁？"

"这事用不着你管。"

神父突然开口说："谁也拿不到五比索。"

"谁也拿不到？"

"我的全部财产只有二十五分钱。"

通到里面一间屋子的门开了，中尉走了出来，吼道："你们这么吵吵嚷嚷干什么？"警察懒懒散散地走过来，不很情愿地向中尉敬了一个礼。

"我抓到一个人，身上带着酒。"红衫党说。

神父坐在那里，目光垂到地面上……"因为被钉上十字架……钉上十字架……钉上十字架……"悔罪的词句卡在那里，说不下去了。他感觉不到悔恨，只有恐惧。

"好啦，"中尉说，"你真爱管闲事。这种人我们一天抓十几个。""要不要把那个人带进来？"一个人问。

中尉看了一眼那个卑躬屈膝、弯着腰坐在板凳上的人。"站起来。"他说。神父从凳子上站起身。他想，现在全完了，现在……但是中尉的眼睛却向门外望去，瞭着门外警卫松松垮垮地来回踱步。他的一张黧黑的瘦脸满面愁容，看上去心事重重……

"他没有钱。"一个警察说。

"圣母玛利亚，"中尉咒骂道，"我就永远教不会你？"他向门口的警卫走了两步，转过脸说，"搜搜他。要是真没钱的话，就圈进牢房，叫他干点活儿……"中尉走到门外，突然抬起手，扇了门卫一个耳光，张口骂道："你是在睡大觉吗？走路就得提起精神来……要精神。"他又重复了一句。电石灯仍然熏着用石灰刷过的墙壁，院子里飘来一阵阵小便的臊味，士兵们在吊床上安然睡觉。

"要不要把他的名字记下来？"一名军士问。

"当然要记下来。"中尉眼睛望着别处说。他神经质地快步走过电石灯，走到院子中间，在雨地里站住。雨点落在他整洁的军服上。他心神不定地向院子四周看了一会儿，仿佛有一件什么心事。给人的印象是，他正被一种秘密的感情折磨着，连他正常的生活日程也被打乱了。他又走回屋子，他一刻也安静不下来。

军士推着神父，走进里面一间办公室。灰皮开始脱落的墙壁上挂着一份色彩艳丽的广告日历，一个穿着浴衣的黑皮肤混血女郎正在宣传一个什么牌子的汽水。不知什么人在上面用规规矩矩的字体写了几个铅笔字——一句易为人接受而又过于自信的口号："人们能失去的只有身上的锁链。"

"名字？"军士问。他没有怎么思索就说："蒙太兹。"

"家住在哪里？"

他随便说了一个村庄的名字。他一直望着照片中的自己出神。照片上，他坐在一群身穿浆洗过的白纱衣服的初领圣体的少女中间。有人在他的头部画了个圆圈，把他突出出来。墙上另外还有一个头像，从得克萨斯州圣·安东尼奥来了一个美国佬，因为杀人和抢劫银行而被通缉。

"我猜想，"军士用探询的口气说，"你多半不认识卖给你酒的那个人吧……"

"不认识。"

"你辨认不出他是谁了？"

"辨认不出了。"

"就这样吧。"军士表示认可，他显然不想多找麻烦。他极其随便地拉着神父的一条胳臂，领着他走过院子。他拿着一把特大的钥匙，就像道德剧或者神话中用作道具的钥匙似的。吊床上的人有几个在翻身，一个胡子拉碴的大下巴从床沿中耷拉下来，活像摆在肉店柜台上的一块没有卖掉的肉，一只带着伤疤的大耳朵，一条长满黑汗毛的大腿。神父想知道什么时候那个混血儿的脸会出现在一张吊床上，那张脸一定会因为看见他而乐得开花的。

军士用钥匙打开一个铁栅栏小门，用靴子踢开挡在门口的一件什么东西。他说："他们都是好人。这里关的都是好人。"他一边说一边又踢了几脚，把横在门边的几个人踢开。扑面而来的是一阵污浊的空气，有人正在一片漆黑中哭泣。

神父站在门口不肯迈步，他想看清里面的情况。他说："我的嗓子干极了。能给我一口水喝吗？"室内的臭气一个劲儿往他鼻孔里钻，他直想呕吐。

"等天亮再说，"军士说，"你喝得已经够多的了。"他把一只大手放神父背上，把他轻轻推进牢房，"砰"的一声关上狱门。神父踩到一个人手上，又踩到一只胳臂，他把脸贴到铁栏上抗议说："这里没地方了，而且我什么也看不见。这些人都是什么人？"军士在院子里的吊床中间笑起来。"朋友，"他说，"朋友，你还从来没有蹲过大狱吧？"

第三章

脚底下一个声音问道："有香烟吗？"

他很快把脚缩回来，但又踩着一条胳臂。一个声音急切地说：

"给我点儿水，快一点儿。"不管说话的人是谁，都是在想把刚进来的这个人震骇住，从他身上挤出点儿油水来。

"有香烟吗？"

"没有，"他有气无力地说，"我什么都没有。"他觉得自己正置身于四面楚歌中。他又往前跨了几步。一个声音警告他说："留神尿桶。"臭味就是从这个地方散发出来的。他一动不动地站住，等着眼睛习惯黑暗，能分辨出事物来。室外，雨已经停了，只是稀稀拉拉地偶尔还落下几滴雨点。雷声已逐渐远去。在闪电过后，你几乎可以数四十下才能听到雷鸣声。雨云多半已经移向大海或者群山中间去了。他用脚在四边试探了一下，想找个空地坐下，但一点空隙也没找到。在又一次电光闪耀中，他看到院子外边有一张吊床。

"有没有什么吃的？"一个声音问。因为他没有回答，那个声音又紧追着问："没什么吃的东西吗？"

"没有。"

"有钱没有？"另外一个声音说。

"没有。"

突然间，从大约五英尺远的地方传来一声尖细的喊叫——一个女人的声音。一个疲倦的声音说："你就不能安静点儿吗？"在一阵窸窸窣窣的声响中又听到那个压抑着自己的并非痛苦的尖叫声。他知道就是在这种人群杂沓的暗无天日的地方，仍然有人在追求欢乐。他再一次伸出脚，开始一点儿一点儿地往前移动，离开背后的铁栅栏。除了人声，还有一种声音在一刻不停地鸣响。那声音听上去仿佛来自一台小机器，像一条电动的传送带一直以一定的速度转动不息。它以比人们呼吸略高一些的声音把一切空间填满，那是成群结队的蚊子在嗡鸣。

他从铁门往里走了大约六英尺，他的眼睛已经看得见好多人的脑袋——也许是因为天上的乌云散去，比刚才明亮了一些：一颗颗人头像很多挂在半空的匏瓜。一个声音说："你是干什么的？"他没有回答，他感到非常恐怖，只顾一点点向里面蹭。突然他发现自己已经走到后墙墙根，因为他摸到湿漉漉的石头墙了。这间牢房的深度最多不过十二英尺。他发现这时如果他把两脚盘在身子下面甚至可以挨挤着别人坐下来。一个老头儿软绵绵地靠在他肩膀上。他几乎感觉不出老人身体有什么重量，而且呼吸也极其微弱，若有若无——那是一个初生婴儿或者濒临死亡者的呼吸。在这个地方，这人当然不会是婴儿。老人忽然开口说：

"是你吗，卡塔琳娜？"他长长叹了口气，好像他已经等待了很久很久，而且还可以更长久地等下去。

神父说："不是，我不是卡塔琳娜。"在他说话的时候，屋子里顿时静下来，大家都在倾听，倒好像他的答话有多么重要似的。但是他回答完了，人们又照旧说话和转动身体了。他虽然只同旁边的人交谈了一句话，但这种与人交际的感觉以及听到自己的话语声叫他心里宁静多了。

"你不会是卡塔琳娜，"老人说，"我也知道你不是。卡塔琳娜是永远不会来的。"

"她是你的妻子吗？"

"你在说什么？我没有妻子。"

"那卡塔琳娜是你什么人？"

"是我女儿。"人们都在听他俩交谈，除了那两个只顾埋头作乐的人。

"也许是他们不准她到这儿来看你。"

"她不会提出请求的。"老人以不容置疑的口气绝望地说。神父这时开始感觉压在身下的两只脚又酸又痛，他继续安慰老人说："要是她爱你……"在挨挨挤挤黑乎乎的一群人那边，那个女人又叫喊起来——这是她最终发出的抗议、放纵和欢乐的叫喊。

"都是那些神父干的。"老人说。

"哪些神父？"

"那些神父。"

"为什么是那些神父？"

"那些神父。"

靠近他膝头的一个人低声说："这个老头儿疯了。你问他什么也是白问。"

"是你吗，卡塔琳娜？"那人接着模仿老人的语调说，"我实际上自己也不相信，你知道。我只不过这么问一问。"

"现在我跟你说说我自己的冤屈，"那个声音继续说，"一个人必须维护自己的尊严。这一点你也承认，是不是？"

"我不知道什么叫尊严。"

"那天我正坐在酒馆里，我要跟你说的那个人走到我面前，对我说：'你妈妈是个娼妇。'我不敢对他怎么样，因为他身上挎着一支枪。我能做的只是等机会。他啤酒喝得太多了——我知道他会灌一肚子啤酒的。等他一溜歪斜地走出酒馆的时候，我就在后面跟着他。我提着个酒瓶，在墙上把瓶子敲碎。你知道，我没有枪。这个人家里跟警察局长有关系，要不然我就不会到这儿来了。"

"不管怎么说，杀人的事太可怕了。"

"你这个人说话像个神父。"

"那些事都是神父干的，"老人插嘴说，"你说对了。"

"他说这话是什么意思？"

"像他年纪这么大的人说的话有什么意思？他爱怎么说就怎么说吧。我再告诉你另外一件事……"

一个女人的声音说："他们把孩子从他身边弄走了。"

"为什么？"

"因为孩子是私生子，所以他们有权把孩子弄走。"

听见"私生子"这个词他的心痛苦地跳动了一下，就好像一个坠入爱河的人听别人无意中说起一种花的名字，而他的爱人恰巧和这种花同名似的。"私生子！"这个词叫他的心里洋溢起一种沉痛的幸福感。它把他自己的孩子重又带到面前：他看见她正坐在垃圾堆旁边的一个树墩上，得不到任何人爱护。他又重复说了一声"私生子"，仿佛再次呼叫自己孩子的名字。他心中充满柔情，却装出漠不关心的语调。

"他们说他不适合当孩子的父亲。当然了，后来神父都逃走了，她也只能跟着他走了。她还能上哪儿去呢？"她的故事结局听起来好像很圆满，可是最后女人又补了一句："孩子当然总是恨他。他们已经教会她明白事理了。"神父似乎可以想象出一个受过教育、长大成人的女人，严肃地抿着嘴。这个女人在这儿有什么可做的？

"为什么把他关在监狱里？"

"因为他保留着一个耶稣受难像。"

尿桶散发出的臊臭味越来越厉害。黑夜像一堵墙似的把他们围着，没有一个通气孔。他听见一个犯人在撒尿，溅到铅铁桶边上发出哗哗的响声。他说："他们不应该……"

"他们做的事当然是对的。他犯了不容宽赦的罪。"

"那也不应该叫女儿恨他。"

"他们知道该做什么，不该做什么。"

他说："他们这样做就不是好神父。犯罪的事已经过去了。他们的责任应该是教人——教人爱。"

"你不知道应该怎么做，不应该怎么做。神父知道。"

他犹豫了片刻才说，一清二楚地说："我就是个神父。"

一切好像就这样结束了，再也不需要怀抱任何希望了。十年的追捕和逃亡终于成为过去。坐在他四周的人个个沉默不语。这地方也同世界其他地方一样，充塞着色欲、罪恶和不幸的爱情，臭气冲天。但是他发现，当自己活在世上的日子已经所剩无几的时候，在这个地方他是能够获得宁静的。

"你是个神父？"那个妇女终于开口说。

"是的。"

"他们知道吗？"

"还不知道。"

他发现一只手正在抚摩他的袖子。一个声音说："你不应该告诉我们你的身份，神父。这里什么样的人都有啊。有杀人犯……"

那个给他讲述自己如何犯罪的声音插嘴说："你没有道理糟蹋我。不能因为我杀过人，就说我……"别的人也都叽叽喳喳地议论起来。那个声音气呼呼地说："不能因为人家骂我'你妈妈是个娼妇'，就认定我会告密……"

神父说："谁也用不着去告密。告密是一种罪恶。等天亮以后他们自己就认出我来了。"

"他们会把你枪毙的。"那个女人说。

"他们会的。"

"你害怕吗？"

"是的，我当然害怕。"

另一个没有开过口的人说："这种事有什么可害怕的！"说话的声音来自刚才一男一女正在寻欢的那个角落，语气非常粗暴。

"不可怕吗？"神父问道。

"只不过叫你痛一下而已。你想还有什么别的？早晚都是这么回事。"

神父说："话是这么说，可我还是害怕。"

"牙疼会叫你更难受。"

"我们不可能人人都勇敢。"

那个声音鄙夷地说："你们信教的人都是这样。宗教把你们都变成胆小鬼了。"

"是的。也许你说得对。你知道，我不是一个好神父，也算不上是个好人。我犯过罪，让我带着罪死，"他勉强笑了一下，"会叫我思考很多。"

"你看，我说对了吧。相信天主就把人变成懦夫了。"那个声音得意地说，好像他已经证明自己说得有道理了。

"那又怎样？"神父问。

"最好是没有信仰，做个勇敢的人。"

"我明白你说的意思了。当然了，如果你认为这个世界上根本就没有总督或者警察局长，明明这是座监狱，你却认定它是座花园，当然你会很勇敢的。"

"你这是胡扯！"

"但是如果我们发现监狱就是监狱，总督也实实在在坐镇在上面那个广场上，我们能不能表现出一两个钟头的勇敢无畏，意义就不大了。"

"没有人说这座监狱不是监狱。"

"没有人认为这不是监狱吗？你也是这么想的？看来你没听

那些政治家的宣传。"他的双脚疼得厉害，脚跟开始抽筋，但他又没法抚摩肌肉减轻一下疼痛。时间还不到午夜，他仍旧面临着漫长的黑暗。

那个妇女突然开口说："真没想到。我们这里居然有一位殉教者……"

神父咯咯地笑起来，他几乎无法控制住自己了。他说："我可不认为我这种人是殉教者。"这时他想起了玛丽亚对他讲的话——对教会不应该轻佻不恭，于是他的态度开始严肃起来。他说："殉教者都是圣徒。不能只因为一个人死了就是殉教者了……这种想法是错误的。我可以告诉你，我犯了重罪，我做过的那些事不能对你说，只能在告解室里低声倾吐。"他说这些话的时候，狱室里的人都注意听着，倒好像他是在教堂里宣教似的。他很想知道，那个无处不在的犹大是否也正坐在听众里面，但是他并没感觉到谁是犹大，正像他那次在森林的小屋里也没认为那个混血儿就一定会出卖自己。他对关在监狱里的这些人迸发出一种并非出自理念的爱怜，纯属情不自禁。一句话突然出现在记忆里："天主这样爱世人……"他说："孩子们，你们不要认为殉教者是像我这样的人。你们已经给我起了个名字，啊，我过去就听你们这么叫过我。我是个威士忌神父。我现在被关在这儿是因为他们在我的衣袋里发现了一瓶威士忌。"他试着把脚从身子底下伸出来。他的脚现在不再抽筋，可是已经变得麻木，什么感觉都没有了。好吧，麻木就麻木吧。反正今后用得着双脚的日子也不多了。

老人仍然在喃喃自语，神父的思想又回到布莉吉塔身上。他

174

认知的世界在她身上映现出来，像是在透视照片上一眼就能辨认出的一块阴影。他渴望能够解救她——一想到这件事他就感情激动，连呼吸也停止了，可是他知道医生的诊断：病已经无法治愈了。

那个妇人哀求说："你带着一点酒，神父，这不是一件大事。"他想知道这个妇女为什么也被关在这儿，或许是因为她家里有一张圣像？从她疲惫而又紧张的说话声调看，很像一个虔诚的女教徒。这些人痴迷于圣像。为什么不把那些画像烧掉？信仰并不需要图像……他严厉地说："啊，我还不只是个酒鬼。"他过去就一直为这些虔诚的女教徒担心。她们很像一些政治家，靠制作种种幻景活着。他替她们感到害怕。在一个自鸣得意、毫无同情与怜悯的国度里，这些女教徒常常为自己的信仰把命送掉。她们对"善"的理解过于感情化。他觉得自己如果能够做到的话，有责任把她们从这种感伤的心态中解脱出来……他又用严厉的语调说："我有一个孩子。"

这个女人多么叫人敬重！她在黑暗中为他辩解。他听不真切她说的话，只听见她在唠叨小偷改过自新什么的。他说："我的孩子，小偷改悔了，我却没有。"他记起她走进小泥屋的情景：日光从她背后照过来，她的脸黑黑的，带着一种已经了解内情的敌意。他说："我不知道该如何悔罪。"他说的是实话，因为他已经没有这种权利了。他不能对自己说，希望自己根本没有犯过罪，因为他好像觉得他犯没犯罪并不重要，而且他已经爱上那个罪恶结下的果实了。他需要一个听他告解的人，把他的心缓缓地引向悲痛与悔罪的灰暗的通道里。

妇人现在不再说话了。他问自己，是不是刚才对她过于严厉了。如果听任她相信自己真是殉教者能够坚定她的宗教信念的话，倒也未尝不可装一下……但他立刻就放弃了这种想法：他曾经发誓永远真实。他把身子往前蹭了一两英寸，问道："什么时候天亮？"

"四点……五点……"一个人回答，"我们又没有钟，谁说得准，神父。"

"你在这里已经很久了吗？"

"三个礼拜。"

"整天都关在屋子里吗？"

"不是。他们叫我们出去打扫院子。"

神父想：那时候我就会被发现了——除非那时天还没亮。但是毫无疑问，这里肯定有人会首先出面举报我。他开始想这想那，想了许许多多，最后开口说："谁举报我可以拿到一笔赏金。五六百比索。我不知道准确钱数。"他只说了这两句就又停住，没再往下说。他不能催促哪个人去告发他——这等于诱骗别人犯罪，但另一方面，如果这里真有一个告密者，他也不愿意看着这个可怜的家伙受蒙骗，白白损失一笔数目可观的钱财。犯了这样一宗丑恶的重罪——与谋杀并无两样——而在现实世界中丝毫得不到酬报，岂不是……他想：岂不是有失公道吗？

一个声音说："这里的人谁也不想要他们的血腥钱！"

他心中又一次泛起一种奇特的感情。他是一群罪犯当中的一员……他在这里感到置身于伙伴中间，这是他在过去的日子里，当那些虔诚的教徒走过来吻他的戴着黑色棉纱手套的手时从来没有感觉到的。

那个虔诚的女人的声音歇斯底里地在他耳边尖叫着："你真是太蠢了，怎么会告诉他们你是谁？你不知道关在这里边的都是什么人吗，神父。小偷、杀人犯……"

"喂，"一个愤怒的声音问道，"你自己是为什么进来的？"

"因为我的屋子里放着不少劝人信教的好书。"女人以令人无法忍受的骄傲口气说。神父不想叫她扫兴，所以没有反驳她。他只是说："唉，到处都一样，这里也不例外。"

"你是说那些书？"

神父笑了笑，说："我不是说书。我是说小偷、杀人犯……唉，我的孩子，你要是经验再多一些，你就会知道还有比小偷、杀人犯更坏的。"那个疯疯癫癫的老头正在打盹，可是好像睡得很不踏实。他的头斜靠在神父的肩膀上，梦中也在嘟嘟囔囔地说一些气话。天晓得，这间牢房里挤得简直叫人一点儿也动弹不得，但随着时间过去，夜越来越深，他的四肢逐渐僵硬，神父就感觉越来越无法忍受了。他甚至连肩膀也不敢动，生怕把老人惊醒，再活受一夜罪。他心里想：唉，剥夺了老人自由的是我的弟兄们，我现在替他们受一点儿罪倒也不失公道……就这样，他就一言不发地靠着潮湿的墙壁坐着，屁股底下压着已经完全失去知觉的双腿。蚊子不停地嗡鸣，已经没有必要为防卫自己而拍打了，因为在这间牢房里，它们似乎已经成为饱含在空气中的元素了。不知道是谁也跟老人一样入了梦乡，而且打起呼噜来。这在牢房中倒是一个奇特的表示满足的调子。这个人就像晚饭吃饱喝足到这里来打盹儿似的……神父打算计算一下时间：从他在广场上遇到那个乞丐以后到底过了几个小时了。也许这时候午夜刚刚过去，他还有的是时间要这样熬下去呢！

这回当然是一切的终结了，但与此同时也还是应该做好准备，应付各种可能发生的事，甚至逃脱也不是毫无希望。如果天主打算叫他逃生，就是被绑到刑场上天主也能把他从行刑队枪口底下抢走。但是天主是仁慈的，如果他还不肯赐予他宁静——假定有宁静的话——那只有一个原因：他还可以用来拯救一个灵魂——他自己的灵魂或一个别人的灵魂。可是话又说回来，他现在还有什么用？那些人一直在追捕他，他无处落脚。他不敢走进任何一个村落，怕另外一个人为此而送命——也许哪个人犯了重罪而还没有机会悔罪。只因为他还固执地活下去，只因为他傲慢不屈，说不上有一些灵魂会因此而永远堕落。另外，他现在已经没有葡萄酒，也无法再做弥撒了。他最后好容易弄到的一点酒，都被那位警察局长灌到自己的喉咙里去了。生与死的事对他来说真是复杂得要命。他仍然怕死，等天亮以后怕死的心情还会加剧，可另一方面，死又开始吸引着他，因为他一死，事情就变得极其简单了。

那个虔诚的女教徒正在对他低声耳语，她已经更加靠近他的身体了。她说的是："神父，你愿不愿意听我告解？"

"亲爱的孩子，在这里怎么能行？一个人说话别的人都听得见。"

"我等了那么久了……"

"你先为自己犯的罪背背悔罪经吧。你必须相信天主，亲爱的孩子，他会宽恕你的……"

"我不怕受罪……"

"你不是已经到了这么一个地方了吗？"

"我不在乎。明天早上我妹妹会把罚款凑齐，把我赎走。"

靠着对面一堵墙的某个地方欢乐又开始了。这一次听得真真切切：动作、喘息同叫喊。虔诚的女教徒愤怒地喊起来："这些畜生，怎么就管不住自己！真是动物！"

"你这种心情背悔罪经也没什么用。"

"可是这种丑恶……"

"不要这么看，这是危险的。因为我们突然间会发现我们的罪恶中也有那么多美。"

"怎么会有美，"她厌恶地说，"在这样一个地方。牢房里。当着那么多人。"

"有那么多美。圣人们总说忍受苦难也有美的一面。当然了，你我都不是圣人。对我们来说，受苦受罪是丑恶的。臭味，挤轧，苦不堪言。可是在那个角落里，就有美的存在——对他们俩来说。要想用圣徒的眼睛观察事物，需要很大的学问。圣人有自己精细的审美感，可以鄙视像他们这样的人的粗俗无知的享乐。但我们就没有资格这样做。"

"这是不可饶恕的罪恶。"

"咱们怎么知道？也许是。但是你知道，我不是个好神父。从经验上我知道撒旦堕落的时候也带着不少美。没有人说堕落的天使是丑陋的。不是这样的。他们迅捷、轻盈……就像……"

这时那边又响起了呼叫声，那是无法克制的欢快的叫喊。女教徒说："快叫他们别这样了。太没脸了。"神父感觉到女教徒搁在他膝盖上的手指，手指在抓他、抠他。他说："我们是一间牢房里的狱友。现在我就想喝点儿什么，比盼望天主还迫切。这也是一种罪。"

女教徒说："现在我看出来了，你不是个好神父。我过去可没这么想过。现在我知道了。你同情这些畜生。如果你的主教听到你刚才说的……"

"哎，他离我们这儿太远了。"他想到现在正在墨西哥城的那个老人，住在一幢充满宗教气氛、样子难看但很舒适的房子里。屋子里摆满圣人雕像和相片，一到星期日他就站在一座大教堂的圣坛上给信徒做弥撒。

"我从这儿出去以后，要写一封信……"女教徒说。

神父不禁笑了笑：这个女人一点儿也不知道世道早已变了。

他说："如果主教接到你的信，知道我还活着，一定很感兴趣。"但这以后，他的神态就变得严肃了。一周前，他对那个在树林里跟了他半夜的混血儿虽有过怜悯之情，但要想怜悯当前这个虔诚的女人却更加困难。混血儿那样行事有不少非常明显的理由：身无分文，正受热病折磨，一辈子受尽各种屈辱；这个女人的情况也许比混血儿更糟。他说："你还是别生气了。替我祈祷吧！"

"你死得越早越好。"

在黑夜里，他看不见她的脸，但是他记得往日里遇到过很多张脸，说话的声调都同这个女人一模一样。如果仔细地揣摩一下一个人的脸相，不管是男是女，你都会可怜起他来，因为每个人的面目都带着基督的形象。眼角上的皱纹、嘴形、头发的长法……只要留神一看，你就不会恨他了。如果你恨谁，那是因为你缺乏想象力。这样想着，他不由得产生了对这个女人的极其沉重的责任感。她说："你和何塞神父一样，是你们这样的人叫人们……看不起真正的宗教。"这个女人的处世态度也是受着她的环境支配，实际上同那个混血儿没有什么两样。神父想象得出她生活于其中的客厅，客厅里摆着摇椅，墙上挂着许多照片。她孤身独处，不同别人来往。神父语气温和地说："你没有结过婚吧？"

"你问这个干什么？"

"你没有当过修女吧？"

"她们不叫我当。"她恼怒地说。

他想：可怜的女人，她什么都没有，任何东西都没有。要是能想到一句合适的话对她说……他绝望地把身子向后靠了靠，他的动作很轻，生怕把老人惊醒。他就是想不出该对她说什么。过去他同这一类型的女人接触就不多，现在更是无法沟通了。如果是在从前的日子里，即使自己对她并无怜悯，他也知道该怎样跟她讲话，说几句言不由衷的套话。现在他觉得说这样的话没有用处。他现在犯了罪，应该只对也犯了罪的人讲话。刚才他使这个女人的虚荣自满破灭，实在太不应该。真不如叫她继续相信自己是个殉教者呢！

他闭上眼，立刻又做起梦来。他梦见自己正被人追赶。他站在门外边，使劲敲门，叫门里的人放他进去，但是里面没有一点儿动静。有一个口令，一个能放他进去的字，可是他把这个字忘了。他急得要命，胡乱说着：小孩、奶酪、加利福尼亚、阁下、牛奶、韦拉克鲁斯……他的双脚失去了知觉，跪倒在门外。后来他知道自己为什么要进去了。没有人追赶他，他弄错了。真正的原因是，他的孩子正躺在他身边，流着血，眼看就活不成了。这里是医生住的地方。他又乒乒乓乓地敲门，大声喊："我就是想不起那个进门的暗号，你们也不能这么没有人性不叫我进去啊！"孩子正在喘气，仰着头看着他，脸上表现出的是一个成年人的智慧。她说："你这个畜生。"于是神父醒了，掉下眼泪来。他迷糊过去也不过几秒钟的时间，因为那个女人仍然在絮絮叨叨地诉说修女们拒绝承认她有神召。他说："所以你觉得很痛苦，是不是？这些事引起的痛苦也许比你当了修女而觉得幸福更好。"但是这句话刚一出口，他就想：我说得真笨，这句话有什么意义？为什么我就想不出一句叫她能够记住的话来？

　　他没有再打盹。他又在同天主定契约：这回如果他能逃出监狱，他就再不会被抓住了。他要到北边去，越过边界。逃脱的可能性几乎等于零。但万一他真的能够逃脱，那就是天主给他的启示，叫他知道，让他成为殉教者为世人做榜样，远比他偶然在外面给人做几次告解更加有害。倚在他肩膀上的老人这时身体移动了一下。黑夜仍然笼罩着这间牢房。黑暗永远是一个样子，这里没有钟表，没有任何东西告诉他们时间正在过去，唯一给暗夜画上标点符号的是小便撒在尿桶里的声音。

　　突然间，他发现自己看清一张脸，接着是另一个人的脸。本来他已开始忘记世界还会有另一个白日，正像一个人忘记自己有一天会死似的。但它突然来了，带着制动闸的摩擦声和空气中的一声呼啸，于是人们知道时间一直在移动而现在已经走到头了。狱房里的一切声音慢慢地都化作一张张面孔——哪张脸也没显出惊讶神色。过去在告解处为教民办告解，他已经学会辨识话语的形状——意志薄弱者下巴上松弛的嘴唇，过于坦直的目光表现出的虚假真诚。他看见那个虔诚的女教徒正在离他几英尺远的地方不安地做梦。她端庄地张着嘴，露着一颗颗强健的大牙，像是一排白色小墓碑。他也看清了身边的老人和墙角里那个说大话的人，这个人的情妇正衣衫不整地睡在他膝头上。白昼终于来了，但在这间牢房里除了一个印第安小男孩，他是唯一没有睡着觉的人。那个印第安小孩盘腿坐在门口，脸上带着叫人感兴趣的幸福感，倒好像过去他从来没有同这么多友好的人同处一室似的。院子对面一堵白灰墙已经隐约可见。神父开始正式向这个世界告别，但他的精神却怎么也不能集中。他更多地想到死，而不是一生的罪孽。他想，一定会有一颗子弹很快地从他心头射进去。行刑队里起码有一个枪法准确的队员。生命不到一秒钟就消逝了（这个说法很恰当），但是在过去的一整夜里，他却一直认为时间只能以钟表计算，只能凭光亮判断。这里没有钟表，光亮也老不变换。没有人真正知道一秒钟的痛苦究竟有多长。说不定那是经历整个炼狱磨炼的时间，说不定是永恒！不知为什么，他脑子里蹦出过去听一个垂死的人作临终悔罪的场景。这个人得了癌症，死前家里的人都戴着口罩，因为病人体内发出恶臭，令人无法忍受。生活中再没有什么比死更丑恶了。

院子里有人在喊"蒙太兹"这个名字。他坐在已经失去感觉的脚上，脑子机械地想：我这身衣服全糟蹋了，在这块肮脏的地板上坐了一夜，又在满身污垢的同室犯人身上挨来蹭去，衣服已经脏得像块抹布了。这是他冒了很大风险从河边一家商店里弄来的，当时他假称自己是个没有什么钱的农民，想到城里来摆摆阔。但他突然想到，他以后不再需要衣服了，这个想法叫他大吃一惊，就像一个人离开家把门锁起来，突然想到以后再也不会来开锁似的。院子里那个人又不耐烦地连声喊"蒙太兹"。

他记起来自己的名字就是蒙太兹，他的目光从自己肮脏的衣服上移到正在开监狱门锁的军士身上。"出来，蒙太兹。"神父轻轻移开倚在自己肩膀上的老人的脑袋，叫他靠在渗出水珠的墙壁上，努力从地上站起来。他的双脚软得像两块发面饼。"你睡了一夜还没睡够？"军士恶狠狠地说。不知道为什么，这天早上他的心气不顺，不像昨天夜里对他那样和气了。他又踢了一个还在睡觉的囚犯一脚，之后就一边使劲拍门一边大声喊："起来，都快起来。你们都起来到院子里去。"只有那个印第安小孩听话，不声不响地走了出去，脸上仍然带着莫名其妙的幸福感。军士继续骂骂咧咧地说："你们这群癞皮狗！是不是等着我给你们洗涮啊？你出来，蒙太兹。"他的脚像针刺似的逐渐恢复了知觉，他一步一挨地蹭到门口。

院子懒洋洋地逐渐恢复了活气。一群人正在唯一的水龙头前面排队等着洗脸。一个穿着背心和长裤的人坐在院子地上，擦着一杆来复枪。"快到院子里去洗脸。"军士对牢房里的犯人喊道。但是当神父正要往外走的时候，军士把他叫住了。"你不要走，蒙太兹。"

"我不走？"

"我们对你有别的安排。"军士说。

神父站在那里等着，别的犯人排着队走出牢房。这些人一个一个地从他身旁走过去。他避开他们的脸，只低头看一只只的脚。站在门边，他对他们像是一个诱惑。没有一个人讲话。一个女人穿着几乎磨平的低跟皮鞋拖着地走过去。他又一次为自己的无用感到痛心。他低着头，轻声念叨了一句："为我祈祷吧。"

"你在说什么，蒙太兹？"军士问。

他一时编不出一句什么谎话。他想，这十年来我的一点儿骗人的本事已经枯竭了。

"你在说什么？"军士又问。

他面前的两只鞋停了一会儿。一个女人的声音说："他在跟我要东西。"她又冷冷地加了一句，"这人真一点儿头脑也没有。我没有什么可给他的。"她的一双低跟皮鞋继续移动，走到院子里。

"你睡得不错吧，蒙太兹？"军士逗弄他说。

"睡得不太好。"

"你还想怎么样？"军士说，"我要给你一点儿教训，叫你别那么贪白兰地。"

"好吧。"他很想知道，在正式处置他以前，这些准备手续还要进行多久。

"好吧，既然你把钱都用去买白兰地了，你在这儿住了一宿也应该干点活儿付房费。你从牢房里把尿桶提出来。小心点儿，别弄洒了。这地方已经臭得够呛了。"

"提到哪儿去？"

军士指了指水龙头过去一点儿的一处厕所。"活儿干完以后向我报告。"他说完了就走到院子里向别的人发号施令。

神父弯下腰提起桶来。尿桶已经装满，非常沉。他佝偻着身子提着尿桶走到院子另一边。汗珠流进他的眼睛。他用手擦了擦，看见排队等着洗脸的人中有一队人的脸他都熟悉——那是一队人质。其中一个人，古盖尔，是他亲眼看着被警察抓走的。他还记得古盖尔的母亲怎样气急败坏地哭喊与中尉的不耐烦和恼怒，那是太阳正在升起的一天清早。这些人质这时也看见他了。他把手中的尿桶放下，望着他们。装作不认识这些人，那就等于暗示他们，或者请求他们，要他们继续在监狱里受罪，而让自己逃生。古盖尔看来被痛打过，一只眼睛下面的伤口还没封口，几只苍蝇围着它嗡嗡飞鸣，正像骡子身上有破了皮的地方，苍蝇就叮着不放。这一队人慢慢移动过去，人人耷拉着头，走过他身边。另一队他不认识的人接着走过来。他不出声地祈祷着：啊，主啊，请你派另外一个人来吧，派一个比我更值得这些人作出牺牲的人来。他想：他们为一个生了私生子的威士忌神父在这里受难，真是太大的讽刺了。那个抱着枪席地而坐的士兵正在摆弄手指甲，用牙齿啃着指头上一块松开的肉皮。奇怪的是，这些人质都没有表示认出他来，神父又产生了某种被抛弃的感觉。

厕所只是一个便坑，坑上铺着两块可以站在上面的木板。他把尿桶倒光，穿过院子走回一排排的狱室去，狱室一共六间，他需要把每间的尿桶倒干净。他从狱室里一桶一桶地提出来，经过院子，倒进厕所。尿水在桶里晃动，腥臊刺鼻。有一次他不得不中途停下，干呕了一阵。当他走进最后一间狱室的时候，发现这间屋子人没有走空，还有一个人正半躺半坐地靠在墙上。刚刚升起的太阳只照到这人的两只脚。地上有人呕吐了一堆脏东西，苍蝇围着嗡嗡打转。那人睁开眼睛，看着神父弯腰提桶，两颗虎牙从那人嘴里龇出来……

神父想尽快把尿桶提出去，不小心洒到地上一摊。混血儿用神父极其熟悉的爱唠叨的口气说："等一会儿。你在这儿不能这么干活儿。"接着，他神气活现地解释说，"我不是囚犯。我在这儿是客人。"神父做了个请求原谅的姿势（他不敢说话），提起桶就往外走。"等等，"混血儿命令神父站住，"到我跟前来。"

神父固执地站在门口不动，只把身体转过一半来。

"到我跟前来，"混血儿又下命令说，"你是犯人，是不是？我可是他们的客人——总督请来的。你是想要我把警察喊来吗？要是不想，你就听我的话走过来一点儿。"

看来天主正在作出决定——终于作出决定了。神父提着桶向屋子里面走了几步，站在一只赤裸的扁平大脚板旁边。混血儿急切地厉声问他："你怎么在这儿？"

"打扫打扫屋子。"

"你知道我不是问你这个。"

"我带着一瓶白兰地，叫他们抓住了。"神父说。他尽量用粗哑的嗓门讲话。

"我认出你来了，"混血儿说，"本来我还不相信我的眼睛，可是你一张嘴……"

"我想你大概……"

"你那神父的语调。"混血儿表示厌恶地说。他像是另外一个品种的狗，一见到异类，脖子上的毛就竖起来了。肥大的大脚趾这时也充满敌意地摆动起来。神父把尿桶放下。他已经不抱任何希望了，但还是辩解地说："你喝醉了吧。"

"啤酒，啤酒，"混血儿说，"我没喝别的，喝的就是啤酒。他们答应我，有什么好的给我什么好的。可是他们说的你不能信。我知道局长把他的白兰地都锁起来了。他们瞒不过我的。"

"我得去倒尿桶了。"

"你要是敢走，我就喊人了。我得把这件事好好想一想。"混血儿气呼呼地说。神父站在一边等着。他没有什么别的事好做，只有等着看看这个人会不会发一点儿善心。善心是个极其可笑的字眼，因为这双被疟疾折磨的眼睛是从来不懂得什么叫善心的。但神父并不想向他乞求，从这一点看，他倒还没有丧失尊严。

"你知道，"混血儿为他剖析说，"我在这儿待着挺舒服。"他黄胖的脚趾得意地陈列在一摊呕吐物旁边。"好饭食，啤酒，有人做伴儿，房顶也不漏雨。至于以后他们要怎样对待我，用不着你说我也知道——还不是一脚把我踢出去，像条狗似的把我踢走。"他越说越生气，声音也变得尖锐起来。"你是为什么叫他们弄进来的？这倒是我想弄明白的。我觉得这事有点儿稀奇。搜寻你是我的事，我的差事。要是他们自己把你抓到，那笔赏金谁拿？不用说，不是警察局长就是那个混蛋军士。"说到这儿，混血儿愁眉苦脸地思索了一会儿，"咳，如今你谁都不能相信。"

"还有一个红衫党呢。"神父说。

"一个红衫党？"

"真正抓住我的是那个红衫党。"

"圣母马利亚，"混血儿诅咒了一句，"他们这些人的话总督都听。"他抬起头来乞求道，"你是个受过教育的人。你倒是给我出出主意。"

"你要干的事是谋杀，"神父说，"天大的罪孽。"

"我不是问你这个。我要问你的是赏金的事。你知道，只要他们没查出你的身份，我就还能在这儿享福。我需要好好休几天假。反正你也跑不远，是不是？最好是在监狱外边抓到你，在城里哪个地方。这样的话，别的人就不可能提出要求……"说着说着，他又一阵气往上冲。"人一穷就老得算计。"

神父说："我敢说，你就是在这儿举报我也能拿到一部分。"

混血儿靠着墙欠起身子说："一部分！为什么不应该把全部都给我？"

"你们在这儿吵什么？"军士问。他出现在牢房门口，站在阳光里探进头来。

神父不紧不慢地说："他叫我把吐在地上的脏东西弄走。我说你没叫我干这个。"

"啊，他是一个客人，"军士说，"你别怠慢他。你就照他吩咐的做吧。"

混血儿得意地龇牙笑起来，说："再给我一瓶啤酒怎么样，军士？"

"现在还不成，"军士说，"你先得到城里去查找查找。"

神父提起尿桶，走到外面院子去，不管那两个人在牢房里争吵的事。他觉得一支枪正在他背后对他瞄准。他走进厕所，把桶里的尿倒进粪坑，又走到外面阳光下——现在枪口正对着他胸膛。站在牢房门口的两个人话还没有谈完。他从院子里走回来，两个人都看着他。军士对混血儿说："你说你今天早上肝不舒服，胆汁太多，视力受了影响。那你就在家里干点儿活吧，把你吐出来的脏东西打扫一下。要是你不干活儿……"混血儿在军士背后偷偷向神父挤了挤眼睛，叫他放心。但恐惧过去以后，他又感到非常遗憾。看来天主已经作出决定。他还得战战兢兢地活下去，自己打主意，制订计划，决定下一步该怎么办……

他又花了半个小时打扫牢房，每间屋子用一桶干净水冲洗一遍。他看着那个虔诚的妇女走出拱形监狱大门，带着罚款来的妹妹正在门外等着接她。这一对姐妹都紧紧系着黑色围巾，活像从市场买来的两包什么干硬的旧货。活儿干完以后，他向军士报告。军士检查了一遍，斥责他打扫得不够干净，叫他再多冲洗一遍。但这个人好像突然厌倦了这件例行公事，对他说他可以去找警察局长，叫局长放他出去了。于是神父又耐心地坐在局长办公室门外一张凳子上等着。他等了一个小时，看着警卫在太阳地里懒懒散散地来回踱步。

最后，一名警察带他走进办公室，但是坐在办公桌后面的并不是局长，而是那个带兵追捕过他的中尉。神父站的地方离贴在墙上的他自己的一张照片不远。等着中尉问话的时候，他非常紧张地偷偷看了一眼。那是从报纸上剪下来的一张揉皱的新闻图片。他心里想：这张相片同我现在的样子不怎么像了。在那些日子里，他多么叫人无法忍受啊！可是同今天相比，当时他并没有犯很多罪。这又是一件无法解释的神秘事。有时候他觉得一些轻微的罪——失去耐心啊，无关大局的谎言啊，骄傲自大啊，办事拖拉啊——比起犯了重罪反而会使一个人完完全全失去主的宽赦。当年他没犯罪的时候，他对任何人都没有爱心；现在他堕落了，却学会……

"怎么样？"中尉说，"他把牢房打扫干净啦？"中尉的眼睛并没有离开他正在阅读的报纸。他接着说："通知军士我要两排人带着擦好的枪——两分钟以内集合好。"他心不在焉地看了看神父说，"怎么，你还在等什么？"

"等你放我出去，大人。"

"我不是什么大人。你要学会别乱给人戴帽子。"他厉声问，"从前进来过没有？"

"从来没有。"

"你叫蒙太兹。这些天我好像接二连三地碰到叫蒙太兹的人。你们都是一个家族的？"他坐在那里仔细审视了一下面前的这个蒙太兹，他好像记起了什么。

神父连忙回答："我的堂弟在康塞浦西昂被处决了。"

"这可怪不得我。"

"我是想说——我同他长得很像。我俩的父亲是双胞胎。两个人出生先后不过半个小时。我想大人也许认为……"

"我记得那个人跟你长得不一样。他是瘦高个儿……肩膀窄窄的……"

神父又连忙插嘴说："也许在我们本族人眼里……"

"我只不过看见过他一次。"中尉说。看起来这位军官正有一桩什么心事：他的两只带着印第安血液的手不安地摸弄着报纸。他在沉思什么……他问："你准备到哪儿去？"

"天知道。"

"你们这些家伙都一样，永远学不会一个真理——上天是什么也不知道的。"一个小黑点，一只小虫，从摆在他面前的报纸上爬过去，他用手指按住，开口说："你没有钱交罚款吧？"他的眼睛正看着另一个小黑点从两张报纸中间爬出来，急急忙忙在找一个避难所。在这种炎热的气候中到处都是生命。

"没有。"

"那你靠什么活着？"

"也许能找个活儿干。"

"你年纪大了，干不了活儿了。"中尉突然把手伸进衣服口袋，拿出一张五比索的钞票来。

"拿着，"他说，"快走。别让我再看到你的脸。记住我说的话。"

神父手里攥着这张钞票——这是做一次弥撒的报酬。他吃惊地说："你是一个好人。"

第四章

这天一清早他就蹚水过河，浑身水淋淋地爬上对岸。天还这么早，他想自己是不会碰见什么人的。他看到那幢带凉台的平房、铁皮屋顶仓房和旗杆。在他脑子里，英国人每天日落的时候总要举行降旗式，唱《天佑吾王》的国歌。他小心谨慎地绕到仓房前面，门一推就开了。一眨眼，他就闪身走进从前藏身过的黑暗中——那是几个星期以前的事了？他一点儿也算不清了。他只记得当时雨季尚遥遥无期。现在雨季却已经开始了。再过一个星期就只有飞机才能越过北部莽莽群山了。

他用脚试探着地上有没有什么东西。已经两整天没吃饭，哪怕有几只香蕉吃也是好的。可是地上却一片空空，什么东西也没有。他来得不凑巧，仓房里储存的香蕉已经从河上运走了。他站在紧靠门的地方，努力思索那个小女孩教他的联络办法——莫尔斯电码、她的住房窗户。院子铺着一层颜色惨白的尘土，院子另一端太阳光照在一顶蚊帐上。他想到的是一个空空如也的食品橱。他焦急地倾听着附近有没有声响，但是他什么声音也听不到。没有睡眼惺忪的人走在水泥地板上的足音，没有一条狗伸懒腰用爪子搔地，也没有砰砰的敲门声。距离一天开始还早，一切寂寥无声，像是一处真空。

现在是什么时间了？天已经亮了多久了？他一点儿也说不清。假如已经不太早的话，现在也许六七点钟……他发现自己的全部希望都在那个小女孩身上，她是唯一能够帮助他而又不会使自己陷入危险的人。除非今后几天里他能走过那些大山，否则他就被困在这里了。没有人敢给他一点儿吃的，也没有人敢给他一个住处，他又怎么能在滂沱大雨中活过来呢？与其在野外冻饿而死，还真不如自投到警察手里呢。假如一个星期以前在警察局里被他们认出来，死得也许快点儿，麻利点儿，那就不会有今天这么多啰唆了。他正在这样胡思乱想的时候，忽然听到一个声音：一个小动物在搔地，在嚎叫。这意味着白昼已至，生活又开始了。尽管踟蹰不前，希望终于来了。神父站在门边，饥肠辘辘地等待着。

它来了，一个丑陋的小动物，一只杂种小母狗，耷拉着耳朵，一条腿受了伤或者已被打断。它就拖着这条伤腿哀哀叫唤着从院子另一边走过来。它的脊背大概也出了什么毛病，因为它走得非常慢。神父看着它那一根根凸出来的肋骨，像是展览在自然博物馆里的骨骼。一眼就能看出，这条狗已经好几天没吃东西，它被人抛弃了。

这条狗同他还有区别：狗还抱着求生的希望，只有善于推理的人才能把希望灭绝。动物是永远不知道什么叫绝望的。看着这条遍体鳞伤的小狗走过院子，他猜想它一定每天都这样从院子那边走过来，说不定已经这样走了几个星期了。他现在看到的只不过是另外一天开始的又一次同一动作的重演，正像在幸福地区鸟儿每天早上鸣啭一样。小狗费力地爬上凉台门口，伸着腿趴在地上，开始用一只爪子挠门。它把鼻子伸到门上一块缝隙前头，好像在嗅空屋里的不再受人干扰的空气。它焦急地哀伤地叫唤，尾巴一度敲击了一下，似乎听到室内有人走动。最后，它开始噪叫起来。

神父不忍心再看下去了。他现在知道是怎么回事了。他想自己不妨再用眼睛验证一下。他从仓房里走出来。狗在门前笨拙地掉转身子，对他叫起来。它并没有忘记看家的职能，只不过这一切它做得那么费力，已经力不从心了。不是，这个人不是它要的人。它要找的是它熟悉的人，要找回已经失掉的旧世界。

神父扒着窗户向里看了看——这间屋子可能就是过去那个小女孩住的屋子。里面除了几件破烂的和没有用的东西，什么都搬走了。一个硬纸盒子装满碎纸，一把缺了一条腿儿的小椅子。白墙上留着一个大钉子，过去是为了挂镜子或者画片用的。一只破鞋拔子。

小狗仍然噪叫着拖着瘸腿在凉台上走动。天性同职责感很难区分，人们很容易把动物的某种天性误认为是对主人的忠诚。神父一走到太阳地，很容易就把狗甩开了。因为它转身困难，根本就追不上来。他轻轻一推门就开了。看来这家人离开的时候根本没有锁门。墙上挂着一张古旧的鳄鱼皮，当年剖割、晒制都很不讲究。他听见身后一阵窸窣声响，回头一看，狗正用两只前爪趴在门槛上。但是神父现在已经登堂入室，狗也就不再管他了。他现在好像已是屋子的主人，而狗却有别的事要做，屋子的许多气味正吸引着它的注意力。它匍匐着走到屋子另一端，发出吸溜吸溜的声音。

神父打开左首一扇门，这间屋子可能是卧室。墙角扔着一堆药瓶——治头痛的，治胃痛的，饭前服的，饭后服的，什么药都有。住在这里的什么人身体一定非常不好，需要吃这么多药。另外，屋子里还扔下一只破裂的压发扣和一团头发，灰白颜色的细发。他的心放了下来：这是孩子母亲的头发，看来吃这么多药的不是那个小女孩。

他又走进对面一间屋子。穿过屋子另一端的纱窗可以看到外面水流平缓的空空荡荡的河面。这里原来是房主的起居间，因为他看到屋子里留下来的一张桌子。这是一张可以折叠的胶合板牌桌，也不过值几个先令，不论他们搬到什么地方去也不值得把它带走。他很想知道，是不是因为女主人病得厉害他们才搬走。也许他们把收割下的香蕉卖掉以后，全家都迁到城里去了，因为那里有一家医院。他离开起居间又走进另一间，这是他从外面向里看过的一间，那间孩子住的屋子。他翻了翻废纸箱里的烂纸，怀着好奇心，也不无某种感伤情绪。他觉得自己好像正在清理死者的遗物，某些东西如果留下来会引起无限伤痛。

他拿起一张纸，读道："美国独立战争的直接起因是所谓的波士顿茶党案。"看来这是一篇作文，字迹规矩整齐，字体很大。"但真正的原因是（原因一词开始拼错，又改正过来）如果人民在议院中没有代表自己利益的议员，政府应该不应该随意

196

向这部分人征税。"这是篇作文的初稿,因为纸上有不少改动的地方。他又随便拿起另一块纸片来,这张纸上写的是辉格党和托利党[1]的事,神父对这两个词毫无所知。屋子外面,好像从空中落下来一块大黑抹布,那是一只兀鹰从房顶飞落到地上。他继续读一张废纸片:"假设五个人花三天割净一块四又四分之一英亩面积的草坪,问:两人一天能割多大面积?"问题下面用尺子整整齐齐画了一根线,线底下是这道问题的演算。一团乱七八糟的数字,却没有算出答案来。这张纸最后被揉成一团,扔在废纸篓里,想象得出,这道数学题的演算者当时是如何烦躁和气恼。神父这时好像清清楚楚地看到这个眉清目秀、梳着两条细细小辫子的女孩当时把数学纸往地上一摔,一副矫情任性的样子。他又想起上次同她谈话的情景。女孩听说有人要伤害他,就赌咒发誓说,谁伤害了他,谁就永远是她的仇人。他的脑子里又出现了另外一个小女孩,他自己的孩子。她当时正站在垃圾堆旁边缠磨自己。

他把屋门在身后轻轻关上,倒好像防备哪个人逃走似的。这时他听见那条狗在某处猎猎吠叫,他顺着声音走进这幢房子的厨房。狗正趴在地上,双爪护着一块肉骨头,冲窗外龇着牙。纱窗外边露着一个印第安人的头,像是个乌黑、萎缩、叫人恶心的肉球挂在窗户上。这个印第安人的眼睛正盯着狗爪子下的肉骨,馋涎欲滴。神父走进厨房以后,印第安人发现一个生人的影子,马上就无影无踪了。屋子里只剩下神父和狗,神父的目光也落到骨

1　英国的两个对立政党。辉格党在17世纪和18世纪初反对王权和国教,提倡议会制,19世纪转化为自由党。托利党政治思想保守,与辉格党对立。

头上。

骨头上还残留着不少肉。几只苍蝇在肉上面打转，离狗嘴只不过几英寸远。印第安人走后狗又把眼睛盯在神父身上。他们都是它这顿美食的劫掠者，神父向前走了一两步，顿着脚，又挥着胳臂，想把狗赶走。但是狗却趴在骨头上纹丝不动，皮包骨的身体中全部剩余的抵御力都集中在两只黄眼珠里，而且不断地龇着牙呜呜叫着。这像是一个垂死者表现出的仇恨。神父小心翼翼地一点点往前蹭，他对狗不能跳起来扑人这个想法还不习惯。是狗就能咬人，可是这个可怜的生物已经像残废人似的不能动作，只能思想了。它脑子里想的都表现在它的眼神里，那就是饥饿、希望和仇恨。

神父的一只手伸向骨头，苍蝇"嗡"的一声都飞起来。狗不再叫了，只是盯着他看。"老实点儿，老实点儿。"神父哄逗着说。接着他又在空中挥了下胳臂，吸引狗的注意力，狗仍然盯着他。他转过身，往远处走了几步，装作已经把这块骨头放弃，摆出满不在意的神情，信口吟诵着一句弥撒经文，但是很快他又转回身子。可惜的是，他的计策一点也不奏效。小狗的眼睛始终盯着他不放，他走到哪儿狗的脖子就向哪儿转。

他一时气得要命：一条脊背被打断的杂种母狗竟然把屋子里唯一的食物偷去了。他狠狠地诅咒着，用的是街上听来的粗俗字眼。如果他在另外一个场合听见自己嘴里居然吐出这些脏话，准保自己也会大吃一惊。他突然笑了起来，他笑一个人竟如此自降身价地同母狗争夺一块肉骨。他笑的时候，狗竖起耳朵，抖动着耳梢。它仍然戒备着，但神父对它并无怜悯之情，它的生命同人命比较，并不重要。他向四周看了看，想找个什么物件把狗打走，可是屋子里除那块骨头以外一切都拿走了。有谁敢说这块骨头不是有意给狗留下的？说不定是那个女孩在跟着病恹恹的母亲和傻呵呵的父亲离开房子之前，想起了这条狗。在他的印象中，家里的事什么都在这个孩子脑子里。他在屋子里找了半天，最后发现最合适的工具是一个放蔬菜用的铁丝网架。

他往前走了几步，用网架轻轻地拍打狗头。狗龇着老朽的牙齿想把网架咬住，身子却不挪窝。他又使劲打了两下，狗把网架叼住了。神父不得不把网架从狗嘴里抢回来。接着他又一下一下地打，打了半天他才明白，这只狗行动困难，不使尽力气根本爬不起来，只有趴在地上挨打的份儿。在神父的铁丝网架一下一下落到头上的时候，它翻着一对呆滞的黄眼睛看着他，目光里充满恐惧。

神父改变了方法，他把铁丝网架用作嘴套，网住狗的牙齿，弯下身，把骨头拿到手。狗的一只爪子还钩在骨头上一会儿，后来就松开了。神父把网架往下一撂，转身跳开。狗开始还想追，后来发现追不上就趴在地上了。神父胜利了，骨头到手了。狗连嗥叫都不嗥叫了。

他用牙从骨头上撕下几块肉，在嘴里咀嚼着；这是他吃过的最香的肉。在他感到幸福的时候，他开始产生了怜悯。他想，我不会把肉都吃完，我要给它留一点儿。他在心里面做了个记号，吃到哪里为止，又从骨头上咬下一块来。过去多少小时一直折磨他的恶心感觉现在没有了，他只觉得饿得难受。他一口一口地吞咽，狗在他旁边瞪大眼睛看着。战斗已经过去，这条狗似乎已经不把他当敌人看了，它的尾巴打着地，怀着希望，也带着怀疑。神父已经吃到他暗中做了记号的地方，但他觉得刚才感到的饥饿是幻想中的，现在才真正觉得饿，饿得难忍难熬。人比狗的需求大，他会把骨节上的肉留下来。但吃到骨节的时候，他又把上面剩下的啃到肚子里去。不管怎么说，狗的牙齿好，能够把骨头嚼碎。他把骨头扔在地上，走出厨房。

他又在几间空屋子转了一会儿。一只断成两半的鞋拔子、药瓶，一篇论美国独立战争的作文——没有什么能解释清楚这家人为什么离开。他走到户外凉台上，发现木制地板上有一条缝，一本书从缝里掉到下面泥土地上。为了使房子远离蚂蚁窝，这幢房子下层建在一根根砖砌的支柱上，使地板高出地面。神父看到的一本书就搁在两根支柱中间。他已经有几个星期没看见过一本书了。这本扔在湿地上发霉的书对他来说几乎像是个许诺，答应他以后能够过上好日子——在自己的家里安居度日。收音机，书架，床铺已经铺好，晚上可以睡舒服觉，餐桌上也已铺上桌布。他跪在地上想取出掉在地板下面的那本书。他突然意识到，漫长的斗争一旦过去，当他跨过群山，越过国境线以后，最后他还是能够享受生活的。

他从地板下面捡上来的是一本英文书。过去他在美国修道院进修过，脑子里留下的一点儿英语知识可以叫他勉强读得懂英语书。再说，即使他一个字也读不懂，这仍然是一本书。这本书的书名是《英国短诗金库——六字珠玑丛书》。书的扉页上贴着一张打印的奖状"三年级学生珊瑚·费洛斯英文作文成绩优秀，特予奖励"（这几个字里面珊瑚的姓名是用墨水填写的）。奖状上印着一个含义不清的徽记——一个鹰头鹰翼狮身怪兽，一片橡树叶和一句拉丁文的格言：Virtus Laudata Crescit.[1]奖状下面是签名和橡皮印鉴——文学学士亨利·贝克理，私立函授学校校长。

神父坐在凉台台阶上，四周寂静无声。除了那只还没有放弃希望的兀鹰，这座被抛弃的香蕉种植园里已经没有任何生命迹象。刚才露过头的印第安人好像根本也没存在过。吃饱了生肉以后，神父想找点事做，排遣忧闷。他拿着刚才捡到的那本小书，随便翻开一页。珊瑚——原来那个小女孩名字叫珊瑚。他想起韦拉克鲁斯的许许多多商店都摆着珊瑚出售，年轻姑娘们在初领圣体后不知为什么都喜欢买这种又硬又脆的装饰品。他读道：

> 我住在黑鸭苍鹭居处，
>
> 偶然动念下落尘世凡土。
>
> 在凤尾草丛晶莹闪烁，
>
> 再飞入深邃幽暗峡谷。

这是一首晦涩难解的诗，诗中词语非常古怪，像是世界语。他想：这就是英国诗歌吗？真是怪得很。他读过的诗讲的都是痛苦、悔恨和希望。这些诗总是用一句含有哲理意味的话结尾，像"人们来到世间又匆匆离去，我却属于永恒"什么的。"永恒"这个词既被人用滥又不真实，但却使他有些震惊。这样的诗不应该叫孩子读。兀鹰从院子一端走过来，一副灰头土脸、凄凄惨惨

---

1 受赞誉的美德日益增盛。

的样子。它每走几步就懒洋洋地扑棱着翅膀飞一小段路。神父又读另一段诗：

> "回来，回来吧，"他痛苦地大喊，
> 喊声掠过波涛汹涌的水面；
> "我原谅你高原酋长，只要你归还
> 我的女儿，啊，我亲爱的女儿哟！"

这几句诗他读来更有些味道，虽然同前面的诗一样，也不是给儿童读的。他感到这几句用外国字写的东西表达出一种真实感情，于是他孤零零地坐在炎热的台阶上又重复了一遍最后一行："我的女儿，啊，我亲爱的女儿哟！"这几个字好像包含着他的全部感情——悔恨、希望和不幸的爱情。

这真是一件奇怪的事。自从他在那间闷热的、人挤人的牢房里过了一夜以后，他的生活就步入一个新阶段——他完完全全被抛弃、被遗忘了。当狱中那个老人枕在他肩头的时候，他的生命就终止了。从此以后，他就游荡在地狱的边缘，因为他既不够好，可以上天堂，也不够坏，被打进地狱……生命已经不复存在，这不仅是说这个被弃置的种植香蕉的庄园，虽然这里也确实一点儿人气也没有了。在暴雨即将倾盆而下，他慌慌忙忙地寻找一处栖身之处时，他心里非常清楚，他什么也找不到。

土著人的泥土小屋在闪电中跳跃着，颤抖着，在雷声隆隆的漆黑天幕下时隐时现。大雨还没有落到头上，但它已从坎佩切海湾[1]那边横扫过来，雨幕要把这个国家一处不漏地全部遮盖住。在雷声间歇的时候，他似乎听到震天撼地的唰唰声正一点点逼近群山。神父这时候已经快走到山脚，大概再走二十英里就要进山了。

他走到第一个泥棚前头。房门开着，在闪电照耀下，他看到屋子里没人，正像他预料的那样。墙角有一堆玉米，玉米堆上一个灰影闪动了一下，多半是只老鼠。他三步两步地跑到第二个棚子。同第一个一样，里面只堆着一堆玉米。在他到来之前，这里的人好像全都躲开了，好像冥冥中有谁下了命令，从今以后谁都不能接触他，只叫他孤零零地一个人活着。就在他站在泥棚门前的时候，雨已经落到林中的空地上。雨是从树林上过来的，像一片白烟似的盖过来。那气势如同敌军在整个地区发射了毒气弹，无处不罩在烟雾里。雨烟不断扩散，而且长久不去。这仍然是敌人耍的把戏，他们手里拿着秒表，一秒不差地计算着一个人的肺还能维持多久。开始的时候，泥棚的房顶还能把雨挡住，过了一会儿铺盖在房顶上面的细树枝承受不住雨水重量，先是弯曲，后来就有了裂缝。房子开始漏雨了，雨水从六七处地方灌进来，形成一个个黑色漏斗。幸而过了一阵倾盆大雨就停止了，屋顶也只是滴滴答答地往下滴水珠。雨云已经移过去，但电光仍在它周边闪烁，像是卫护着它的炮火。再过几分钟，雨区就要移到山里面。像这种暴雨再下几次就过不去山了。

神父这时已经走了一天，累得要命。他找了块干燥的地方坐下。打闪的时候，他看得见村中的一块空地。他被四周滴滴答答

---

1 墨西哥东南部墨西哥湾中的一个小海湾。

的雨点声包围着。他好像已经得到平静，但不完全是。平静需要一个伴侣，他却只是孤单一人，而孤独却孕育着可能降临的危险。不知为什么，他突然想起在美国修道院进修时的一个雨天。图书馆的玻璃窗蒙着一层从暖气片上散发出的蒸汽，又高又大的书架子上整整齐齐摆着一排排书籍。一个年轻人——那是从塔斯孔来的一个陌生人——正在窗玻璃蒸汽上用手指写自己名字。这才是真正的平静。他现在像是从外面看这个世界，相信自己再也进不到那里面去了。他的世界是自己建造的——他正坐在里面，破烂的泥土房，一场暴雨刚刚过去，以及他又要感到的恐惧——他感到恐惧，因为这个地方并不只有他一个人。

泥棚子外面正有人小心翼翼地走路，脚步声走近了一点儿又停住。他提心吊胆地等待着，只听见背后滴答着水点。他想起那个混血儿，在城里东奔西走，正寻找一个万无一失的出卖自己的机会。一张脸向屋子里面窥探了一下，马上又缩回去。这是一张老妇人的脸，但印第安人的年龄是无法判断的，也许这个人年纪还不到二十岁。他从地上站起来，走到屋外。那个女人急忙逃开。她穿着一件像大口袋似的厚裙，两条沉重的辫子在背后摇曳着。看来他的孤寂只能被这些时隐时现的面孔打破，这些像是从石器时代走来的人，刚一露头马上就又消失了。

神父感到心头憋闷，一阵气往上撞——这个人不应该躲着他。他噼噼啪啪地蹚过空地上的积水追过去，但是那个女的竟毫无情面地三蹿两跳就钻进树林里。一进了树林，他就无法追踪了。他只好又回到棚子里。这次他走进离他最近的棚子，不是刚才他躲在里面避雨的那间。但是这间也同刚才那间一样，空空荡荡的什么东西都没有。这些人到底出了什么事？他知道这些类似野人居住的泥土房子都是临时建筑。印第安人总是开垦一小块地，等到地力用尽以后，就把它丢弃，搬到另外一处去。印第安人不懂得轮作。但他们在离开一个地方的时候，总是把收割的玉米也带走。这里的样子有些不同，像是发生了什么暴力或者疾病后人们匆匆逃亡了。他听说过印第安人有时候因为疾病流行而迁居他地。可怕的是，不管他们搬到什么地方去，就也把疾病一起带去了。他们会变得惊恐失措，像苍蝇想钻出玻璃窗一样乱飞乱撞。但是他们这样做的时候总是极其小心，并不大喊大叫。他们不想叫别人知道。神父情绪恶劣地转头看了看外边。他看见那个女人又溜回来了，正偷偷往他刚才在里面避雨的棚子走，他向她吆喝了一声，女人又向树林逃去。她走路的样子磕磕绊绊，像是一只假装羽翼折断的小鸟……神父没有追赶她。女人走到林子前面停住了，转过身来望着他。神父不慌不忙地也向第一间棚子走去。走了几步以后，回头看了看。他发现那个女人正跟着他，跟他保持着一段距离，但眼睛却一直盯着他不放。他又一次感觉女人的样子像是只什么动物，像是只小鸟，目光中充满焦虑。他继续向前走，径直向泥棚走去。前面很远的地方闪电像刺刀似的从空中戳下来，但雷声却听不见了。空中乌云散开，月亮显露出来。突然，他听到一声古怪的叫喊，回头一看，他发现那个女人又转身向树林走去。她踉跄了一下，两臂伸开，像只小鸟似的往卜一扑，就卧倒在地上了。

这时他已不再怀疑，这间屋子里一定藏着什么宝贵的东西，也许就埋在玉米堆下面。他不管那个女的摔得怎样，快步走进屋里，闪电已经远离这个地区，他在漆黑的屋子里什么也看不见。他摸索着走到屋子角落堆放玉米的地方。屋子外面啪嗒啪嗒的脚步也走近了。他在玉米堆上上上下下地摸着。枯干的玉米叶子唰啦唰啦地响个不停。积在屋顶上的雨水仍在滴落，另外就是院子里的脚步声，像是有人在干什么秘密勾当。摸了一会儿，他的手摸到了一张脸。

多么奇怪的事也没有再把他吓着——他的手指竟触到一个人。他又往下摸这个人的身体。那是一个小孩，静静地躺着由他抚摩。月光照在门口那个女人脸上，表情看不真切。也许女人的脸正因为焦急而抽搐着。他想：我得把这个人弄到外边去，看看到底是怎么回事。

那是一个大约三岁的小男孩，长着一张枯瘦的小尖脸和一头黑发。小孩已经昏迷过去，但是没有死，因为他还能感到孩子的心口在极其微弱地跳动。本来他以为孩子害了什么病，后来把手拿开才发现孩子身上满是血，不是在出汗。他感到恐怖和厌恶——到处是暴力。难道他们总要没完没了地杀人？他责问那个女人说："发生了什么事？"他的感觉是，这个国家的人都交到男人手里了。

妇人跪在离他两三尺远的地方，看着他的手。她会说一点点西班牙语，因为她说了"Americano"[1]这个词。小孩穿的是件棕色小罩衫。他把孩子的衣服拉到脖子上，看到他身上有三处枪伤。生命正逐渐离去，再做什么也不能把他救活了。虽然如此，他还

1　西班牙文：美国人。

是得试一试……他跟女人要水。"Water."他说。但是女人不懂water是什么，她蹲在地上不动。这是人们容易犯的一个错误：只因为你没有看出来别人眼睛里有表情，就认为他并不悲痛。当神父的手触摸小男孩的时候，他分明看到女人的身体动了一下。如果孩子被他弄痛，呻吟起来，她一定会同他拼命，用牙齿咬他的。

他开始温和地说（他说得很慢，不知道她能不能听懂）："我们得要一点水。给他洗洗。你不用怕我。我不会伤害他。"他把孩子的衣服脱下来，撕成几条。他这样为他清洗伤口一点儿用处也没有，但他又能做什么呢？只能祈祷了。但是孩子能因为他祈祷就活下来吗？他又重复地说了一声"水"。女人似乎懂了——她无望地回头看了看院子里的积水。只有雨水。好吧，他想，土地是干净的，跟任何盛水的器皿一样干净。于是他把撕碎的一条衣服在水里沾湿，俯身到孩子身上。他听见那个女人在地上向前爬了两步——她还是害怕神父伤害孩子。神父再一次安慰她说："你不用怕我。我是神父。"

她懂得"神父"这个词的意思。她向前探着身子，握住那只拿着湿布条的手，吻了一下。就在她的嘴唇沾到他手的时候，孩子脸上的肌肉抽搐了一下，眼睛睁开，瞪着身旁的两个人。他的纤小的身躯因为痛苦而愤怒地抖动了一下，眼珠往上一翻，一下子就定住不动了。这两颗眼珠像是棋盘上的两粒小黄石子儿，因为失去活力而变得非常难看。女人撒开握住神父的手，跑到一摊积水前，掬起一捧水。神父说："咱们现在用不着水了。"他两手还拿着湿衣服呆呆地站着。女人张开手指，让捧起的水又流到地上。她乞求地喊了一声"神父"，神父疲劳不堪地跪倒，开始背念经文。

他觉得自己背的经文一点意义也没有。圣体是另一回事。把圣体放在快死的人嘴唇里是叫主伴随着他。那是一个人可以触摸到的，是真实的，而祷告却是一种虔诚的祈求，一种希冀。为什么人们要听他祷告？犯罪使人走入绝境，叫人无法逃脱。他感觉到自己念的经文像没有消化的食物似的沉重地压抑着自己。

念完经以后，他抱起孩子的尸体，又把它搬到屋子里。刚才把他抱出来真是浪费时间，就像把椅子搬到花园里后发现草地太湿又往回搬似的。女人服服帖帖地跟在他后面，她好像不愿意碰到孩子的尸体，只是看着他在黑暗中把他又搁在玉米堆上。他在地上坐下，慢腾腾地说："该把他埋葬。"

她听懂了，点了点头。

他说："你的丈夫在哪儿？他会不会帮助你？"

女人开始唠唠叨叨地说起来。她讲的可能是印第安卡马乔土话，神父只能听懂夹杂在里面的几个西班牙字。他听到女人几次说到"美国人"，叫他想起同他自己的照片并排贴在警察局墙上的那个被缉拿的杀人犯。他问女人："这件事是他干的吗？"女人摇了摇头。他很想知道这儿发生了什么事。是不是那个人隐藏在这儿，把军队引来往住房里胡乱开枪？这不是不可能的事。后来女人说到那座香蕉庄园的名字，一下子引起他的注意。但他在那人的住房没有看见死人啊？那里没有发生过暴力的迹象，除非房子被弃置是因为发生了什么不幸的事。他本来猜想是因为孩子的母亲突然害病，但自然也不能排除那里发生了更为可怕的事。

他在脑子里构想：那个愚蠢的费洛斯上尉取下火枪，笨手笨脚地把枪口对着另外一个人，而另外那个人最大的本领却是把手枪飞快抽出来，不用瞄准就把子弹打在对手身上……那个可怜的孩子……她不得不担负起多么沉重的责任啊！

神父摇了摇头，像是要把这种不愉快的思想甩走。"你有没有铁锹？"女人听不懂他的话，于是神父就给她比画挖掘的动作。天上又响起隆隆雷声，第二阵暴雨马上来了。这让人猜想，可能敌军发现第一阵炮轰后还留下一些幸存者，这次可要彻底把他们轰平。几英里以外铺天盖地的雨声，这时已经清清楚楚传进耳中。女人仍然讲个没完，她只能说个别的西班牙单词。神父听出来她的话语中有"教堂"这个字，他不知道为什么她要说"教堂"。雨这时已经移到他们头顶上，像固体物似的成堆落下来，把他严严实实地砌在中间，他同他的逃生之路中间像是筑起了一座大墙。没有闪电照射的时候四周一片漆黑。

房顶挡不住大雨，到处滴滴答答地掉水珠。死孩子身下枯干的玉米叶子被打得噼噼啪啪乱响，好像在焚烧。神父冷得浑身颤抖。也许我要发烧了，他想，我必须趁现在路还没有完全封死以前赶快逃出去。他看不见女人的脸，只听到她用哀求的口气又说了"Iglesia"[1]这个字。他突然猜想，女人是不是想把小孩埋在一所教堂附近，或甚至抬到圣坛前边，让耶稣的脚能够触到他。这真是奇思怪想！

他趁着一道蓝光闪闪烁烁还没有消失之前对她做了个手势，

1　西班牙文：教堂。

叫她知道这是做不到的。"那些士兵。"他说。女人立刻回答说："Americano。"不知为什么，"Americano"这个字一再在女人的话语里出现，好像它有许许多多意思，根据不同语气，它可以具有解释、警告或者威胁等诸多含义。也许她想告诉神父，士兵都在忙着追捕逃犯，但即使士兵来不到这个地方，暴雨也把什么事都给毁了。这个地方离边境还有二十英里路，暴雨过后山路大概就不能通行了。而教堂——他根本不知道什么地方还有教堂。他已经几年没看见教堂了。很难相信，几天路程之后，他们会走到一个还有教堂的地方。在又一次闪电光亮中，他发现那个女人正望着他，以岩石般的耐心等待着。

最后三十个小时他们只吃蔗糖——小孩头颅大小的黄色大糖块。一路上他们一个人也没碰到，彼此也从不交谈。如果两个人的共同语言只有"教堂"和"美国人"两个西班牙字，他们还有什么话说？女人把死孩子拴在背上，亦步亦趋地跟在神父后边。她好像永远也不知道疲倦。走了一天一夜以后，两人终于走出山脚下面的大片沼泽地。现在他们睡在一条迂缓流淌的绿色大河上面五十英尺处一块突出来的岩石下。这里有一块干燥的土地，其他地方都是没脚烂泥。女人低着头，蜷着两条腿。女人没有显露过任何感情，但她把孩子的尸体放在背后，仿佛那是怕别人抢走的什么财物，需要她小心卫护。一开始他们看着太阳走，后来就靠林木覆盖的山脉引路。世界上的人好像都已死光，只有他俩是幸存者，但两人身上都带着明显的垂死印记。

神父有时想弄清楚，他是不是已逃离危险。但这里并没有清楚的两国分界线，既没有护照检查所，也没有边境海关。因此危险就一直不能摆脱，它总是迈着沉重的双脚步步紧跟，走到哪儿跟到哪儿。两人的进程非常缓慢，小路有时候陡然爬高，一下子升起五百英尺，然后又斜落下来，路面布满稀泥。有一次他们经过一道长长的发夹形曲路，走了三个钟头以后发现他们走到的地方离对面出发地直线距离还不足一百米。

第二天日落的时候，他们终于走出大山，来到一块生着矮草的台地上。天边上有一片黑压压的十字架，东倒西歪地戳在地上。有的十字架高达二十英尺，有的不过八尺，像是一块有意留下来的育种林。神父停住脚，望着这块墓地。这是五年多来他第一次看到公开展现的基督教符号，如果山中这块空旷的台地可以称作公开场所的话。这一座座粗糙的十字架显然没受到过教会人员的关注。它们出自印第安人之手，死者入葬时既没有神父身穿法衣做弥撒，也没有人念祈祷文，行安葬礼。这块墓地像是一条近路，直接通往信仰幽深的魔幻内心。走过它，人们就进到墓穴开启、死人出来游荡的茫茫暗夜。神父正在沉思的时候，听见身后一阵窸窣声响。

那个女人正跪倒在地上，在这块残酷的土地上用双膝一点点往一排十字架前蹭，死去的孩子在她背上摇晃着。最后，当她膝行到最高的一具十字架前面的时候，她把背上的孩子解下来，先叫孩了的脸，后叫他的腰在十字架上挨了一下。她在身上画了个十字。她的画法同一般天主教徒不一样，既奇怪又复杂，把鼻子和耳朵都画进去了。难道她在期待一次奇迹吗？如果她真的期待奇迹，为什么不给她呢？神父觉得这不可解。人们不是说，信心可以移山吗？[1]这里就是一个虔信的女人，她相信唾沫可以使盲人复明[2]，声音是能叫死者复活的[3]。金星出来了，低垂在地平线的边缘，仿佛一伸手就能摘到似的。高原上微微刮起一阵热风，神父发现自己正凝神看着那孩子是不是开始醒转。没有，孩子只是一动不动地躺着，看来天主失去了一个机会。女人坐在地上，从布包里拿出一个糖块唔起来，孩子静静地躺在十字架下面。神父想：为什么我们还盼望天主叫这个天真无邪的小生命活过来接着受罪呢？

"Vamos."[4]神父说。女人只是用门牙唔糖块，不理会他。他抬头望了一下天空，看见金星已被乌云遮住。这块高原上没有一处可以避雨的地方。

女人一直一动不动地在地上坐着，一张生着狮子鼻的脸夹在两条黑发辫中间，任何表情也没有。她好像已经尽到自己的责任，从现在起就可以永久休息了。神父突然浑身颤抖起来，一整天里他的脑袋一直像被坚硬的帽檐卡着似的疼得要命，这时帽檐卡得更紧了。他想：说什么我也得找个避雨的地方——一个人的首要职责是要照管自己——教会也是这样教导的。天色越来越黑，十字架像一株株枯死的仙人掌。他向高原的一头走去。在他走到下坡路以前，又回头望了一眼。印第安女人仍然在唔糖块，

1 《圣经》中有多处讲到耶稣移山的事，如《圣经·新约·马太福音》，第20章、第21章，《哥林多前书》第13章等。
2 《圣经·新约·马太福音》第11章、第15章，《圣经·新约·路加福音》第7章等多处均有耶稣使盲人复明的记载。
3 见《圣经·新约·约翰福音》第5章。
4 西班牙文：我们走吧。

他突然想起来，这是他们两个人最后的一点儿食物了。

他选中的这条路太陡，不得不掉头再往回走。这块台地每一边都是灰色岩石形成的峭壁，岩石缝里长着一些乱树。小径绕着一块块巨石蜿蜒而下，一直落到五百英尺下面的谷底才重新爬上另一处高坡。神父身上开始出汗，口也干得要命。后来下起雨来，才给他带来了清凉感。他靠着一块大圆石站住。在下到谷底之前，陡坡上是找不到任何避雨地方的，他也不想费力气往下走了。他仍然一阵一阵地发抖，脑袋里的疼痛这时好像钻到外面来，而且变成实体——一个声音，一个思想，一种气味。这些不同感觉搅在一起，乱成一团。一段时间疼痛像一个令他生厌的声音，唠唠叨叨地抱怨说，他走错了路。他记得曾经见到过一张这两个州边境地区的地图，地图上他逃离的那个国家密密麻麻地布满村落。在炎热的沼泽地带，土著居民像蚊子似的繁殖着。但另一个国家——画在地图的西北角——却几乎是一片空白，任何标志也看不到。疼痛告诉他，你现在正在这块空白上。他疲倦地辩解说，但是这里有一条小路啊！不错，是有条小路，疼痛说，你沿着这条路大概得走五十英里才能走到有点儿人烟的地方。你自己也知道走不了那么远，这一带地方四周都是白纸。

另一段时候，疼痛又是一张脸。他一点儿也不怀疑这是个美国强盗的脸，这张脸正盯住他——一张由许多点点构成的新闻纸上的肖像。看来他一直跟在他们后边，因为他把孩子打死以后，还想把孩子的母亲杀掉，在这一点上他倒是个感情丰富的人。一定得做点什么救救那个女人。雨像一块幕布，无法判断雨幕背后正在发生什么事。他想：我不该把那个女人独自丢在那里。天主饶恕我吧，我这个人太没有责任感了。可是话又说回来，你还希望一个威士忌神父能怎么样？他挣扎着站起身，开始掉头往台地上爬。他的思想非常杂乱，觉得不只要为那个女人生命负责，而且也要解救那个美国人。两张脸，一张是他自己的，另一张是美国强盗的，并排挂在警察局墙上，倒好像那是一家人悬挂家族成员肖像的屋子，他同强盗是兄弟俩。悬赏缉捕是一种诱惑，但诱惑是不会以手足形式向人展示的。

他哆哆嗦嗦地爬上台地边沿，汗珠和雨水把他全身衣服浸透。墓地上已经看不见人了。那个断了气的孩子当然算不得人，它只是抛在十字架脚下的一个无用的物件。母亲回家去了，她已经做了想做的事。这一震骇好像暂时使他的头脑清醒了一阵。他发现孩子嘴边放着那块糖，母亲吃剩的一小块。是为了万一奇迹发生，孩子活过来吃的还是给魂灵吃的？他说不清楚。虽然在模糊的意识中有一种羞愧感，他还是俯身把糖拿起来。死孩子当然不像庄园里那只瘸腿狗那样对他嚎叫，但他是怎样一个人，能够不相信奇迹吗？在倾盆大雨中，他手里拿着糖块犹豫了一会儿，最后还是把它放在嘴边。如果天主决定让死者复生，难道就不能再给他一些食物？

他立刻吃起来。这时高烧再一次侵来，糖卡在喉咙里，他口渴得要命。他趴到地上，试着舔了几口地面凹处的积水，接着又开始嘬自己湿透的裤子。孩子躺在大雨里像一摊黑色牛粪。神父离开墓地，又一次从台地边缘一步一步走向下面的深谷。现在他感到的只是孤独，连刚才那张脸也不见了。在一片巨大的白纸上只有他一人踽踽独行，越来越深地走进一块被人抛弃的土地。

在某处遥远的地方自然是有城镇的。如果再走远一些就可以到达海边，到达太平洋，还有一条通向危地马拉的铁路。那边也有公路和汽车，他已经有十年没看见火车了。在想象中，他仿佛看到地图上沿着海岸线铺设的那条铁路的黑线，他也看到五十平方英里、一百平方英里面积的一块陌生的土地。他就置身在这块土地上。他已经完完全全逃开有人烟的地区，将要在大自然里饥寒而死。

尽管这样，他还是继续向前走着。再掉转身回到那个被遗弃的村落，回到那座只有一条快要饿死的小狗和扔着一只鞋拔子的香蕉农场是没有任何意义的。眼前再没有另一条路，只能一步一步地往前迈，一会儿上坡，一会儿下坡。暴雨过后，他从峡谷高处只能看到前面凸凹褶皱的大地、一片片树林和重叠的山峦，湿漉漉的灰色纱幕在上面飘浮。他只看了一眼就把目光移开，因为他看到的好像是自己毫无希望的前途。

他一定又走了几个小时才走完这个长坡。已经到了黄昏时分，他正置身于茂密的树林里。猿猴在林木间蹿蹿跳跳，虽然看不到，却弄得树枝噼啪乱响。草丛里有什么爬虫像火柴光似的噬噬钻过去。他猜想多半是蛇，但是他并不怕蛇。他只觉得所有的生命正一刻不停地离他远去。不仅是人，就连动物和爬虫也远远地躲开他。过不了多久，这世界上就只有他一个带气儿的生物了。他开始背诵："土啊，我曾那么爱过你美丽的屋宇……"被雨水浸透的树叶发出腐烂气息，一阵阵钻进他的鼻子。他被黑暗和郁热包裹住，好像陷在一个矿井里。他正走向地底，把自己埋葬起来。前面马上就是他的坟穴了。

当一个扛着枪的人迎着他走来的时候，他没有作出任何反应。这个人极其小心地走近他。他想：在地底下是不会碰到人的。那人紧握着枪说："你是什么人？"

神父告诉他自己的名字，这是十年来他第一次告诉一个陌生人自己的姓名。他非常非常累，觉得再活下去已经没有什么意义了。

"你是一个神父？"那人吃惊地问，"你是从哪儿来的？"

神父的脑子又清醒了一点儿，逐渐回到现实世界。他说："你别害怕。我不会给你带来麻烦的。我走我的路。"他鼓起最后一点儿劲，继续迈动两条腿。一张疑虑的脸在他昏昏的头脑里闪现了一会儿又重新隐去。不会再有人被抓去做人质了，他宽解自己说。脚步声跟在他身后，他像是一个危险人物，一定得被送出自己的地界人家才肯转身回家。他又一次大声说："放心好了。我不想停留在你这儿。我什么也不需要。"

"神父……"背后的声音说，那声音听起来很谦卑，充满焦虑。

"我马上就离开这儿。"他挣扎着跑了几步，却发现自己已经突然走出树林，来到一块长满青草的坡地上。坡地下边有几座土房，灯光闪烁。树林边上竖立着一幢高大的白色建筑物——那是兵营吗？驻扎着士兵吗？他说："他们要是看到我，我就投降。我跟你说，我不会给任何人再带来麻烦的。"

"神父……"他的脑袋一阵剧痛，踉跄了几步，连忙扶住墙壁，不叫自己摔倒。他感到非常疲倦，问："这里是兵营吗？"

"神父，"那个声音说，声音里流露出困惑和担忧，"这是我们的教堂。"

"一座教堂？"神父不相信地用手摸着墙壁，像盲人一样辨认一幢房屋。但这时他已经精疲力竭，什么也摸不出来了。他听见那个带枪的人在念叨："真是我们的荣幸，神父。一定得把教堂的钟敲响……"他突然两腿一软，一屁股坐在积水的草地上。他的头倚在刷着白灰的墙壁上进入梦乡，他的肩膀靠着的是他的家。

梦中，他听见叮叮当当的钟鸣和欢声笑语。

第三部

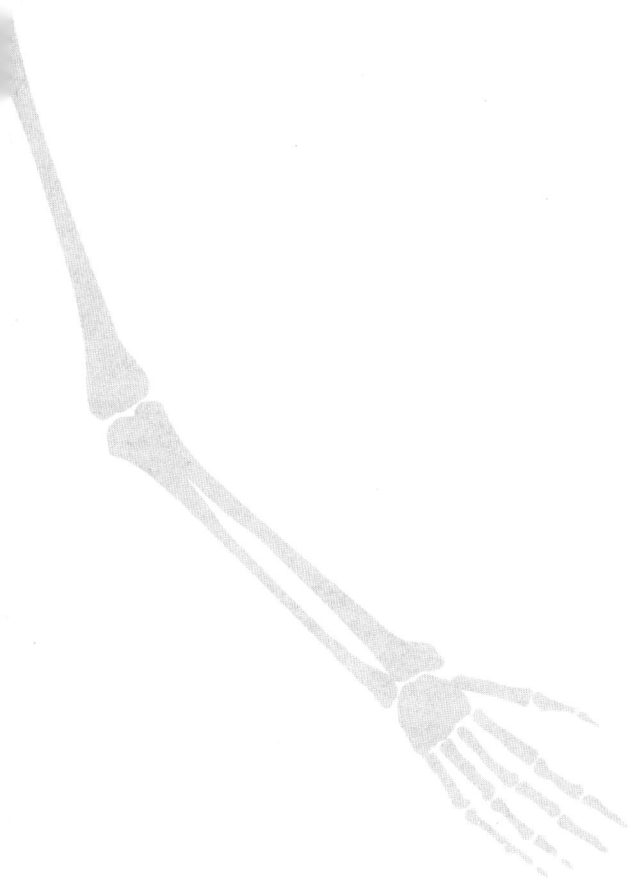

第一章

那个中年妇女坐在凉台上，正在补袜子。她戴着夹鼻眼镜，为了坐得更舒服一些，连脚上的鞋也甩掉了。她哥哥雷尔先生在翻一本纽约的杂志，杂志是三周以前出版的，但他并不在乎。凉台上呈现出一幅安详平和的图画。

雷尔小姐说："你要是想喝水，就自己倒。"

一只大陶罐放在阴凉里，水罐旁边放着水舀子和一只玻璃杯。"你们的水不用烧开吗？"神父问。

"啊，不用，我们的水又新鲜又干净。"雷尔小姐一本正经地说，倒好像她不能担保别人的水，而她家的却绝无问题。

"这地方的水最干净。"哥哥说。他手里的杂志上登着不少下巴剃得光光的重要人物——参议院议员和众议院议员。杂志是亮光纸印的，翻动的时候发出唰唰的声音。花园栅栏外边是一片广阔牧场，随着地势起伏，平缓地伸向远处山脉。栅栏门旁边长着一株百合树，每天早上开花，每天晚上花瓣又凋谢。

"你的气色显然好多了，神父。"雷尔小姐说。雷尔兄妹说的都是略带美国口音的英语，喉音较重。雷尔先生儿童时期为逃避兵役离开了德国。他生着一张布满皱纹的非常粗犷的理想主义者的面孔。在这个国家里，如果一个人还想保留个人理想的话，就必须精明。雷尔先生为了维护自己的优裕生活，不得不经常施展狡计。

"啊，"雷尔先生说，"神父只需要好好休息几天就成了。"对于这个三天前他的工头用骡子驮回来的半死不活的人，雷尔先生并不想弄清他的身世。他后来知道的一些都是神父自己说的。这又是生活在这个国家学会的一种处世之道——不要多问话，也不要太多考虑将来的事。

"这么一说，我看我可以上路了。"神父说。

"你不用急着走。"雷尔小姐说，她已把袜子翻过来寻找另外的破洞。

"你们这里很宁静。"

"唉，"雷尔先生叹了口气说，"我们也有不少伤脑筋的事。"他翻了一页杂志，接着说，"那位参议员——希拉姆·朗——他们该控制着他一点儿。他总爱说一些侮辱其他国家的话，这样可不好。"

"他们没想弄走你的地吗？"

那张理想主义者的脸转过来望着提问的人，脸上流露着天真的狡狯。"我把他们要的都给他们了——五百英亩荒瘠的土地。我可以少缴一大笔税。那些地什么东西也长不好。"他一边说，一边冲着凉台的柱子点了点头，"那就是最近发生的一次真正的乱子。看看那些枪眼，都是比利亚[1]手下的人干的。"

神父站起来，又喝了一次水。其实他并不渴，只不过想多享受一些舒适的生活。他问道："我要是去拉斯卡萨斯得走多久？"

"得走四天。"雷尔先生说。

"他这样的身体可走不到，"雷尔小姐说，"得六天。"

"我到那儿以后一定会觉得很奇怪，"神父说，"一座有教堂的城市，还有大学……"

"当然了，"雷尔先生说，"我跟我妹妹都是路德教派的教徒。我们对你们的教会有不同看法，神父。我觉得你们太奢侈了，那么多人连饭都吃不饱。"

雷尔小姐说："别说了，亲爱的，这又不是神父的错。"

"奢侈吗？"神父问。他站在水罐旁边，拿着杯子，眼睛望着外面宽敞静谧的草地，开始思索。"你是说……"也许雷尔先生的看法是对的。他过去有一段时间生活太安逸了，现在住在这里又开始变得懒散了。

"每座教堂都装饰着那么多金箔。"

"很多地方只不过是涂了一层金粉，你知道。"神父和蔼地说。他想：是的，我在这儿待了三天，什么事也没干，只是游游荡荡。他低头看了看，脚上穿的是雷尔先生的一双精致的皮鞋，腿上也穿着雷尔先生富余下来的裤子。雷尔先生说："神父不会介意我把心里想的说出来。我们不都是基督徒吗？"

1　比利亚（Francisco Villa，1878—1923），一译"维亚"，墨西哥政治领袖，游击队领导人。在墨西哥北方山区活动，组织武装，称"北方师"，反对韦尔塔将军的独裁。1913年曾任奇瓦瓦州州长。

"当然不介意。我愿意听听……"

"我觉得你们天主教会在一些细琐的事上繁文缛节太多了。"

"是吗？你的意思是……"

"斋戒啊……星期五吃鱼啊……"

不错，他想起来在他小时候有一段日子里他也必须遵守这些礼规。他说："雷尔先生，归根结底你是个德国人。德国是军人的国家。"

"我从来没当过兵。我不赞成……"

"是的。可是你还是懂得，纪律是必要的。虽然打起仗来，纪律或许不那么重要，但却能培养一个人的性格。没有严格纪律，就都成了我这样的人了。"他又低头看了看脚上的鞋。他突然讨厌起这双鞋来，穿着它像是表明他已经当了逃兵。"都成了我这样的人了。"他又重复说。

气氛变得有些尴尬，雷尔小姐想把话头岔开，开口说："我说，神父……"但是雷尔先生把她的话打断。他把手里那本登着一大堆下巴刮得干干净净的政客们的杂志放下，用德国腔的英语咬着字儿说："我看该是去洗澡的时候了。你也去吧，神父？"神父顺从地跟着他走进他们俩共同使用的卧室，脱下身上穿的雷尔先生的衣服，披上雷尔先生的一件橡胶布雨衣。这以后，他赤着脚跟在雷尔先生身后，走出凉台，穿过一块草地。头一天他曾经担心地打听过，这地方有没有蛇。雷尔先生带着不屑的神情说，即使有蛇，一看见有人走过来也会立刻躲开的。雷尔先生同自己的妹妹通力合作早已把这里的毒虫野兽全都铲除了。他使用的办法倒也简单，凡是同一个德裔美国普通人家不相容的东西只装作没有看到就成了。

草地尽头有一条浅浅的小溪，溪水从棕色的鹅卵石上流淌过去。雷尔先生脱掉睡衣，仰卧在石子上。他的双腿虽然细瘦但肌肉坚实，同样显示了他的追求理想的坚定性格。小鱼儿在他的胸膛上游弋嬉戏，毫无顾忌地吮啄他的乳头。神父看到的仿佛是一个年轻人的骨骼，这人为了反对军国主义宁肯流落异乡。过了一会儿他在水里坐起来，开始细心地在大腿上打肥皂。后来神父也拿过肥皂来照他的样子洗了一遍。尽管他觉得这是一种浪费，但还是按照人家希望的那样做了。汗水同样能把一个人洗刷干净。但这个民族有一句格言：清洁是仅次于敬信上帝的美德——身体清洁而不是心灵纯洁。

虽然如此，他还是觉得在日落时分躺在凉爽的溪水里是一种奢侈的享受……他又想起同那个老人、那个虔诚的女教徒一起蹲过的牢房，想起混血儿睡在小土房门前，死去的小男孩和被弃置的香蕉庄园。他想起把自己的女儿抛弃在垃圾堆旁，一个既有她自己对世界的认识又懵然无知的小女孩，不由得万分羞愧。他是不应该享受现在这种奢侈生活的。

雷尔先生说："请你把肥皂递给我，好吗？"

雷尔先生已经转过身来，面朝下，他正在擦洗后背。

神父说："我想也许我应该跟你说一下——明天我要去村子里做弥撒。你是不是觉得我还是不住在你家好？我不想给你带来麻烦。"

雷尔先生心不二用地擦洗着身体。他说："噢，他们不会来打扰我的。但是你还是应该小心着点儿。你当然知道法律是不允许你这样做的。"

"我当然知道。"神父说。

"我认识的一位神父就被罚过四百比索。他付不起，他们把他在监狱里关了一个星期。你笑什么？"

"因为我觉得……那好像是个很平静的地方。在狱里过一星期！"

"啊，我听说你们教会允许把信徒施舍的钱归自己所有。你要不要肥皂？"

"不要了，谢谢。我已经洗完了。"

"咱们快点儿把身体擦干吧。雷尔小姐喜欢在太阳落山以前洗澡。"

当这两个人一先一后走回带凉台的房子时，他们半路上碰到了雷尔小姐。雷尔小姐穿着睡衣，身体非常臃肿。她问："今天的水好不好？"她说话的语音平和得像是不怎么引人注意的钟声。这只是雷尔小姐机械性的提问，而雷尔先生也像已经回答了一千遍那样再一次回答："挺凉快，舒服得很，亲爱的。"于是雷尔小姐穿着拖鞋走过长满青草的斜坡。因为近视，她微微佝偻着身子。

"如果你不介意的话，"雷尔先生关上卧室房门说，"你就在屋里待一会儿，等雷尔小姐洗完澡回来你再到凉台上去。从这幢房子前边，你知道，看得见那条小溪。"他开始穿衣。他的身体细长，瘦骨嶙峋，像是一根竿子。卧室里只有两张铜床、一把椅子和一个衣柜，简单得像修道院。但这里没有十字架，没有"多余的摆设"，这是雷尔先生的用词。但是神父发现一本《圣经》，放在一张床旁边的地板上。《圣经》用黑色蜡纸包着。神父穿好衣服，就打开了《圣经》。

扉页上贴着一张纸签，说明这本书系吉底昂书店提供的，另外几行字是："旅馆客房必备。商务人员崇奉基督教向导。有益信息。"接着是经文分类表。神父有些吃惊地读道：

如果遇到困难	阅读	诗篇第34
如果生意萧条		诗篇第37
如果生意兴隆		哥林多前书第10章2
如果背叛教义		雅各书1，何西河书第14章4—9
如果厌倦罪恶		诗篇第51，路加福音第18章9—14
如果渴望平静、权力与富足		约翰书14[1]
如果寂寞、沮丧		诗篇第23、第27
如果对人失去信任		哥林多前书第13章
如果渴求安睡		诗篇第121

神父很想知道这本《圣经》——印刷粗劣，解析过于简单——是怎样到这儿来的，怎么会流入墨西哥南部一座农庄里。雷尔先生手里拿着一把刷头发的粗齿大刷子，从镜子前面转回身

---

1 《圣经·新约》内有约翰一书（含5章）、约翰二书及约翰三书，此处数字14含义不详。

来，给他细说了一遍这本书的来历。"我妹妹过去开过旅馆，专门接待流动商贩。后来我妻子死了，她就把旅馆处理掉，搬到我这里来了。这本《圣经》是她从旅馆带来的。你对这个可能不很了解，神父，因为你们不喜欢人们读《圣经》。"雷尔先生处处为自己的信仰辩解，因为他总是意识到他同神父之间的隔阂，就像一个人穿着一只夹脚的鞋一样。

神父问道："你的妻子埋葬在这里吗？"

"就埋在牧场里。"他简短地回答了一句。雷尔先生手里拿着刷子正在倾听，门外响起了细碎的足音。"是雷尔小姐，"他说，"她洗完澡回来了。咱们现在可以出去了。"

到了教堂前面，神父从雷尔先生的那匹老马马背上跳下来，把缰绳随手扔到一丛矮树上。这是自从他晕倒在教堂墙边以后第一次到村里来。这个村子只是一条长着野草的宽街，在暮色中迤逦而上。街道两旁或者是铅铁顶平房或者是泥土房屋。有几幢房子已经亮起灯光，最穷的人家则在相互传递火种。神父从街上缓步走过，感到少有的安全和宁静。他遇到的第一个人看见他就摘掉帽子，跪到地上吻着他的手。

"你叫什么名字？"神父问。

"我叫佩德罗，神父。"

"晚安，佩德罗。"

"明天早上会不会有弥撒，神父？"

"会有弥撒的。"

他走过一所乡村小学。小学校长正坐在门口台阶上，一个棕色眼睛、戴着角框眼镜的胖乎乎的年轻人。看到神父从远处走来，他有意把头转向一边。这个人奉公守法，不想认出触犯法律的人。他开始同他身后的一个人一本正经地谈起幼儿班教学的事。一个妇女吻了神父的手。看到有人居然还需要他，并不把他当作死亡的使者，神父有一种奇怪的感觉。这个妇女问道："神父，你愿意不愿意听我们告解？"

他回答说："当然了，当然了。在雷尔先生的谷仓里。行弥撒礼以前。我早上五点就到谷仓去，天一亮就去。"

"我们想告解的人太多了，神父……"

"那就今天晚上吧……八点钟。"

"还有，神父，我们这里有很多小孩还没有受洗。这里已经三年没有神父了。"

"我还要在这里待两天。"

"我们要交给你多少钱，神父？"

"啊——一般要交两比索。"他想：我必须雇两匹骡子，再找一个向导。到拉斯卡萨斯得花五十比索。主持弥撒能拿五比索——我还缺四十五比索。

"我们这里的人都很穷，神父，"妇人语气温和地同神父讨价还价，"我有四个孩子，要我出八比索可是一大笔钱呢。"

"四个孩子可真不少——要是三年以前那个神父在这里的话……"

他可以听到自己的语气带有一定的权威性，又恢复了往日那种神圣、尊严的声调。过去的几年好像只是一场梦，他从来就没离开过教区委员会，从来没离开过圣母军和每日弥撒礼。他用严厉的声音问："这里有多少儿童没有受洗？"

"也许有一百个，神父。"

他开始计算：他不用像个乞丐似的到拉斯卡萨斯了。他可以买一套体面衣服，找一幢像样的房子，在那里定居……他说："每一个孩子必须交一个半比索。"

"一个比索，神父。我们没有钱。"

"一个半比索。"多年以前的一个声音在他耳边毫不含混地告诉他，这些人如果不花点钱得到什么，他们就一点儿也不看重。这是康塞浦西昂他的前任老神父告诉他的话。"他们总是对你说他们没有钱，"老神父当时这样给他解释，"说他们连饭都吃不饱。但是这些人都有一点儿私蓄，藏在一个陶器罐子里。"神父对面前的这个妇女说："你们一定要拿着钱来，带着你们的孩子——明天下午两点钟到雷尔先生的谷仓。"

妇人说："好吧，神父。"她好像非常满意，因为经过一番讨价还价，她已经叫神父给每个孩子少收五十分的施洗费用。神父又接着往前走。就说有一百个小孩吧，神父想，再加上明天的弥撒就意味着一百六十比索。骡子同向导也许四十比索就雇得下来。雷尔先生请我在他家吃三天饭，我会剩下一百二十比索。这么多年来，一百二十比索真是发了一笔财。一路上，碰到的人对他都施礼有加。他走过的时候人们都把帽子摘下来，他觉得自己又回到受迫害以前的日子了。往昔的生活仿佛是改不过来的老习惯把他身体包裹住，逐渐变成实体，最后像石膏模子似的把他的脑袋高高托起来，不仅指挥着他的脚步，而且塑造了他的语言。这时，小酒店里传来一个声音："神父！"

这是一个长着三重下巴颌儿的肥胖商人，天气虽然炎热却仍旧穿着西服背心，口袋里揣着一只带链怀表。"是你在叫我？"神父说。胖子的背后高处摆着一瓶瓶矿泉水、啤酒和白酒……神父从满是灰尘的街道走进散发着热气的灯光里。"有什么事？"神父问，他又恢复了过去那种表示身份的高傲声调。

"我猜想，神父，你主持圣事的时候可能需要一点儿葡萄酒。"

"也许……但是你得给我记账。"

"你是神父，不会赖账的。我是个虔诚的教徒。咱们这里是个信教的地方。你肯定要给人施洗。"他贪婪地向前探着身子，对神父既恭敬又有些过分亲热，倒好像他们俩是一对志同道合的有文化教养的人。

"也许……"

胖子表示理解地笑着，好像暗示，在他们两人中间，不必把话挑明。他说："从前教堂还对教民开放的时候，我在圣礼善会当过会计。我是一个虔诚的天主教徒，神父。当然了，一般老百姓是没有知识的。"他问神父，"你肯不肯给我这个荣誉，陪我喝一杯白兰地？"他的样子看来是很诚恳的。

神父犹犹豫豫地说："你太客气了……"说话间，两个酒杯已经斟满。神父想起上次喝酒时的情况：在黑暗中坐在床边上，听着警察局长夸夸其谈……后来，灯光复明，看见最后一点葡萄酒已经喝光……记忆像一只手，把他身上的石膏模子拆掉，又把他的真相暴露出来。白兰地的味儿叫他的嘴发干。他想：我真是个演员。这里的村民都是好人，我用不着在这儿待着。他拿着酒杯，在手里转动着，所有他用过的那些酒杯也都在他头脑里转动：他想起那个同他谈论自己孩子的牙科医生，想起玛丽亚把藏着的一瓶酒拿出来给他——他这个威士忌神父！

他不太情愿地喝了一口。"这是好白兰地，神父。"酒馆主人说。

"是好酒。"

"你给我六十比索我就卖你一打。"

"我到哪儿去找六十比索？"他想，边境那边从某一方面看还是好的。恐惧与死亡并不是最坏的事，有的时候叫生活继续下去反而是个错误。

"我不想赚你的钱，神父。你只给我五十比索好了。"

"我没有钱。五十比索、六十比索对我还不都是一样。"

"喝呀。再喝一杯，神父。这是好白兰地酒。"酒馆主人为了表示亲热把身子从柜台里面探过来，他说，"你为什么不拿半打，神父？只给我二十四比索好了。"他又狡猾地加添了一句，"反正你可以给人施洗呢！"

真是一件可怕的事，一个人会这么容易就忘记现状，又恢复了旧态！神父又听到自己在康塞浦西昂讲话时的那种声调，这声调并没有因为他犯了罪、不思改悔并当了逃兵而有所改变。由于他的堕落，白兰地在他舌头上有一股发霉的味儿。天主可以宽恕怯懦和情欲，但他能够宽恕只是出于习惯而有意表现的虔诚吗？他想起监狱里遇见的那个女教徒，要想改变她那种扬扬自得的心态几乎是不可能的。神父觉得自己同这位女信徒也是一类人。他把白兰地一口咽下，像是在吞饮自己被打入地狱的惩罚。像混血儿似的那类人还能够获救，天主的恩典会像一道闪电击中他邪恶的心肠。但是习惯养成的虔诚却把一切都排斥掉，只剩下晚祷、教派善会会议和谦卑的嘴唇在你戴着白手套的手背上的亲吻。

"拉斯卡萨斯可是个好地方，神父。人们说那里每天早上都能听到念弥撒经文的声音。"

这个酒店主又是一个虔诚教徒，世界上这样的人太多了。他又给自己斟了一点儿酒，但他只是一小口一小口地抿着。他说："到了那里，神父，你可以到瓜德卢普街去找我的一个老乡。他开的酒馆是离教堂最近的一家。他可是个好人，圣礼善会的司库，跟我过去在这儿一样，在过去那些好日子里。他可以帮你忙，你需要什么他都能便宜地替你弄到。现在说说，你要不要买几瓶酒带着在路上喝？"

神父又喝了一口酒，强制着自己不喝也没什么意义。反正饮酒已成了习惯，同虔信和在教区装腔作势的讲话声调一样。他说："我就买三瓶吧。十一比索。先放在这儿给我留着。"他把杯子里剩下的一点儿酒喝完，走回街上。现在家家户户的窗户里都点起灯，宽广的街道在两排房子中间像荒原似的延伸出去。他被地面上的一个坑绊了一下。一只手拉住他的袖子。"啊，佩德罗。你是叫佩德罗不是？谢谢你，佩德罗。"

"愿意为你效劳，神父。"

教堂像一个大冰块耸立在暗夜里，炎热的气候正在使它一点点融化。一块房顶已经塌陷，大门的一角早已崩落。神父从侧面很快地看了佩德罗一眼，因为怕叫他闻出自己嘴里的酒味所以把呼吸屏住。神父看到的只是这个人一张脸的轮廓。他对佩德罗说："告诉你们这里的人，儿童受洗我只收一比索。"神父这样说的时候感觉自己非常精明，好像已经骗过了隐藏在自己内心的一个贪婪鬼。即使到了拉斯卡萨斯已经一文不名，他还是有足够的钱买白兰地的。大约沉寂了两秒钟之后，乡下人的狡猾声音才回答："我们都很穷，神父。一比索太多了。就拿我说吧，我有三个孩子。七十五分成不成？"

雷尔小姐伸了伸趿拉着舒服拖鞋的两只脚，硬壳甲虫从黑暗的院子里不停地飞上凉台来，她开口说："有一次在匹茨堡……"雷尔小姐的哥哥正在梦乡里，膝头上放着一张若干天前的报纸，不久前又送来一批邮件。神父像在过去的日子那样表示同情地嘻嘻笑了两声，但是这次他的回应没起作用。雷尔小姐突然把话头打住，在空中闻了闻。"真奇怪，"她说，"我怎么会闻见——酒味儿。"

神父屏住呼吸，身子使劲往摇椅后背上靠。他想：这里多么安静，让人觉得那么安全。他记起有些城里人到了乡间因为太安静反而睡不好觉，寂静也会像声音似的在耳鼓喧嚣。

"我刚才想说什么，神父？"

"你说有一次在匹茨堡……"

"对了，在匹茨堡……我正在等火车。我没带任何可以阅读的东西，书籍太贵了。所以我想我可以买一份报纸——随便一份报纸，反正报上登的新闻都一样。可是当我把报纸打开，我才发现我买的是《政治新闻》。我读了几行就读不下去了，我想这是我碰到过的最可怕的事。我可算是开了眼界了。"

“是的。”

“我从来没有告诉过雷尔先生。我认为，他跟我的看法不会是相同的。我确实这么认为，如果叫他读到的话……”

“可政治新闻也没有什么不对的……”

“我是说叫我知道那么多内情，不是吗？”

远处一只不知名的小鸟发出鸣声。桌子上的油灯开始冒烟，雷尔小姐探身把灯芯往下调了调，照耀着方圆几英里的唯一灯火似乎立刻就暗淡下来。白兰地酒味又回到神父的上颚，像是乙醚的气味。这引起他的联想，好像在自己重新步入正常生活以前刚刚动过一次手术。它把他同另一种生活状态紧紧拴在一起。他还不属于目前这种深沉的宁静。他告诉自己，过一段时候，一切都会好的。我一定要振作起来，这回我只不过定了三瓶酒。这将是我最后一次喝酒了，到了那儿以后我就用不着喝了——他知道他是在说谎。雷尔先生突然从梦中醒来。“我刚才在说……”他说。

“你什么也没有说，亲爱的。你睡着了。”

“我没睡。我们正在谈那个坏蛋胡佛[1]。”

“我们没谈什么啊，亲爱的。我们半天没说话了。”

“好吧，”雷尔先生说，“天已经够晚的了。我看神父也累了……听了那么多人告解。”他带着一些不赞许的口气说。

雷尔先生说得对，这天从八点到十点一直有人来找神父悔罪，他听了足足两个小时，凡是这个小地方发生过的最丑陋的事他都听到了。其实这些事也算不了什么，如果是在大城市，什

1　可能指美国第31任总统赫伯特·胡佛（1874—1964），也可能指前任美国联邦调查局局长J.艾德加·胡佛（1895—1972）。

么事不可能发生？可这么小一个地方人们还能做出什么来？酗酒啊，通奸啊，心灵不洁啊……还不是这些司空见惯的事！神父一直坐在摆在马厩里一间拴马隔断里的摇椅上，咂弄着嘴里的白兰地酒味，并不看跪在他身旁的告解者的面孔，马厩里还有别的人跪在地下等着。雷尔先生的马厩最近几年差不多已经空了，只留下了一匹老马。当人们哼哼唧唧地诉说自己的罪时，那匹老马在黑暗中不断打着响鼻儿。

"多少次？"

"十二次，神父，也许比十二次还多。"老马又在嘶鸣。

令人惊讶的是，同犯罪感并存的是一种清白无罪的感觉，只有意志坚强的和深思熟虑的人或者圣徒才没有这种感觉。这些人走出马厩的时候，个个都觉得自己已经干干净净了。神父是留下来的唯一没有悔罪的人。没有告解，也没有得到赦免。他想对其中一个人说："爱并没有错误，只不过爱必须是幸福的、公开的爱。如果是隐秘的、不幸福的，那这种爱就不应该了……除去同失掉天主相比，这种爱比任何别的什么都更叫你不幸。那简直就是失掉主。你不需要悔罪，我的孩子，你受的痛苦已经够多的了。"他想对另外一个人说："性欲并不是最坏的事。只是因为任何一天，任何一个时候，性欲都会变为爱，我们才必须避免它。当我们爱上我们的罪时，我们就要下地狱了。"但是他很快就又恢复了坐在告解室的习惯，似乎又回到那闷不透气的、像一只木头盒子似的小棺材。人们把他们的不洁同他们的神父一起埋葬在这里。他念念叨叨地说："死罪……危险……自制。"好像这些词有什么意义似的。他说："念三遍天主经、三遍圣母经。"

他疲倦地低声说："饮酒只是一个开端……"他发现自己找不到一个例子斥责这一人们易犯的罪，除非以自己为例，把他这个坐在马厩里嘴里喷着白兰地酒气的神父摆出来。他像走过场似的办理着这一桩桩告解圣事，语气严厉，匆忙了事。那些做完告解的人离去时会说："这不是个好神父。"因为他们听不到他的鼓励，他对他们的告解并不感兴趣……

他说："这些礼规是为人制定的，教会并不要求……如果你不能守斋，你就吃东西好了。"一个老妇人唠唠叨叨地说个没完，别的等着告解的人在马厩另一边不安地转动身体，老马嘶鸣着。老妇人说她在斋期吃了东西，说她缩短了晚祷时间。神父突然毫无缘由地思念起他离开的故土，想起那些关在狱中的人质。他们正排着队等候在水龙头前面，谁都不望他一眼。在大山另一边那些默默忍受着折磨的人！他厉声打断了老妇："你为什么不好好向我诉罪？我对你们这里买不到鱼，对你晚上困得做不了晚祷这些事不感兴趣。想想你自己真正犯了什么罪。"

"可我没犯过什么罪，我是个虔诚教徒啊，神父。"老妇人吃惊地尖声说。

"那你到这儿来做什么？你耽误了那些犯罪的人来向我做告解。"他说，"除了爱你自己你就不爱别人吗？"

"我爱天主，神父。"她骄傲地说。神父借助地面上的烛光很快地瞥了这个老妇人一眼——黑色的头巾上面眨动着一对葡萄干似的昏花老眼。又是一个虔诚教徒，同他自己一样。

"你怎么知道？爱天主同爱一个人——或者爱一个小孩没有什么两样。爱天主就是要同他在一起，要亲近他。"神父用手做了个毫无希望的手势，"爱天主就是保护他，不叫他受你的伤害。"

当告解的人一一离开以后，神父也从院子里向雷尔兄妹的住房走回去，他看见屋子里还点着油灯，雷尔小姐正在灯下织东西。这一年头几场雨刚刚降过，神父闻到牧场上飘来阵阵湿漉漉的青草味。在这样的地方一个人应该能够感觉到快乐，如果他不被恐惧和痛苦束缚着的话。但对神父来说，不幸的感觉也同他对天主虔心一样，已经形成了习惯。或许打破这种不幸感，寻找到平静的心态是他的职责。他对所有那些找他告解、罪行得到赦免的人感到非常嫉妒。他对自己说，再过六天到了拉斯卡萨斯以后，我也能……但是他并不相信任何地方、任何人能够解脱他心上的沉重包袱。就是在他喝了酒以后，同样也感到爱已经把他同罪紧紧拴在一起。比较起来，不恨比不爱要容易得多。

雷尔小姐说："坐下吧，神父。你一定累了。我当然没有告解过，雷尔先生也没做过。"

"没有？"

"我不知道你怎么受得了，坐在那儿听那么多可怕的事……我记得有一次在匹兹堡……"

两头骡子头天晚上就牵来了，为了让他第二天清早一做完弥撒尽早上路。这将是他在雷尔先生的马厩里做第二次弥撒，他的向导也在这里过夜，也许就同牲口睡在一起。这是一个瘦瘦的、有点儿神经质的人。他自己也从来没去过拉斯卡萨斯，路程都是他从别人那里听来的。雷尔小姐头天晚上就说，早上她一定亲自去叫这个向导起床，但实际上天还没亮这个人自己就起来了。神父躺在床上听见隔壁屋子的闹钟响起来，像电话铃一样丁零丁零地响了一阵。过了一会儿他听见雷尔小姐穿着卧室里的拖鞋噼噼啪啪地从室外过道里走过来，紧接着他的屋门就敲响了。雷尔先生睡得很香，并没有被这些声音惊醒。他规规矩矩地仰面朝天躺着，姿势活像刻在墓石上的一位瘦小的主教。

神父睡觉没有脱衣服，他把门打开的时候雷尔小姐还没有来得及转身走开。雷尔小姐身体臃肿，脑袋上的发罩还没有取下来，看见神父不好意思地尖叫了一声。

"对不起。"神父说。

"啊，没关系。弥撒要多久，神父？"

"今天要来领圣体的人很多，也许得三刻钟。"

"我给你准备点儿咖啡，再做两块三明治。"

"不要麻烦了。"

"啊，我们不能叫你空着肚子上路啊。"

她把神父送到门口，站在神父背后稍远一点儿的地方。她不想一大清早在这个空旷的世界里被任何东西或者任何人看到。灰蒙蒙的晨曦在牧场上铺展开。栅栏门旁边的百合树又为新的一天开了花。在他洗过澡的那条小溪另一边，一群人正从村子里向雷尔先生的马厩走来。因为距离太远，他们只是一排移动着的小黑点，很难分辨出形体。神父感到即将到来的幸福感笼罩着全身，等着他去汲取。他的心情像在等着看电影或者参观竞技会的孩子。他意识到，如果他在山那边留下的只是一些不愉快的记忆，他会感觉非常非常幸福的。谁都喜欢平静，不喜欢暴力，他现在正一步步走向平静。

"你对我真是太好了，雷尔小姐。"

在他开始被当作一位客人而不是一个罪犯、一个不称职的神父受到这家人接待的时候，神父有一种很奇怪的感觉。这家兄妹不是天主教徒，但他们从未认为神父是个坏人。他们并没有其他天主教徒那种探人隐私的嗅觉。

"我们很高兴留你住在我们家，神父。但是现在你要离开这儿，你会很高兴的。拉斯卡萨斯是个很不错的地方，就像雷尔先生常常说的，那是个很有道德的城市。如果你碰见昆塔纳神父，一定别忘记替我们向他问好——三年以前他在我们这里。"

钟声响了起来。他们把教堂的钟从钟楼上取下来，挂在雷尔先生的马厩外边。一敲起钟来就同别的地方过礼拜没有什么分别了。

"有时候我也希望能去教堂。"雷尔小姐说。

"那你为什么不去？"

"雷尔先生不喜欢。他这个人很严格。但是现在很少有这种机会了，我猜想在今后三年内我们这里是不会再有这种仪式了。"

"用不了三年我还会回来。"

"啊，你不会的，"雷尔小姐说，"你不会那样做。路非常难走，拉斯卡萨斯又是个好地方。那里街上都有电灯。有两家旅馆。昆塔纳神父也答应过要回来，但到处都有基督徒，不是吗？他为什么非回这里不可？再说，我们这里日子好像也过得去。"

几个印第安人穿过栅栏门。这些人身材矮小，肌肉发达，像是从石器时代走出来的。男人穿着短罩衫，挂着长棍；妇女梳着黑辫子，小孩背在背上，个个生着饱经风霜的面孔。"印第安人也听说这里来了神父，"雷尔小姐说，"他们从五十英里以外的地方走来，这我一点也不惊奇。"这些人在栅栏门口停住，看着神父。当他也把视线转到他们身上的时候，他们就在地上跪倒，在身上画十字。印第安人画的十字有些怪，他们要摸一下鼻子、耳朵同下巴，像是在画精湛的图画。"要是叫我哥哥看见有人向神父下跪，"雷尔小姐说，"一定会气坏的。可是我倒不觉得这有什么不好。"

骡子在房屋背后顿着蹄子——向导一定已经把它们牵出来，正在喂玉米。这些牲口吃料吃得很慢，必须早一点喂它们。到了主持弥撒仪式，然后离开这里的时候了。时间还很早，可以嗅到清晨的气息。这个时候世界是一片清新的嫩绿色，牧场下的村子里有几只狗吠起来。雷尔小姐拿在手里的闹钟仍在嘀嘀嗒嗒地响着，神父说："我一定得走了。"他觉得有些奇怪，自己竟舍不得离开雷尔小姐、这所房子和正在房中酣睡的那位兄长了。他心中泛起一股对这一家人的柔情和依赖感。他像刚刚动完手术从麻醉中醒过来，对他看到的第一张面孔觉得特别难以忘怀。

他没有做弥撒要穿的祭服，尽管如此，在这个小村里做的两次弥撒还是八年以来同往昔在教区担任圣职的日子最相似的了。用不着害怕仪式中途被打断，也不用担心警察走来查禁而匆忙吞下圣体。人们甚至从封锁的教堂里搬来一块圣坛石。但也正因为一切都如此平和，在他准备领圣体时才更加感到自己所犯的罪——啊，主耶稣基督，当我这个没有价值的人大胆领取您的圣体时，请不要把它化作我的判决和惩罚吧！一个道德高尚的人是可以不相信地狱，可是他却不能。地狱总是寸步不离地跟着他。有时他在梦中也见到地狱。Domine, non sum dignus...domine, non sum dignus[1]...邪恶像疟疾病原体似的在他血管中环行。他记得有一回梦到一块长满青草的圆形竞技场，四周树立着一座座圣徒雕像，这些圣徒都是活着的，眼睛东张西望，等待着什么。他也等待着，带着焦急企盼的心情。长着大胡子的彼德啊，保罗啊，这些信徒个个拿着《圣经》紧贴在自己胸口上，盯着他的背后。不知有什么要从他背后出现，但是他看不到。他觉得那可能是一头可怕的野兽。后来有人奏起木琴，叮叮咚咚响个不停。一只爆竹发出巨响，于是耶稣迈着舞步走进竞技场，一边跳一边仰着涂满鲜血的脸摆着各种姿势。他在场子里跳上跳下，跳上跳下，像个娼妓似的做怪相、摆出勾引人的笑脸。他悚然一惊，从梦中醒来，感到极其沮丧，就像一个人发现自己仅存的一枚钱币原来是假币似的。

"……我们看见了他的荣耀，天主的独子的荣耀，充满恩典与真实。"弥撒结束了。

他对自己说，再过三天，我就到拉斯卡萨斯。我将去告解我犯的罪并会得到赦免。他不由自主地又想起站在垃圾堆边上的那个小女孩，感到一阵令他心痛的爱怜。如果你一直爱着自己犯罪的结果，告解又有什么用？

他从马厩里往外走，来望弥撒的人仍然跪在地上。他看见那一小群印第安人，女人带着他刚刚施洗过的小孩。佩德罗，酒馆

---

1 拉丁文：主啊，我不配……主啊，我不配……

里想卖给他白兰地的人也来了，他也在地上跪着，两只胖手捂着脸，手指头上吊着一串念珠。这个人的样子看来像个好人，也许他就是一个好人。神父想，我没准儿没有判断力了——监狱里的那个女教徒可能是那里最好的人。一匹系在树上的马开始嘶鸣，清晨的新鲜空气从敞开的大门外边灌进来。

两个人正站在骡子旁边等着，向导正在整理马镫，另一个人站在向导旁边看着神父走过来，一只手搔着胳肢窝，脸上带着没有什么把握的、自我防范的笑容。这是那个混血儿。这人像是一个人自己的一处小伤痛，虽然不厉害，却总是叫你记住你正在害病，要么就像突然又回忆起的一件往事，这说明爱在你心中还没有死掉。"哎呀，"神父说，"我没想到你也在这里。"

"你当然不会想到的，神父。"他一边抓着胳肢窝一边赔着笑脸。

"你带警察来了吗？"

"你说什么啊，神父。"混血儿一脸天真的样子嘻嘻笑着。混血儿身后，神父看到雷尔小姐正在院子另外一头门里边准备三明治。雷尔小姐已经穿戴整齐，只是头上还戴着头发网罩。她正在用油纸把三块三明治包起来。她那不慌不忙的动作给人以奇怪的、不真实的感觉。神父说："你现在又想玩弄什么把戏？"神父心里想：这个人是不是已经贿赂了向导，叫他把自己再带回边界那边？这个人是什么事情都干得出来的。

"你不应该说这样的话，神父。"

雷尔小姐从神父的视线中消失，像梦中人物，一点声息也没有。

"我不该说？"

"我到这儿来，神父，"混血儿在说出下面几个令人吃惊的高雅的字眼之前，好像长吸了一口气，"负有一个使命。有一个快要死的人要作临终悔罪。"

向导备好一匹骡子，又开始整理另一匹骡子的鞍镫，把已经很短的马镫又往上提了提。神父不自然地笑了笑，问道："要作临终悔罪？"

"是这么回事，神父。你是拉斯卡萨斯这边唯一的神父，这个人快要死了……"

"什么人？"

"那个美国佬。"

"你在说胡话吗？"

"警察追捕的那个美国佬，抢过银行。你知道我说的是谁。"

"他不会需要我的。"神父不耐烦地说。他想起了灰皮脱落的墙上挂着的那张新闻照片，照片上的人正看着一群初领圣体的人。"啊，神父，这个人可是个虔诚的教徒。"混血儿搔着胳肢窝，目光躲着神父，"他快死了。你和我都不会让良心受谴责，眼睁睁看着他……"

"要是我们良心没有受更坏的事谴责，就算不错了。"

"你说这话是什么意思，神父？"

神父说："那个人只不过杀人越货，他没有出卖过朋友。"

"圣母马利亚，我可没有……"

"我们都干过这种事。"神父说。他转过头对向导说："骡子备好了吗？"

"备好了，神父。"

"那我们就上路吧。"神父这时候已经把雷尔小姐完全忘记了。

另外一个世界从边界那一边伸过胳臂来，他现在被逃亡的气氛包围住了。

"你要到哪儿去？"混血儿问。

"到拉斯卡萨斯去。"神父迈动僵直的腿，跨上骡背。混血儿揪住了系镫的皮索，这使他想起他第一次遇见混血儿的情景。同上次一样，混血儿又是抱怨，又是乞求，又是咒骂。"你是个好神父，"混血儿语中带哭音说，"你的主教会知道这件事的。一个人快断气了，他要悔罪，而你却只因为要到城里去……"

"你干吗把我当傻瓜？"神父说，"我知道你为什么到这儿来。你是他们弄到的唯一认识我的人，他们不能跟随我到这个国家来。我现在要是问你那个美国人在什么地方——我知道，你用不着对我说——你一定告诉我，他就在边境那边。"

"不在那边，神父。你说错了，他过边境这边来了。"

"离边境一两英里跟在那边也没有区别。"

"你老是不相信我，神父，真是太可怕了，"混血儿说，"就因为那一回。好吧，我承认……"

神父踢了一下坐骑，叫它往前迈步。他们走出雷尔先生的院子，掉头向南。混血儿一直傍在他的骡子旁边颠颠地跟着。

"我记得，"神父说，"你告诉过我，永远忘记不了我的面孔。"

"我没忘，"混血儿得意地说，"要是忘了，我就不会到这儿来了，不是吗？听我说，神父，有很多事我都承认。你不知道一笔赏金对我这样的穷人有多大诱惑力。要是你不肯相信我……我跟自己说，好吧，他要是老这样想，我会有办法叫他认清我的。我是个虔诚的天主教徒，神父，当一个临死的人需要一位神父……"

他们爬上雷尔先生牧场的一个长长的缓坡，开始向另一道山脉走去。清晨六点钟在这样三千英尺的高原上空气非常新鲜，但是到了晚上，在他们再爬高六千英尺的时候，气候就非常冷了。神父不安地说："为什么我要自己把脑袋伸进绞索套里？真是太荒唐了。"

"你看看这个，神父。"混血儿举起一张破纸。纸上手书的字体神父曾经看到过，是一个小孩的工工整整的字迹。这张纸曾经用来包裹食物，上面油渍斑斑。神父读道："丹麦王子犹豫不决，是结束自己的生命呢，还是继续为疑虑折磨，猜测父王的死因，还是一下子……"

"不是这一边，神父，是反面……这面没写什么。"

神父把纸翻过来，看到粗铅笔写的几个英文字。"看在主的面上，神父……"骡子因为不受鞭打，开始慢腾腾地迈着沉重的蹄子。神父不再驱赶它，混血儿手中的纸片不容怀疑。

他问："这张纸是怎么到你的手上来的？"

"是这么回事，神父。警察向他开枪的时候我正在他身边。他抱起一个小孩挡住自己。当然了，警察才不管这个呢。那只不过是个印第安儿童。枪弹把他们两人都打中了，但是美国佬还是逃跑了……"

"后来呢？"

"是这么回事，神父。"他开始唠唠叨叨地诉说事情的经过。原来神父逃走的事叫中尉非常生气，混血儿怕中尉把气撒在自己头上，所以决定偷偷溜到国界这边，叫中尉找不到他。他在一天夜里找到了个出逃的机会。在逃亡的路上——也许他已经走到国境线这边来了，但是在那些乱山里头谁能说得清两国的分界线在哪儿——他碰到了那个美国人。美国人的肚子挨了一枪……

"那他怎么还能逃跑？"

"噢，你不知道，神父。这个人是有超人力量的。他已经快要死了，他需要一个神父……"

"他是怎样跟你说的？"

"只需要说两个字，神父。"后来，为了证明这件事的真实性，那个人用尽最后一点气力写了这张字条。混血儿讲的这个故事像是个筛子似的充满漏洞。但不管怎么说，他拿来了这么一张字条，这可像个你不能视而不见的纪念碑。

混血儿又发起火来："你不相信我，神父。"

"不相信，"神父说，"我不相信你。"

"你认为我在撒谎。"

"你说的大半是谎话。"

他把缰绳拉紧，骑在骡背上面朝南思索着。他毫不怀疑这是一个圈套，说不定这个圈套就是混血儿想出来的，但是美国人在那边快要咽气也是事实。他想起了那座不知因为发生了什么事而被遗弃的种植香蕉的农庄，想起玉米堆上躺着的印第安死孩子。那个美国人肯定非常需要他，那人灵魂上背负着那么多罪恶……

最奇怪的是，他反而感到非常愉快，他一直不敢相信现在享受到的平静是真实的。在国境另一边他曾经渴望得到的东西，如今到了手反而像是一个梦境了。神父开始吹起口哨——他曾经在什么地方听到的一个曲调："我在田野里看到一株玫瑰花。"他该从现在这个梦境里醒来了。说实在的，这并不是一个好梦，当他到达拉斯卡萨斯以后去教堂告解的时候，在他倾诉出自己的诸多重罪中，有一件将是他拒绝为一个垂死的人赦罪。

他问："那个人还活着吗？"

"我想还活着，神父。"混血儿急忙回答。

"离这里多远？"

"四五个钟头的路程，神父。"

"你可以同向导轮流骑那匹骡子。"

神父把自己的坐骑掉过头来，吆喝向导回来。向导跨下骡子，站在神父身边听他解释。他没说什么，只是示意叫混血儿骑上他那匹骡子，告诉他当心系在鞍子上的袋子，那里面装着神父的几瓶白兰地。

他们缓缓地往回走。雷尔小姐正在门口站着，她说："你忘记带三明治了，神父。"

"是忘了，谢谢你。"他飞快地向四周瞥了一眼——这一切对他都毫无意义了。他问："雷尔先生还在睡吗？"

"要不要我叫醒他？"

"不要，不要。请你替我向他道谢，感谢他对我的盛情招待。"

"好吧。也许过几年我们还会再看到你，是不是，神父？你自己也说过。"雷尔小姐感到奇怪地看了看混血儿，混血儿也瞪着眼珠傲慢不屑地回望着雷尔小姐。

神父说："可能会见到的。"他怀着自己的秘密狡狯地笑了笑。

"再见吧，神父。你们该快点上路了，是不是？太阳已经升得很高了。"

"再见，亲爱的雷尔小姐。"混血儿不耐烦地狠狠抽了一下骡子，叫它迈动蹄子。

"不是往那边走，你这个人。"雷尔小姐在后边喊。

"我要先去看一个人。"神父解释说。他的骡子一颠一颠地跟在混血儿后边也向村子跑去。神父骑在骡背上身体上下颠动着。他们走过那座刷着白灰的教堂——这也是梦中景色，在现实生活里教堂是不存在的。面前展现出村子里那条肮脏的长街，小学校长在学校门口带着讽刺意味地招呼说："怎么样了，神父？带着你发的一笔小财走了？"他的角边眼镜后面的目光并不友好。

神父把骡子勒住，对混血儿说："真的……我忘了一件事……"

"你给人施洗可干得不坏，"小学校长说，"等上几年来一回还是值得的，是不是？"

"快走吧，神父，"混血儿催促说，"别听他胡诌。"他啐了一口，加添说："他不是个好人。"

神父对小学校长说："这地方的人你比谁都更了解。如果我留下些钱，你肯不肯替我给他们买一点儿对他们有用的东西？我指的是食品、毛毯，不要买书。"

"比起书籍来，他们更需要毯子。"

"我这里有四十五比索。"

混血儿哀声乞求："神父，你要干什么……"

"叫你良心少受点谴责？"小学校长说。

"是的。"

"虽然如此，我当然还得谢谢你。能见到一位有良心的神父毕竟是件好事，这是人类的进化。"小学校长说，他的眼镜片映着阳光闪闪发亮。这个站在铁皮屋顶房檐下面的胖墩墩的人一肚子愤懑不平，像是个亡命者。

他们走过村子最后的几幢房子和墓地，然后就开始爬山。"为什么，神父？你为什么这么做？"混血儿不依不饶地抱怨着。

"他不是个坏人，他在尽力做一些他能做的事。再说，我也不再需要钱了。你说我还要钱干什么？"神父问。两人默默无言地走了一段路，太阳这时已经露出头来，发出耀眼光芒。骡子正吃力地爬一个陡坡上的小径，前肢的筋骨绷得几乎变了形。神父又开始吹起口哨——《我有一株玫瑰花》。这是他唯一会唱的歌曲。这期间，混血儿虽又抱怨过。"我说，神父，你的问题是……"但神父究竟有什么问题，他并没有说清，他的话只开了个头就没有下文了。说实在的，既然他们已经马不停蹄地往北边边境走了，他还有什么要抱怨的呢？

"饿了吧？"过了半天，神父问道。

混血儿嘟囔了一句什么，又像生气又像讥嘲。

"吃一块三明治吧。"神父一边说，一边打开雷尔小姐为他准备的食品包。

第二章

"就在那儿！"混血儿得意扬扬地像马嘶一样喊叫着，倒好像过去七个小时他一直蒙冤被怀疑说谎，现在终于证实自己清白无辜似的。他指着峡谷对面一块伸到悬崖上面的巨石，巨石上有一簇印第安人盖的泥土房子。他们离这些小房子的直线距离不过两百米，但是要走到那里至少需要一个小时，因为必须先走下一千英尺长的羊肠小径，再往上爬同样高的陡壁。

神父骑在骡背上定睛注视了一会儿。他没有看到那边有任何人影，甚至用树枝搭在一个土堆上的瞭望台上也空无一人。他说："那边似乎一个人也没有。"他又回到一个被完全隔绝抛弃的氛围中。

"可不是，"混血儿说，"你怎么能在这个地方看到人？只有他一个。他就在那边的棚子里，你会看到他的。"

"印第安人都到哪儿去了？"

"你又来了，"混血儿抱怨说，"又犯疑心了。你总是犯疑心。我怎么知道那些印第安人跑到哪儿去了。我不是告诉过你，只有他一个人待在那儿吗？"

神父从骡子上下来。混血儿气急败坏地喊道："你要干什么？"

"我们不需要骡子了。可以把它们牵回去了。"

"不需要骡子了？那你怎么离开这个地方啊？"

"噢，"神父说，"我现在用不着想离开的事，你说是不是？"他数了四十比索，对骡夫说，"我本来是雇你到拉斯卡萨斯去的。好了，算你走运。现在我还是给你六天的钱。"

"你不再需要我了，神父？"

"不要了。我看你还是快点儿离开这里吧！你也知道这是个什么地方。"

混血儿着急地说："神父，我们不能走那么远的路啊。那个人快要死了。"

"用我们自己的蹄子走得也一样快。好了，朋友，咱们走吧。"混血儿恋恋不舍地看着骡子在狭窄的石头小路上走去，转过一块圆形大岩石后，蹄声嘚嘚，越来越远，逐渐消逝。

神父语调轻快地说："走吧，咱们别再拖延了。"说着，他就把一个小包挎在肩膀上，率先从小路向峡谷走去。他听见混血儿气喘吁吁地跟在他后面，这个家伙的呼吸道显然不太好。神父想：他住在省城的时候，那些人给他的啤酒实在太多了。他想起他们两人在一个不知名的村镇初次相遇，那是一个炎热的中午，混血儿光着一只黄色大脚片躺在吊床上摇晃着身子，从那以后发生了多少事啊！想到这里，神父有很多感触，觉得这个混血儿既可怜又令人不齿。如果当神父经过的时候他正在睡觉，现在的事就不会发生了。如今这个可怜虫将永远背负着无从宽赦的重罪，实在太倒霉了。想到这里神父转头看了一眼，他看到的是几个大脚趾像肉虫子似的从运动鞋的破洞里伸出来。这个人正一边骂骂咧咧地抱怨，一边挑小路上好落脚的地方往下走。可惜再怎么抱怨也无助于他的呼呼气喘。可怜的家伙，神父想，也许他还不是一个真正的恶棍……

混血儿的身体实在走不了这样的山路。等神父走到谷底的时候，他已经落后了五十米远。神父坐在一块圆石头上，抹了抹额头上的汗。混血儿在赶到神父坐的地方以前，又抱怨了一大顿。

"你干吗走得这么急？"混血儿说。看来他越接近完成他的叛卖行径，就对自己手中的这个牺牲品越发看不顺眼。

"你不是说那个人快要死了吗？"神父问。

"我是说他快死了，但是快死也不等于马上就咽气了。"

"那当然了，我们都希望他活得越长越好，"神父说，"也许你是对的。我要在这儿休息一会儿。"

混血儿像个拧性的孩子，你一提休息，他反而立刻就要走。他说："你这个人怎么老走极端？不是拼命跑就是想坐下不动？"

"我怎么做什么都不对？"神父有意挑逗混血儿说。接着他又狡狯地冷不丁地问了一句："你说，他们会让我见到他吗？"

"那还用问？"混血儿刚说了这几个字，但马上就改口问，"他们？你说的他们指的是谁？开始的时候你抱怨这里看不到一个人，现在又说'他们'。"混血儿带着哭音说，"也许你是个好人，但是为什么你有话不肯直说，叫人懂得你的意思？你这种做法可真逼得别人当不了好教徒了。"

神父说："你看见这个口袋了？咱们用不着再背着它了。实在太沉了，我看喝两口酒对咱们两人都有好处。咱们都需要增加一点儿勇气，是不是？"

"你是说喝点儿酒，神父？"混血儿兴奋起来，看着神父打开一瓶白兰地。神父喝的时候，他目不转睛地盯住酒瓶，两颗大尖牙贪婪地龇出来，磕碰着下嘴唇。神父刚一喝完，他马上就把瓶口紧紧放在自己嘴里。"我想，咱们这样喝酒是不合法的，"神父嘻嘻笑着说，"咱们在边境这边——如果咱们已经走过边境线的话。"神父拿过酒瓶，又喝了一气，再把酒瓶递过去。等一瓶酒全部喝光以后，他把瓶子拿过来，往一块石头上一扔——瓶子像一颗榴霰弹似的炸成一堆碎片。混血儿吓得一哆嗦，抱怨说："小心点儿。人家还以为你带着枪呢！"

"剩下的咱们用不着了。"神父说。

"你是说你还有酒？"

"还有两瓶——但是天气这么热，咱们不能再多喝了，咱们把它放在这儿吧。"

"你干吗不告诉我你拿着这么沉的口袋，神父？我可以替你拿啊。只要你叫我做事，不管干什么我都乐意。只要你开口。"

他们开始爬坡，酒瓶发出轻轻的撞击声。阳光直射在两人身上。他们走了将近一个小时才爬到峡谷上面。瞭望台架在小路上，中间留了一条通道。远远看去，像是一个人的上牙床骨。泥土棚子的房顶从他们头上的岩石上显露出来。印第安人不把自己的住房盖在路边。他们的房子总是搭在离小路较远的地方，这样就可以从远处看到有什么人从路上走过来。神父很想知道，警察是否马上就要出现，这些人现在一定都不露痕迹地藏在暗处。

"走这边，神父。"混血儿在前边带路。他离开小径踩着一块块岩石登上高处一小块平地。他神情焦急，倒好像期待着走到目的地之前就要发生什么事似的。高地上有十来间土房子，像坟墓一样静静地立在阴沉的天空下。一场暴雨马上就要来了。

神父感到一阵焦虑不安：他已经自投罗网，走进陷阱里来了，那些人一点儿也不用费事就可以很快地把他包围住，这段公案就算了结了。他拿不准这些人会不会突然从哪间土房里向他开枪。他已经走到时间的终点，不会再有明天，也不再有昨天，只有永恒不止的存在。他开始后悔为什么刚才不再多喝点儿白兰地。"好了，我们已经走到了。那个美国人在哪儿？"他问，因为紧张声音有些失常。

"噢，对了。那个美国人。"混血儿说，身体突然震动了一下。他好像忘记把神父引到这里来的借口了。他站在那里，向远处的几间土屋凝视着，他自己也不知道该向哪里指引神父。"我离开他的时候，他在那一间。"他说。

"我想，他已经不能走动了，是不是？"

如果混血儿没有给他看那张写着几个字的纸片，神父绝对不会相信美国人真的在这里——如果不是那张字条，还有如果他没见到过那个死孩子的话。他开始走到面前一块空地，向混血儿指给他看的那间土房子走去。他们会不会没等他走到屋门口就向他开枪呢？这就像被蒙住眼睛走一块悬在高空的木板，随时都会一脚踩空跌入万劫不复之地。为了控制住自己不发抖，他干咳了两声，手背到身后用力握在一起。当初离开雷尔小姐家的院门转身向这边走的时候，他的心情是愉快的，因为他从来就不相信自己真能恢复教区工作，每日做弥撒，面对众多虔诚的教徒，但虽然如此，如今面对死亡，他还是需要喝些酒使自己镇定下来。他走到房门前，室内毫无动静。这时他听到背后混血儿在喊："神父。"

他转回头。混血儿正站在院子中间，五官扭曲着，两颗尖牙在嘴唇外面上下抖动，一副失魂落魄的样子。

"有事吗？"

"没什么，神父。"

"那你干吗叫我？"

"我没叫你。"混血儿不认账。

神父转身走进屋子。

美国人确实在屋里，但是死是活，就看不出来了。他闭着眼，张着嘴，躺在一张草席上，双手放在肚子上，像是个害肚痛的小孩。痛苦使他的脸变了形——或许成功的犯罪同政治或信仰一样都有一副假面。一句话，这人的脸同警察局墙上贴着的那张报纸上的照片已经判若两人了。那张照片上的人凶狠，狂妄，一副不可一世的样子，而这个躺在草席上的却是个十足的流浪汉。痛苦已经叫他再没有一点儿气概，却叫这张脸呈露出某种并不真实的聪明相。

神父跪倒在地上，把脸凑近他的病人，想听一下他还有没有呼吸。一股污浊的气息冲进神父鼻子——那是呕吐物、雪茄烟和

一时他又恢复了希望，或许他终于说服这个人，叫他说出一些模糊记起的伤天害理的事来。

"你把我的手枪拿去，神父。知道我是什么意思吧？在我胳臂底下。"

"我不需要手枪。"

"啊，你用得着的。"那个人的一只手从肚子上一点一点向上移动。他那吃力的样子简直叫人不忍看。神父厉声喝止他说："别动，好好躺着。枪不在那儿。"神父这时已经看见美国人胳肢窝底下的枪套已经空了。

"这些混蛋。"那个人说。他的手无力地落在移动了一些的部位，正好摆在心窝上。这个姿势倒有些像一座贞洁的妇女雕像，一手扪心，一手抚着肚子。暴雨来临前的耀眼光线笼罩着这间泥屋，屋子里闷热难当。

"听我说，神父……"神父沮丧地在他身边坐下。他已经绝望，再说什么也不能再把这个强盗充满暴力的头脑转向安静平和了。也许几个小时以前在他写那张字条的时候，这个人曾经有过悔罪的念头，但那一时机转瞬就过去了。这时他正有气无力地跟神父低声说一把刀子的事。有一个传说许多罪犯都相信，一个人死前最后看到的人物或景象会一直留在他的眼球上。基督教徒却认为灵魂才有这种功能。一个人生前尽管罪孽深重，只要在临终一刻得到宽赦就会带着宁静的灵魂归天。有时候某个虔诚教徒凑巧没有得到赦罪就在一家妓院里暴卒，这人虽然一生都做善事，但是灵魂却永远打上不洁的戳记。神父也听人谈论过这种临终悔罪并不公正，仿佛一个人一生行善或作恶的积习反掌之间就能完全翻转过来似的。这使人怀疑好人会受恶报，而邪恶之徒反而能有善终。神父还是作了最后一次毫无希望的尝试，他说："你曾经有过信仰，那你就该理解，这是一次机会。在最后的时刻，像一个窃贼。你杀过人——也许连小孩也没放过。"神父想起十字架下那个小尸体，又补充说，"但是这一切都可能不那么严重，因为这都是今生的事，几年间发生的事——都已经过去了。你可以把它们都抛弃在这里，抛弃在这间泥土棚子里，你自己还可以轻松地走下去……"他想到这个强盗可能走上一条他自己无法走的旅途，最终得到平和、荣耀和爱（尽管这都是一些非常空虚的字眼），不由得又向往又为自己悲哀。

"神父，"那声音急切地说，"你就别管我了。还是照管好你自己吧。你把我的刀拿去……"他的手又开始有气无力地动起来——这次是向腰下边摸去。他屈起双膝，想翻过身来，但是整个身体一下子变得瘫软，魂灵已经离开躯壳了。

神父匆匆忙忙低声吟诵起赦罪文来，也许在那人的灵魂还没有越过生与死的疆界，哪怕只有一秒钟时间呢，它还来得及悔罪。但是更可能的是，这人的灵魂在离开躯体时仍在寻找那把刀，一心想干出别的什么暴行来。神父开始祈祷："啊，仁慈的主啊，不管怎么说，他还是想到了我，为了我的缘故……"但是他虽然口里祷告着，却没有什么信心。往好里想，那只是一个罪犯想帮助另一个逃走——不管你怎么看，他们两个都不是叫人起敬的人。

第三章

一个声音说："好了，你的事办完了吧？"

神父站起身，带着惊惧的神色做了个手势，表示同意对方的说法。他认出来这人就是在监狱里给过他钱的那个警官。他皮肤黧黑，制服笔挺，正站在门口，室外还没有被乌云完全遮住的阳光照射在他的皮裹腿上。他的一只手放在左轮手枪上，皱着眉头盯着已经断气的强盗看了一会儿，开口说："你没有想到看见我吧？"

"啊，想到了，"神父说，"我得感谢你。"

"感谢我。为什么？"

"你让我跟他单独待了一会儿。"

"我不是一个野蛮人，"警官说，"请你到屋子外面来，好不好？你别打算逃跑了。你可以出来看看。"神父走出室外，看到十来个拿着武器的人已经把屋子团团围住。

"我不会逃跑，我已经逃够了。"神父说。混血儿已经不在跟前了。头顶上浓重的乌云层层叠叠地布满天空。相形之下，下面的群山反倒成了闪亮的小玩具了。他叹了口气，嘿嘿地笑着说："我穿过这么多高山可真不容易……现在……好了，我又到这儿来了……"

"我一直认为你不会回来的。"

"唉，中尉，你知道这是怎么回事。即使懦夫也有责任感。"暴雨降临前经常刮起来的冷风阵阵吹到他的皮肤上，"你是不是马上就要处决我？"他故作镇静地问。

中尉又一次严厉地说："我不是野人。你首先要受审……按照法律程序。"

"为什么？"

"因为你犯了叛国罪。"

"我还得走那么远的路到你们那儿去？"

"你得回去，除非你想逃跑。"中尉警官的手一直放在手枪上，好像神父走到院子里，他就愈加不放心似的。他说："我可以发誓，我在什么地方……"

"是的，"神父说，"你看见过我两次。一次是你从我的村子里逮走一个人质……你问我的孩子：'他是谁？'孩子说：'是我父亲。'你就放我走了。"突然大山全都从眼前消失了，仿佛有人冷不防把一捧水洒到他们脸上似的。

"快点儿，"中尉说，"快进屋去。"他对手下一个人喊道，"给我拿两个箱子来，叫我们有地方坐。"

当暴雨从四面八方向他们袭来的时候，这两个人走进泥屋开始给死人作伴。一个士兵浑身滴着水拿进屋子两只包装箱。"拿根蜡烛来。"中尉吩咐道。他在一只包装箱上坐下，取出左轮手枪。他说："你也坐下。坐在那儿离门远一点儿，让我看得到你。"士兵点起蜡烛，在坚硬的泥土地面上滴了几滴蜡泪，叫蜡烛竖起来。神父在靠近强盗尸体的地方坐下。这个人死前正弯着身子想取出藏在身子底下的一把刀。这个姿势很像在欠身靠近神父，想同他这个伙伴说两句悄悄话。这两个人真有许多共同点，蓬头垢面，胡子拉碴，而中尉则像是完全属于另一阶级的人。中尉带着鄙夷的神情说："这么说来，你还有个孩子？"

"是的。"神父说。

"可你是个……神父。"

"你不要认为神父都是我这样的人。"他的眼睛看着烛光在中尉军服的铜纽扣上闪闪烁烁，他说，"有好神父，也有坏神父。我正好是个坏的。"

"那我们倒是在给你们教会做了件好事……"

"是的。"

中尉猛地把头一扬，好像突然意识到自己正在受人讥笑。他说："你告诉我两次，我见到你两次。"

"是两次。一次是在监狱里头，你还给了我钱。"

"我想起来了。"中尉气呼呼地说，"真是可怕的讽刺！已经把你抓到手，却又叫你溜走了。你知道，为了追捕你，我们损失了两个人。他们本来还会活着，要不是……"雨点从门外飘进来，蜡烛扑扑地响了一下。"这个美国佬不值两条命。他做不了多大的恶事。"

雨一刻不停地倾注下来，他们默默无言地坐在屋里。中尉突然又开口说："别把手揣在口袋里。"

"我在找一副纸牌。我想也许可以打打牌消磨时间。"

"我不玩牌。"中尉神色严厉地说。

"不是，不是赌博。我只是想给你表演两种游戏，可以吗？"

"好吧，要是你想表演的话。"

雷尔先生曾经给了他一副纸牌，神父说："你看，这里是三张牌。一张A、一张王和一张J。"说着，他把三张牌放在地上，铺成一个扇面形。"现在你告诉我，哪张是A。"

"当然是这张。"中尉并不感兴趣，但还是勉强指了一张。

"你猜错了，"神父把牌翻过来说，"这是那张J。"

中尉不屑地说："这是赌徒的游戏，要么就是为了哄小孩儿。"

"还有一种游戏，"神父说，"叫会飞的杰克。我把这副牌分成三摞。拿出红桃J来放在中间这摞上——就像这样。现在我把这三摞牌依次敲打几下。"神父兴致勃勃地解释着，脸上发出亮光来。他有很多年没有摸过纸牌了——他忘记了暴风雨，忘记了死人，也忘记了对面这张不友好的执拗的面孔。"我现在说一声：杰克飞吧！"他把左边的一摞牌从当中翻开，露出红桃J来。"杰克已经飞到这摞里头了。"

"肯定有两张红桃J。"

"你自己看。"中尉不很情愿地俯下身，查看了一下中间一摞牌，他说，"我猜想你会对印第安人说，这是天主在显示奇迹吧。"

"我不会这样，"神父咯咯笑起来，"这是我从一个印第安

264

人那里学来的。他是他们村里最有钱的人。我的手法这么快，你是不是有点儿奇怪？这没什么。当年我们在教区里组织各种娱乐活动的时候，我总是表演这个戏法——是那些会友组织。"

中尉的脸上显露出深恶痛绝的神色，他说："我记得那些会友是怎么回事。"

"那时候你还很小吧？"

"我已经记事了……"

"是吗？"

"那些鬼把戏。"他一手按在手枪上，一阵气往上撞，好像突然转念，想马上就把这个畜生就地处决似的。他说："一切都是骗局，都是演戏！卖掉家产，捐助穷人——这是你们的教义，对不对？一位太太，丈夫是开药店的，认为某家人不值得救济，另一位先生也顺口搭腔说，这家人要是挨饿也是他们自找的，而神父的注意力则集中到某人是否在复活节领圣体，给教会献过金。"中尉的嗓门越来越高——一名警察担心地向屋子里探头看了看，马上又站到瓢泼大雨里，"教会没有钱，神父日子过得很苦，所以每个人都应该把所有家产卖掉，献给教会。"

神父说："你说得对。"但他马上又添加说，"当然了，你也想错了。"

"你是什么意思？"中尉暴躁地说，"你居然也维护……"

"你在监狱里给我钱的时候，当时我马上就看出来你是个好人。"

中尉说："我现在听你跟我说话只不过因为你已经没有希望了。一点儿希望也没有了，不管你说什么也改变不了你的处境。"

"是改变不了。"

他不想再激怒这位警官，但是八年来除跟有限几个农民和印第安人说话以外，他很少有讲话的机会。现在不知道是否因为他讲话的语气不对，竟把中尉激怒了。中尉说："你是个危险人物。所以我们才要除掉你，我跟你个人并没有什么过不去的。"

"当然没有，你反对的是天主。像我这样的人你每天都可以关押——也可以赏赐几个钱。"

"不是的，我并不想同编造的神话作战。"

"但是我是不值得你花费这么大力气对付的。你自己也说过：我只不过是个骗子，一个醉鬼。那个人可比我更值得消耗你一颗子弹。"

"这是你的想法。"室内闷热的空气使中尉头上微微冒出汗珠。他说："你们这些人是非常精明的。但是我要你说说——你们在墨西哥究竟替我们做过什么事？你们告诉过哪个地主不应该鞭打手下的雇工吗？啊，对了，我知道也许在告解处说过。你们的本分是虽然听到他们做了坏事，但马上就把它忘掉。等你们从告解处出来以后，就同他们一起进餐。你们的本分是不记得他们杀害过农民。你们什么都没听到，那些人向你们倾诉的坏事都留在那个木阁子里了。"

"你再说下去。"神父说。他坐在包装箱上，低着头，双手搭在膝上。他的思想无法集中到中尉对他讲的事情上。他在想：再有四十八个小时他就在省城了。今天是星期日，也许星期三我就死了。对他来说，枪弹打在身上的痛苦比死后的事更加可怕。他觉得这又是对主的背叛。

"是的，我们也有自己的想法，"中尉说，"不再为念经捐钱，不再为建造念经的场所捐献。相反，我们要花钱给人们购买食物，教他们读书，给他们买书。我们要关心他们，不叫他们再受磨难。"

　　"但是如果他们愿意受磨难呢？"

　　"有人想要强奸一个女人。我们是不是因为他想做这件事就准许他做呢？受磨难是一种错误。"

　　"你自己就一直在受折磨，"神父看着烛光照耀着的那张印第安面型的脸，解释说，"你说的听起来很不错。但是你们的局长是不是也这么想？"

　　"我们当中自然也有坏人。"

　　"在那以后呢？我的意思是说，在每个人都有了足够的食物，都能读到正经的书——我是说你让他们读的书以后，又怎么样呢？"

　　"没有什么啦。死是无法规避的现实，现实是无法改变的。"

　　"在很多事情上我们的看法相同，"神父一边说，一边摆弄着手里的纸牌，"我们也有我们不能改变的现实：不管你是穷是富，你活在人世并不幸福，除非你是个圣人，但圣人是罕有人能做到的。我们不应该为生活中一些细屑的痛苦忧心忡忡。我们都相信人不能长生，百年之后谁都长眠地下。"他摸索着把纸牌洗了洗，在手中折弯。他的两只手有些颤抖。

　　"尽管如此，你现在就为你的一点儿痛苦忧心。"中尉看着神父的手指幸灾乐祸地说。

　　"但我不是圣人，"神父说，"我甚至不是一个有胆量的人。"他抬起头来担忧地看了看。天已放晴，室内不再需要蜡烛了。不久阵雨就会过去，他们就要踏上归程，重新再走那条漫长的山路了。他非常想再把谈话继续下去，哪怕再把出发的时间往后拖一小会儿也好。他说："我们之间还有一个区别。如果一个人品性不好，他为达到自己的目的而做的事也都是无益的。你们党里的人不都是好人。于是过去的那些坏事就要重新出现，有人挨饿，有人挨打，也有人发财，等等。可是我们却不同。我虽然是个懦夫，还有种种缺陷，但却不影响我履行自己的职责。我同样还能把圣体放在一个教徒口中，同样能使他得到天主的恩赦。即使我们教会中每个神父都是像我这样的人，于整个教会也丝毫无损。"

"还有一件事我弄不懂，"中尉说，"为什么别的人都跑掉了，你却偏偏留下来？"

"他们并不是都跑掉了。"神父说。

"那就说你自己吧，你为什么留下来没走？"

"有一次，"神父说，"我自己也提出这个问题来。事实是，一个人常常不是明明白白地有两条路可供选择，一条路好走，一条路难走。有时候他只是身不由己地走上这条或那条路。拿我来说吧。第一年——怎么说呢？第一年我并不认为真有必要逃走，教堂早已被焚毁了。你也知道，有多少次发生焚烧教堂的事。我并不认为事态真有那么严重。当时我想，我可以再多待一个月，看看情况会不会好转。后来——唉，你不了解时间过得多么快。"这时候已经天光大亮，午后的一阵暴雨过去，生命又重新继续下去。一名警察从小屋门外走过，好奇地看了看屋子里的两个人。"你知道，我突然发现我是方圆若干里内唯一的神父啦。神父必须还俗成婚的法令把他们都赶走了。他们离开了这个地方，他们应该这样做。这其中有一个神父我要特别提一下。这个人一直对我有意见。你知道，我这个人说话太随便。这个人认为——他的意见是对的——我的性格不够坚定。后来他也逃离了。那种感觉有点儿像，你别笑话我，有点儿像学校里一个总是欺侮我、叫我心惊胆战的大孩子因为超龄不得不退了学似的。你知道，我用不着再考虑别人的意见了。至于一般人——我不在乎他们对我的看法。他们都喜欢我。"他侧着头，对那个弯着腰的美国佬淡淡地笑了笑。

"说下去。"中尉若有所思地说。

"照现在这样讲法，"神父说，"在我被关进监狱以前，关于我的一些来历只要你想知道的就都知道了。"

"那也不错。我是说，能够了解一个敌人也不是坏事。"

"那个神父说的话是对的。他一走我就开始垮下来了，一件事接着另一件。对我的职责我不那么认真了，开始喝酒。我想，要是我也逃走，就不至于这么糟了。因为从那时起，我一直为我自己骄傲，不是因为对主的爱心。"他弓着身子坐在包装箱上——一个身穿雷尔先生扔掉的旧衣服的矮矮胖胖的小个子。他又接着说："天使因骄傲而堕落，骄傲是万恶之首。我就是总认为别人都走了，我留下来非常了不起。后来我又认为我能为自己制定礼规实在伟大。我不再守斋，不再每天做弥撒。祈祷我也忽略了。有一天我喝酒喝得烂醉，又因为非常孤寂——我想你了解那是怎么回事，我就有了一个孩子。这一切都是骄傲所致。因为留下来而感觉骄傲。我对教徒没什么用，但是我留了下来。至少可以说用处不大。最后落得一个月也不到一百人从我这里领圣体。要是我走了，我至少能多给天主十倍于这个数目。这是我犯的错误——只因为认为某件事困难、危险，就……"他用双手做了个鼓翼的动作……

中尉气冲冲地说："好了，你这回可以成为殉教者了。你可以心满意足了。"

"我不配成为殉教者，殉教者不是我这样的人。他们并不总想着这件事。我如果能多喝几口白兰地，就不那么害怕了。"

中尉对门口的一个警察厉声喝道："你有什么事？为什么老在外边走来走去？"

"雨停了，中尉。我们想知道什么时候出发？"

"我们马上就走。"

中尉站起身，把手枪放回枪套，命令警察说："给犯人准备一匹马。再叫几个人快点儿给这个美国鬼子挖个坑。"

神父把纸牌放进衣服口袋里，也站起身。他说："你挺耐心地听我讲我的事……"

"我不怕听别人的观点。"中尉说。

屋外，雨后的地面正散发着水蒸气，雾气一直升到他们的膝盖。几匹马已经备好了鞍在等待着，神父跨上马背。但在这一行人出发以前，神父听见一个声音在叫他——还是那个哼哼唧唧的懊丧的声音。"神父！"他回过头来，叫他的人正是混血儿。

"哎呀，哎呀，"神父说，"又是你。"

"唉，我知道你在想什么，"混血儿说，"你这人太没有爱德了。你一直认为我要出卖你。"

"走开，"中尉厉声呵斥道，"你的任务已经完成了。"

"我能跟他说句话吗，中尉？"神父问。

"你是个好人，神父，"混血儿马上接过来说，"但是你总把人往最坏处想。我只是想得到你的祝福，没有别的。"

"祝福对你有什么好处？你同样可以把它出卖。"神父说。

"只不过因为今后我们谁也见不到谁了。我不愿意你对我怀着恶感离开这个世界。"

"你太迷信了，"神父说，"你是不是认为我给你点祝福就能蒙住天主的眼睛？天主什么都知道得一清二楚，我想拦也拦不住。你最好回家自己去祈祷吧。如果他听了祈祷，恩典你，叫你产生悔意，那就赶快把那点钱散发给穷人……"

"什么钱，神父？"混血儿拼命摇撼神父的马镫，"什么钱？你又来了……"

神父叹了口气，他因为面临的苦难而感到心头空空的。恐惧比单调、漫长的路途更令人疲倦。他说："我会替你祈祷的。"说着，他催动自己的坐骑，叫它同中尉的马走并排。

"我也要为你祈祷，神父。"混血儿感到满足地宣告说。当他的马走到两块岩石中间一段陡峭的下坡路，停步不前的时候，神父回头看了一眼。混血儿正孤独一人站在那簇泥土棚子中间，嘴微微张开，龇着两颗虎牙，好像正在抱怨什么。但也许他是在向人宣告自己是个虔诚的天主教徒。他的一只手照例伸在胳肢窝底下搔痒，他好像就是摆着这个姿势被谁拍了一张相片。神父向他挥了挥手。他对混血儿并不特别怨恨，因为这正是他见到的人性，至少有一点他感到宽心——在他被处决的时候，这张无法让人信赖的大黄脸是不会在场的。

"你是个受过教育的人。"中尉说。他枕着卷起来的军帽，横着身子躺在门口，手枪摆在身边。已经是深夜了，但是两个人都没有睡意。神父转动身子的时候，因为四肢僵硬，腿又在抽筋，不由得呻吟了一声。中尉想尽快赶回去，所以这一天这队人马一直走到午夜才寻宿。他们已经从高山上走到下面沼泽地里来了。过不了多久，这个国家大部分低地就将成为一片泽国。雨季已经真正开始了。

"我不是受过教育的人。我父亲是个小店主。"

"我是说你到过国外，你可以像美国佬那样讲英语，你受过训练。"

"是的。"

"什么道理我都必须自己琢磨，但是有些事倒也不必非上学读书才能懂得。比如说，世界上有穷人也有富人，等等。"他压低嗓子说，"因为你，我枪决了三个人质。都是一些穷人，这就叫我非常恨你。"

"是的。"神父表示同意。他站起来想伸展一下抽筋的右腿。中尉很快坐起来，拿起枪："你要干什么？"

"没什么，腿抽筋了。"神父又呻吟着重新躺下。

中尉说："我枪毙的那些人，他们是我们自己人。我真想把整个世界都给他们作为补偿。"

"谁说得准？也许你已经给了他们了。"

272

中尉突然恶狠狠地啐了一口，好像有什么脏东西跑进嘴里似的。他说："你对什么事都有答案，可惜你的话一点儿意义也没有。"

"我从来念不好书，"神父说，"记忆力太差了。但是对于像你这样的人，总有一件事叫我想不通。你恨阔人爱穷人，是不是？"

"是的。"

"这么说吧，要是我恨你，我就不会把我的孩子培养成像你这样的人。那太没意义了。"

"你这是强词夺理。"

"也许是。我总弄不懂你们这些人的道理。我们总是说穷人是有福的，阔人很难进天国。为什么我们要叫穷人也难进天国呢？啊，我知道我们也被教导，要给穷人施舍钱，别叫他们挨饿——饥饿同财富一样，也能叫人作恶。但是干吗我们要给穷人权力呢？最好是叫他们在泥土里死，在天国复活——只要不是我们强把他们的脸往泥土里推就可以了。"

"我讨厌你这种推理，"中尉说，"我不想听人推理。如果你看见一个人受罪，像你这样的人就要从理论上解释来解释去。你会说——受罪也不是坏事，也许有一天他会因此而得到好处。我不是你这种人　　—我要叫我的心讲话。"

"用枪比画着。"

"是的，用枪比画着。"

"好吧，也许你到了我这个年龄就能懂得，心是个很不可靠的野兽。理智同样也是，但它不讲爱。爱，当一位少女投了水，或者一个小孩被掐死了，心就不停地说爱，用爱拯救世人。"

两人躺在泥棚里，有一会儿都不再言语。神父本以为中尉已经睡着了，可是中尉又开口说："你总是见什么人说什么话。你跟我说的是一类话，可是跟别人，别的男人或者女人，却说什么'天主就是爱'。你知道这样的话我听不进去，就跟我说另外一套话。说那些你认为我赞同的事。"

"啊，"神父说，"'天主就是爱'，这完全是另外一码事，我不是说心就尝不到爱的滋味，但它尝到的是什么味儿？是小小一杯爱液，却兑了一大罐水沟里的白水。我们尝不出那是爱来，看起来甚至会像恨。可天主的爱——我们会被它吓倒的。它在沙漠中的灌木丛中放了一把火，它把坟墓劈开，叫死人在暗夜里行走。唉，像我这样的人是担当不起的。要是我能感到天主的爱在我身旁，我会跑到一英里外的地方远远躲开它。"

"这么一说，你并不太相信他，是不是？这可不像一位仁慈的天主。要是有人像你敬奉天主那样敬奉我，我会——这么说吧——我会推荐他叫他升职，会帮助他拿到丰厚的养老金……要是他得癌，痛苦不堪，我会对着他脑袋放一枪，解脱他的痛苦。"

"你听我说，"神父在黑暗中把身子往前弯了弯，一边按着抽筋的腿一边真诚地说，"我不像你想象中那样虚伪，你想我为什么在讲道坛上向人们宣讲，如果死亡猝然降临，他们就有被罚进地狱去的危险？我不是在给他们讲我自己也不相信的童话故事，我不知道天主有多么深厚的怜悯心。我也不知道在天主的眼中，人心多么邪恶。我只知道一件事：如果在这个国家里有一个人被罚过下地狱的话，我就也必将罚入地狱。"最后，他不紧不慢地说，"我也不要求什么特殊待遇，我只要求公正——如此而已。"

　　"天黑以前我们就到了。"中尉说。六名警察骑马走在前面，六名在后头跟着。有时候，当他们穿过雨季河汊中间的林带，不能并排行走，就只能一个跟在一个后面。中尉不太讲话，有一回，两个骑警唱起一首什么胖店主和婆娘的歌来，中尉马上把他们喝止。这不是一队凯旋的行列，神父骑在马上，脸上一直浮现着淡淡的笑容，好像戴着一副卡在脸上的面具。他这样做，是为了可以静静地想一些事，不叫别人注意。他想得最多的是痛苦。

　　"我猜想，你大概希望发生圣迹吧。"中尉说。他一直皱着眉毛，目视前方。

　　"对不起，你说什么？"

　　"我是说，你在希望发生圣迹。"

　　"没有。"

　　"你不是相信圣迹吗，是不是？"

　　"我相信，但不会发生在我身上。我对什么人都没有用处了，天主有什么理由还叫我活下去？"

　　"我想象不出，像你这样的人怎么会相信这些事。印第安人也许相信。可不是，他们第一次看见电灯就认为那是圣迹。"

　　"我敢说你第一回看到一个人死而复生，也会这么想，"神父在含笑的面具后边咯咯地干笑了两声，"这件事挺可笑的，是不是？并不是圣迹不出现，而是人们用别的名字叫它。你没有见过医生怎样救治生命已经终止的人吧？呼吸停止了，脉搏没有了，心脏不再跳动——人已经死了。但是后来他的生命又还给他了，但是大家都——怎么说来着？——都保留他们的看法。他们不肯说发生了圣迹，因为他们不喜欢这个词儿。但是这种事也许一再发生——因为天主就在世人身边——于是他们说：这不是圣迹，只不过我们把生命的概念扩大了。现在我们已经了解，当一个人失去脉搏和呼吸，心脏也不再跳动，他的生命仍在延续。他们为这种状态下的生命创造了一个新词儿，而且宣传科学又证明一个圣迹的破产。"神父又咯咯地笑了两声，"这些人你是说不过的。"

他们这时出了林中小道，走到坚实的路面上。中尉用马刺驱动坐骑，整个马队开始小跑起来。他们离家已经不远了。中尉不太情愿地说："你不是坏人，如果有什么我可以替你做的……"

"你能不能允许我死前有机会告解……"

城市最外层的一些房屋已经出现在他们的视线里——几幢破败不堪的土坯房屋，传统的廊柱只不过在土砖上涂了一层白灰。一个肮脏的小孩在砖瓦堆里游戏。

中尉说："可是没有神父啊。"

"何塞神父。"

"噢，何塞神父，"中尉满脸带着鄙夷说，"他对你有什么用？"

"对我完全够了。我在这里多半找不到圣人，不是吗？"

中尉骑了一段路，没有说话。他们走过墓地，墓地里立着许多残缺不全的天使雕像。之后，又经过上面写着"寂静园地"几个字的墓地大门。中尉说:"好吧,可以叫他来。"他的目光不肯投向墓地,因为那里面有那堵执行死刑的大墙。过了墓地是开始通向河畔的陡直的下坡路。右边原来有大教堂的地方,铸铁的秋千架空荡荡地伫立在午后炎热的阳光里。到处令人感到冷清寂寥,甚至比在大山里更加荒凉,因为这里原来人来人往,是很热闹的,中尉在思考:没有脉搏,没有呼吸,心脏停止跳动,但仍然有生命,只是我们需要给它一个名称。一个小男孩看见这些人走过来,对中尉喊道:"中尉,你抓到他了?"中尉依稀记得这张面孔——有一天在广场上,一只砸碎的玻璃瓶。他想对那孩子笑笑,但出现在他脸上的却是一副酸涩的苦相,既无希望,也无胜利的喜悦。看来又必须带着这样的脸相重新开始了。

第四章

中尉一直等到天黑才出去，他要亲自去办那件事。派别的人去是很危险的，因为消息很快会传遍全城，何塞神父被允许到监狱里去办神功了。这件事最好连警察局长也别知道。一个人如果比自己上级办事更有效率，就应该对他怀着点戒心。中尉知道，这次他把神父抓回来，警察局长并不高兴。从局长的角度看，最好是叫神父成功地逃走。

走到何塞神父居住区的院子里，他感觉有十几只眼睛都在盯着他。孩子们已经聚在一起，准备等何塞神父一露面，就对他高声喊叫。中尉真后悔对神父的许诺，但是他觉得自己还是应该遵守诺言。不论是勇气、真实或公正方面，哪怕有一点能够证明他代表的世界比那信奉天主的腐朽世界更为优越，就是一个胜利。

他的敲门声没有回应，他站在漆黑的院子里，倒好像正在呈递一份什么请愿书。过了一会儿，他再次敲门。这次门里边一个声音说："等一会儿，等一会儿。"

何塞神父的脸从窗户的护栏后面露出来，问道："谁在敲门？"他好像正在腿底下摸索什么东西。

"我是警察局中尉警官。"

"噢，"何塞神父尖叫了一声，"对不起。我的裤子。这么黑。"何塞神父好像在往上扯什么东西，不知是裤带还是吊带"啪"的一声断了。院子外边孩子们开始尖着嗓子喊叫："何塞神父。何塞神父。"何塞神父把门开开。他不去看那些孩子，只是温和地唠叨着："这些小鬼头！"

中尉说："我要你到警察局去一趟。"

"我什么事也没做啊！我一直非常、非常小心。"

"何塞神父！"孩子们继续尖叫。

他哀求说："如果是关于葬礼的事，我可以告诉你，你得到的消息不准确，那天我连经文也没念。"

"何塞神父！何塞神父！"

中尉转过身，向大门走了几步。他对趴在栅栏外面的一张张孩子的脸气冲冲地大声呵斥："别吵啦。快回去睡觉。马上都给我走开，听见没有？"孩子们一个接一个都不见了。但是中尉刚一转身，他们立刻又向院子里张望。

何塞神父说："这些孩子谁也拿他们没办法。"

一个女人的声音问："你到哪儿去了，何塞？"

"我在这儿，亲爱的，是警察局的人。"

一个身材高大穿着白睡衣的女人像座小山似的向他们移过来。这里一过七点就无事可做了，中尉想，所以这个女人很早就穿上了睡衣，也许她已经上床了。他说："你的丈夫，"他很得意地着重说出"丈夫"这个字，"得到警察局去一趟。"

"谁说要他去？"

"我说的。"

"他什么事也没做。"

"我刚才也这么说，亲爱的……"

"你别插嘴，叫他跟我说。"

"你们两个人都别叨叨了，"中尉说，"我要你到警察局去见一个人——一个神父，他要告解。"

"叫我听他告解？"

"是的，这儿没有别的人。"

"可怜的人。"何塞神父说。他的一对小红眼睛向外边扫视了一下，"可怜的人。"他不安地移动着两只脚，偷偷地很快向天空望了一眼。星星正在那上面运行着。

"你别去。"那个女人说。

"这不是违背法律吗？"何塞神父问道。

"违法不违法不用你关心。"

"不用我们操心，是吗？"女人说，"我把你看透了。你不想放过我丈夫，现在又想叫他上你的圈套。我知道你的诡计，你教唆别人找他去念经——他是个软心肠的人。但是你可别忘了，他是领取政府养老金的。"

中尉语气和缓地说："这个神父——几年来他一直暗中工作，替你们教会干事。我们把他抓住了。不用说，明天就要执行枪决。他不是个坏人，我已经答应他明天他可以见到你。他似乎觉得这样对他有好处。"

"我认识这个人，"那个女人打断中尉的话说，"是个醉鬼，不是个规规矩矩的神父。"

"可怜得很，"何塞神父说，"有一次还想藏在我们这儿。"

"我可以向你们保证，"中尉说，"这件事不会叫别人知道。"

"不叫别人知道？"妇人咯咯地笑起来，"那怎么可能，马上就传遍全城了。看看那些孩子，他们一天到晚盯着何塞。"她唠唠叨叨地说下去，"一开了头就没完了，谁都要来找他告解。早晚有一天传到总督耳朵里，他就连养老金也拿不到了。"

"亲爱的，"何塞说，"也许这是我的职责……"

"你已经不是神父了，"妇人说，"你是我丈夫。"她说了一句粗话，"现在这是你的职责。"

中尉听着这两个人拌嘴既感到满足，又暗怀讥嘲，仿佛又重新发现往昔的信仰了。他说："我不能等着你们老这样争论下去。你跟不跟我走一趟？"

"他不能强迫你去。"妇人说。

"亲爱的，只不过……嗯……我是一个神父。"

"神父，"妇人又咯咯笑起来，"你是神父！"她笑得前仰后合，惹得门外看热闹的小孩也嘻嘻笑起来。何塞神父用手指掩住眼睛，好像害了眼病。他拦阻自己的老婆说："亲爱的……"可是那女人却止不住声。

"你去不去？"

何塞神父做了个绝望的手势，好像在说，他既然已经这样自暴自弃，再表现一次懦弱又有什么？他说："我想，我不可能去。"

"好吧。"中尉说。他倏地转过身——他不能再浪费时间乞求别人怜悯了。何塞神父在他背后哀求说:"告诉他我会祈祷的。"孩子们胆子大了起来,其中一个大声喊:"快上床吧,何塞。"中尉笑了笑,但他笑得很勉强,声音也不大,被淹没在把何塞神父围起来的一片哄笑里。这笑声一直冲到天空排列有序的群星中间,这些星星的名字何塞神父一度记得很清楚。

中尉打开狱室的门,室内没有一点光亮。他小心翼翼地把身后的门关上,又把它锁住。他的一只手一直按在枪上,开口说:"他不肯来。"

黑暗中的一个弯腰弓背的小个子就是神父。神父正像个小孩在玩什么东西似的蹲在地上。"你是说……今天不来?"神父问。

"我是说,他不会来了。"

室内一时寂静无声,如果一刻不停的嗡嗡蚊鸣同硬壳虫撞到墙上的噼啪声响可以不计较的话。过了一会儿,神父说:"我想,他是害怕……"

"他老婆不叫他来。"

"可怜的家伙。"神父想用笑声掩饰一下,可是他的笑声却比哭更难听。他把头垂到双膝中间,看上去他已经把一切抛弃,而他自己也被人抛弃了。

中尉说:"我想我应该跟你交个底。你已经受了审判,被认为是有罪的。"

"连审判我,我也不能出庭?"

"出庭不出庭没有分别。"

"是的，没有分别，"神父沉默了一会儿，决定自己该采取什么态度。片刻以后，他故作漫不经心的样子说："我能不能问一下，什么时候……"

"明天。"中尉说得直截了当，叫他不由得一阵心寒。他的头又垂下来，黑暗中仿佛看到他正在咬自己的手指甲。

中尉说："你这样一个人在黑夜中坐一宵不好，不知道你愿意不愿意移到一间大囚室去……"

"不，不用了。我愿意一个人待着。我还有不少事要做。"他好像得了重感冒，嗓子有些失音。他呜呜咽咽地说："有很多很多事得好好想想。"

"我很愿意能替你做点儿什么，"中尉说，"我给你带来一点儿白兰地。"

"违法带给我的？"

"是的。"

"你太好了。"神父把一小瓶酒接过来，"我敢说，你不需要这个。我可是一直都非常怕痛。"

"我们早晚都会死的，"中尉说，"什么时候死对你并不重要。"

"你是个好人。你没有什么害怕的。"

"你的脑子里有一些奇奇怪怪的想法，"中尉抱怨说，"有时候我觉得你是想争取我。"

"争取你什么？"

"噢，比如说，把你放走啊。要么就是叫我也相信神圣的天主教什么的……那是怎么回事？”

“宽恕一个人犯的罪。”

“你自己也不太相信，是不是？”

“不，我相信。”矮小的神父说。

“那你还发什么愁？”

“我不是一个无知的人，你知道。我做了什么，自己知道得一清二楚。我无法自己赦自己的罪。”

“要是何塞神父能来，情况就完全不同了？”

中尉等了很久才听到神父的回答，但就是听了回答他还是不了解。神父说：“另外一个人……会叫这件事更容易一些……”

“还有没有别的事我能替你做的？”

“没有了，没有什么事了。”

中尉重又把门打开，他的手又一次机械地放在手枪上。他的情绪低沉，好像觉得最后一个神父既然被他抓进监狱，他就再没有什么事需要去思索了。行动仿佛已经断了弦。再回顾当初那些奔波追捕的日子，那实在是非常快乐的，可惜现在那些日子已经一去不复返了。他觉得生活再没有什么目的，生命已经没有意义了。“尽量睡一会儿吧。”他说。他的语调既痛苦又慈祥，因为无论如何他对这个虚弱无力的小人儿也恨不起来。

中尉正在关门的时候，听见一个惊恐的声音叫他：“中尉。”

“你有事吗？”

“你见没见过犯人被处决，像我这样的犯人。”

“见过。”

“痛苦的时间很长吗？”

"不长。一秒钟。"他粗暴地说，一边把门关上。他走过粉刷过白灰的院子，走进自己的办公室。神父同强盗的照片仍然在墙上贴着，他一把撕下来——再也用不着去捉拿了。这以后他坐在办公桌前头，脑袋枕在两只手上，精疲力竭地沉沉睡去。他做过梦，但后来什么都忘了，只记得梦中的笑声，一刻不停的笑声同一个他找不到的长长的通道。

神父坐在地板上，手里拿着白兰地酒瓶。没过一会儿，他就把瓶盖打开，把嘴伸到瓶嘴上。白兰地对他一点儿也没起作用，他喝的倒像是白水，他放下酒，开始低声作一般的告解。他说："我犯过通奸罪。"这种形式化的语言毫无意义，就像报纸上的新闻用语一样。这样告解感觉不到他真的在悔罪。他又重新开始："我和一个女人睡过觉。"这时他想象中的另外一个神父问他："多少次？""那个女人结了婚没有？""没有。"他没有意识到自己在做什么，就又喝起白兰地来。

酒刚一沾舌头，他陡然又想起自己的那个孩子。她从耀眼的光亮中走进来，郁郁寡欢地仰着一张懂事的、愁苦的脸。神父说："啊，主啊，帮帮她吧。把我罚进地狱去，我罪有应得，但是叫那个孩子永远活下去吧。"这本是他应该对世界上每个人怀有的爱，但他所有的忧惧和关怀却不公正地全部集中到那一个孩子身上。他哭泣起来，好像他眼睁睁看着孩子慢慢在水中沉溺，自己却忘了怎么游泳，只能束手无策地在岸边站着。他想：这是我对每一个人都该有的感情，随时随地都该有的感情，于是他转而去想那个混血儿，去想中尉，甚至一个他只在那人屋里坐了几分钟的牙科医生，他还想到香蕉种植庄园的那个小女孩。一长串面孔个个都想引起他的注意，但是它们想推开的却似乎是一扇不肯开启的沉重门扇。这些人不也都是在危险中吗？他开始祈祷说："救救他们吧，主啊！"就在他这样祷告着的时候，他的思想就又回到站在垃圾堆旁边的那个孩子身上。他知道自己仍然是在为她一人祈祷。又一次失败。

过了一会儿，他重又开始："我一直喝酒——不知道喝过多少次酒。我一次又一次忽略了我应尽的神职，我犯过骄傲和没有爱德之罪……"这些话又都成为程式化的语言，毫无内容。没有人聆听他告解使他的思想从语言转向事实。

他又喝了两口酒。因为肌肉痉挛他痛苦地站起身，走到门前。他从铁栏里面望着月光照耀下的炎热的庭院。警察睡在一张张吊床上，其中有一个睡不着觉懒洋洋地把吊床摇来摇去。四周一片寂静，静得有些出奇，就连别的狱室也一点声音都没有，这倒像整个世界都不想看见他被处决，所以机智地远远避开了。他摸着墙，走到狱室最靠里边的一个角落坐下，酒瓶放在两膝中间。他想：如果我是这样一个没用的人，没有用……过去艰苦无望的八年他觉得只是他履行神职的一种讽刺。他只送了几次圣体，听过几次告解，却永远给人树立了一个很坏的榜样。他想：如果我还有一个灵魂可以奉献出去，我就要说，看看我都做了些什么吧……人们为他而死，他们值得有一位圣人。为什么天主就没有想到给他们派来一位圣人？他为这些人感到不平，心头涌起一股苦涩的感觉。而何塞神父同他自己，他想，何塞神父同他算得了什么呢？他又对着瓶口喝了两口酒。他的脑子浮现出那些把他抛弃了的圣人的一张张冷漠的脸。

这天夜里，因为他独处一间囚室，所以比起上次囚禁时间过得特别慢。凌晨两点钟，一瓶酒已被他喝光，但也幸亏有这瓶酒，他才能睡了一会儿觉。因为恐惧，他直想呕吐，肚子疼，嘴干得要命。他开始大声自言自语，只是为了身边无法忍受的寂静。他痛苦不堪地抱怨着："要想当圣人……这倒也没什么。"过了一会儿又说，"怎么知道疼痛只是一秒钟的事呢？一秒钟究竟是多久？"后来他把头轻轻在墙上磕碰，开始掉眼泪。他们给了何塞神父一个机会，但却从来没有给他任何机会。或许他们搞错了——只因为这么长的时间他一直逃避开。或许他们真的认为即使给他何塞神父那种机会，他也不肯接受。认为他不肯结婚，他太骄傲。或许如果他主动提出来，就不致被枪毙了。这样一个希望在他心里停滞了一会儿，他脑袋靠着墙睡着了。

他做了一个奇怪的梦。梦中他坐在大教堂里高高的祭坛前一张喝咖啡的桌子前边。桌子上摆着六盘食物，他正狼吞虎咽地吃着。空中飘散着点燃的香火气，令他产生一种飘荡升腾的奇怪感觉。同梦中吃任何东西一样，食物一点儿味也没有，但他觉得吃完了这些东西以后就必定还能吃到最美味的食品。一个神父在祭坛前踱来踱去，一边走一边念弥撒经文，但是他并不理会，礼拜仪式似乎跟他已经无关。最后六盘东西都叫他吃完了，一个他看不到的人开始摇圣铃，做弥撒的神父跪下来举起圣体。但是他还是坐着没动。他在等待着，并不注意祭坛上的天主。仿佛那是别人的天主，与他无关。后来他盘子旁边的酒杯也被倒进葡萄酒。他抬头一看，原来是香蕉庄园的那个小女孩正在为他倒酒，女孩说："这是我从我父亲屋子拿来的。"

"你不是偷来的吧？"

"不叫偷。"女孩吐音非常清楚地说。

神父说："你太好了。我忘记咱们的联络信号了。你叫它什么？"

"莫尔斯电码。"

"对了，是叫莫尔斯。敲三下长的再敲一下短的。"接着信号马上就敲响了。站在圣坛边的神父敲，教堂里他看不到的教徒也跟着敲——三长一短，三长一短。他问："这是什么信号？"

"一个信息。"孩子注视着他说，眼神显得那么严肃、负责，又充满兴趣。

他醒过来的时候，已经是黎明了。刚刚醒过来的时候，他怀着很大希望，但他一看到监狱的院子，希望就消失得一干二净了。这是他要离开人世的早晨。他拿着那只空酒瓶蹲在地板上，开始回忆悔罪经文："啊，主啊，我非常难过，祈求你赦免我犯的重罪……被钉上十字架……应该受你的可怕的惩罚。"他的头脑混乱，心里想的是另外一些事，因为他和别人不同，不是在正常死亡前祈祷。他看见自己照在墙上的影子，那影子带着些惊诧，又显得可笑而卑微，不足挂齿。他多么愚蠢，当别人都一个个逃开时，他却认为自己很坚强，能够留下不走。他想：我这人太任性，另外也太无能了。我没有替任何人做过任何事，真还不如没有生到世界上来呢。他的父母都已经死了，过不了多久，他自己也不会有谁还记得了。也许这时候他并不害怕被罚入地狱了，甚

288

至连死时的痛苦也置之度外了，他只感到一件事——对自己极其失望，因为他一事无成，只能空着手去见天主。在死前这一刻，他好像认为这些年如果想当圣人也并不是多么困难的事，只需克制一下自己，再添加一点儿勇气就够了。他像是已经与幸福约好在某处会面，但因为只差几秒时间，就失之交臂了。一切都已到尽头，这时候他才知道，最重要的只有一件事——当个圣人。

第四部

费洛斯太太躺在旅馆炎热的房间里的一张床上，听着河上一艘轮船在鸣汽笛。她看不到任何东西，因为额头上盖着一块浸着花露水的手帕，连眼睛也遮住了。她急促地喊叫自己的丈夫："亲爱的，亲爱的。"但是得不到回答。费洛斯太太觉得自己已经被活埋在一个大铜墓穴里，拱形的屋顶下，只有她同两个枕头。她又一次气急败坏地喊叫"亲爱的"，等着丈夫回答。

　　"你在叫我，特莉克斯？"费洛斯上尉问，"我睡着了，正在做梦……"

　　"你在手帕上再洒上点儿香水，亲爱的。我的脑袋痛得像要裂开似的……"

　　"好的，特莉克斯。"

　　他把手帕从妻子头上拿下来，他看上去苍老、疲惫，一副无精打采的样子——他是没有个人爱好的人。费洛斯上尉拿着手帕走到梳妆台前边。

"不要太多，亲爱的。不知道什么时候才能再买到一瓶呢。"

费洛斯上尉没有答话。妻子又厉声说："你听见我说的没有，亲爱的？"

"听见了。"

"这些天你老不爱说话。你不了解一个人害病、感到孤单是什么心情。"

"好了，"费洛斯上尉说，"你知道我为什么不爱说话。"

"咱们不是已经说定不再谈那件事了吗，亲爱的？咱们不能总是哭丧着脸啊。"

"是的。"

"咱们自己还得活下去呢。"

"是的。"

他走回到床前边，把手帕蒙在妻子眼睛上。这以后他坐在一把椅子上，把手从蚊帐下面伸进去，摸到妻子的手。这对夫妻像两个在陌生城市走迷了路的孩子，失去大人照管，叫人看着非常古怪。

"你弄到船票了没有？"妻子问。

"弄到了，亲爱的。"

"过一会儿我就得起来打点行李，可是我真头痛得厉害。你告诉他们来取箱子了吗？"

"我忘了。"

"你真应该记着点事。"她耷拉着脸有气无力地说，"没有谁管咱们的事了。"这句本不应该说出来的话一出口，两人顿时都沉默住。上尉突然转过话头说："今天城里乱哄哄的，人们都很激动。"

"是不是又闹革命了？"

"啊，不是。他们抓住一个神父，今天早上这个可怜鬼就要被处决。我怀疑是不是珊瑚——我是说是不是在咱们家躲藏过的人。"

"不太可能。"

"是不可能。"

"神父多得很。"

上尉放开妻子的手，走到窗户前边向外面张望。河上停着几艘船，石栏圈起的一个小公园里矗立着一座半身雕像，到处栖息着兀鹰。

费洛斯太太说："回到家乡就好了，有时候我真怕死在这个地方。"

"你当然不会死，亲爱的。"

"人都要死的。"

"是的，谁都会死。"他忧郁地说。

"亲爱的，你又来了，"费洛斯太太厉声说，"你答应过我。"她长长地叹了口气说，"我这可怜的脑袋。"

"你要不要吃两片阿司匹林？"

"我不知道把阿司匹林放在哪儿了。好像什么东西都不在原来的地方了。"

"要不要我出去给你买几片？"

"不要，亲爱的。你把我一个人搁在这儿我受不了。"她开始故作高兴的样子说，"我想咱们回家以后我的病就会好的。我可以找一个正经大夫。有时候我想我的病不仅是头疼，我告诉没告诉你诺拉给我写的信？"

"没有。"

"把我的眼镜给我，亲爱的，我给你念信上关于咱们的一段。"

"眼镜在你床上呢。"

"啊，在这儿呢。"一条帆船解开缆绳，在水流迂缓的宽阔河道上向大海缓缓漂浮过去。费洛斯太太得意地读道："'亲爱的特莉克斯，你一定非常难过，那个流氓……'"她突然停住，"啊，是的，下面她在信上还说，'在你和查理找到住所以前，你们当然应该在我们家住些天。如果你不介意住一幢半连的房屋……'"

费洛斯上尉突然粗声粗气地说："我不回去了。"

"'房租一年只要五十六镑，不包括水电。女仆另有一间单独的洗澡间。'"

"我想留下不走了。"

"'带烧饭和取暖的炉子。'你在说什么，亲爱的？"

"我不回去了。"

"这件事我们已经谈过多少次了，亲爱的。你知道，要是再待下去，我非死在这里不可。"

"你用不着待在这里。"

"可是我不能一个人走啊，"费洛斯太太说，"诺拉会怎么想？再说……哎，这真是太荒谬了。"

"男人待在这里可以有事干。"

"什么事？摘香蕉？"费洛斯太太说，她冷笑了一声，"再说，你对干这种事也不怎么在行。"

费洛斯上尉怒气冲冲地转身对着妻子。"你就不在乎，"他说，"自己走了，把她留在这儿……"

"那次不是我的错。如果你那天在家……"她在蚊帐里蜷着身子，开始哭起来。她说："我再也不能活着回去了。"

他无精打采地走到床前，再一次握起她的手。这也不起作用，两个人都被抛弃了，他们必须相互扶持。"你不会把我抛开的，是不是，亲爱的？"她问。屋子里飘溢着浓郁的科隆香水味。

"不会的，亲爱的。"

"你知道那会多么荒谬吗？"

"知道。"

他俩一言不发地坐了很久。室外初升的太阳越爬越高，直到把屋子晒得闷热难当。"亲爱的。"费洛斯上尉喊了一句。

"什么？"

"我想知道你在想什么。"

"我在想那个神父。一个奇怪的人，爱喝酒，我不知道是不是他。"

"如果是他的话，落到今天这个下场倒也没有冤枉他。"

"叫我感到奇怪的是——后来她的行为——仿佛他跟她说了什么似的。"

"亲爱的，"费洛斯太太躺在床上吃力地对丈夫说，"你答应过的。"她的语气很严厉。

"真对不起。我没想说，可它总是出现在我脑子里。"

"你同我还一直在一起呢，亲爱的。"费洛斯太太说。为了躲开室外刺目的光亮，她把用手帕盖住的脑袋侧过来。诺拉的信在枕边窸窣地响了一下。

坦奇先生正俯在一个搪瓷洗手池上用一块粉红色的肥皂洗手。他用蹩脚的西班牙文说："你用不着害怕，要是觉得疼就立刻告诉我。"

警察局长的屋子已经改装成一间临时性的牙科诊室。当然了，为此已经花了大量金钱，包括把坦奇先生本人以及他的整个诊所搬运到这里——一把病人治牙时的坐椅同各式各样的神秘的木箱。木箱看样子除了稻草没有装很多东西，但是回去的时候就多半不是空的了。

"我的牙已经疼了几个月了，"警察局长说，"你想象不出有多疼……"

"你真应该早一点儿请我来。你的一嘴牙都糟朽了。没得齿槽脓漏算你运气。"

坦奇先生洗完手，突然拿着毛巾站着发呆，想一件事。"怎么回事？"警察局长问。坦奇先生一下子醒悟过来，赶快走到器械柜前进行准备，把大大小小几根钻针摆成一排，这些金属物会叫人疼晕过去。警察局长望着这排牙钻忐忑不安。他说："你的手在发抖。你有把握今天早上能做手术吗？"

"我消化不良，"坦奇先生说，"有时候眼睛前面晃动着一大堆黑点，就像戴着面纱似的。"他把一根钻针安在钻头上，把钻臂弯过来。"来。张开嘴，尽量张大一点儿。"他把纱布卷塞进警察局长嘴里，说："我还没看见过谁的牙像你这么坏呢。只有一次……"

局长呜呜地说了句什么，只有牙医才听得出他提出的含混不清的问题来。

"那个人不是病人。我希望有谁治好他的病。你不是也为这里的人民进行治疗，用枪弹，是不是？"

他一边鼓捣局长的病牙，一边不住口地讲话。这是从他在英国绍森德行医时候起就采取的办法。他说："我坐船到这里来以前发生了一件没有想到的事。收到了我妻子的一封信。我没有得到过她的任何消息，差不多已经——啊，已经二十年了。突然间，没料到，她……"他把身体弯近了一些，拼命用钳子撬一颗病牙，疼得局长双臂抽搐，呻吟出声来。"先漱漱口。"坦奇先生说，开始一本正经地固定钻针。他又接着说："刚才我说什么啦？啊，说我妻子。她好像参加了什么宗教团体。牛津的哪个教派。她到牛津去干什么，我真奇怪。她在信里说她已经原谅我了，打算走一下法律手续。跟我办离婚，我是说。哼，原谅我了！"坦奇先生一边唠叨他的事一边前后看了看这间丑陋的屋子。他的手搁在牙钻上，又陷入沉思里。他打了一个嗝，用一只手捂着胃部，按了又按，想摸到那一直折磨着的隐痛。警察局长精疲力竭地往椅背上一靠，一直张着大嘴。

"一会儿犯，过一会儿又好了，"坦奇先生忘记了刚才在说什么，开始谈起自己的胃病来，"当然了，这病算不了什么，只不过是消化不良。可是我却被它拴住了。"他皱着眉头盯住局长的嘴往里面看，倒好像在那些龋齿中间藏着一颗水晶石似的。过了一会儿，他仿佛费了好大力气才打起精神，身体向前倚了倚，把牙钻的钻臂拉过来，一只脚踩动踏板。牙钻开始转动起来，吱吱吱吱地转个没完没了。警察局长全身绷紧，使劲握住椅子扶手。坦奇先生的一只脚上上下下颠动。警察局长喉咙里发出奇怪声响，挥着两只手。坦奇先生说："攥紧扶手，攥紧扶手。只有一个小角了。这就完。好了，下来了。"他停住机器，喊道，"天啊，怎么回事？"

他把警察局长抛下不管，走到窗户前边向外观望。外边院子里一小队警察已经把枪支从肩上放下。坦奇先生一手捂着胸口，抱怨说："又发生革命了？"

警察局长用手把身体支起来，吐出嘴里的纱布卷。"当然不是，"他说，"正在处决一个犯人。"

"犯了什么罪？"

"叛国。"

坦奇先生说："我一直以为你们是在山上坟场执行枪决呢。"这是一件很可怕的事，但他又被吸引住，不肯离开窗户。过去他还从来没有看见过枪毙人的场景。他同那些兀鹰一起注视着下面刷着白灰的院墙。

"这回最好不在那边执行。有人可能要示威抗议。这里的人非常无知。"

一个小个子男人从一扇房门被带出来，两名警察押着他。看得出来他尽力表现出从容镇静的样子，只是两条腿却不能完全听他控制。警察把他推搡到对面院墙前边，一名警官在他头上系了条手帕蒙住他的双眼。坦奇先生想：我知道这个人。天啊，有没有办法救救他？他好像正在看着一位邻居在挨枪子。

警察局长说："你在等什么？我的牙已经进凉气了。"

当然没有办法救他了。一切都按照程序迅速进行着，警官退到一旁，来复枪端平，小个子男人双臂突然抽动了几下。他想说一句什么。临死前人们习惯会喊一句什么话？但也许他的嘴太干，发不出声音来了。他含混不清地似乎只说了一个词，听上去像是"原谅"。枪声齐鸣，把坦奇先生吓得一哆嗦。轰隆隆的声音似乎在他的五脏六腑里震动着，他感到一阵恶心，闭上了眼。这以后又有单独一声枪响。他睁开眼，看到一名警官正往枪套里装手枪。那个身材矮小的人已经蜷缩着瘫倒在墙前边，这也是固定程序之一。他已经失去一切意义，只等着被清理走了。果然，两个罗圈腿的人很快走了过去。这是个斗牛场，牛一旦被杀死，一场热闹也就过去了。

"哎哟哟，"警察局长在椅子上呻吟着，"疼死我了，疼死我了。"他请求坦奇先生赶快把手术做完，可是后者站在窗户前边却陷入沉思里，一只手仍然机械地摸着胸口寻找身体里面的隐痛。他想起那个身材矮小的人在那个阳光耀眼的下午怎样从椅子上站起来跟着一个小孩走出镇外。那人的脸上当时流露着气恼和绝望的神情。他想起一只绿色的浇花用的喷壶、孩子们的照片和他给一副腭骨还没有做完的砂模。

"快给我补上。"警察局长乞求说。坦奇先生的目光转到盛在一个玻璃盘里的金子上。货币——他坚持要警察局长付给他外国货币。这次他一定要离开了，一去就不复返了。院子已经打扫干净，一个人正用铁锹撒沙子，倒像是在填平坟墓。但是这里并没有坟墓，而且连一个人影也看不见，坦奇感到一阵可怕的孤独，因为胃痛而弯着腰。那个身材矮小的人会讲英语，听他讲过他几个孩子的事。他觉得自己被人抛弃了。

"这一天终于来了，"那个妇女的声音里洋溢着胜利的喜悦，两个小女孩瞪着眼睛屏气凝神地听着，"一个伟大的考验他的日子。"就连男孩也表现出兴趣。他仍然站在窗户前边望着宵禁后黑暗的街道。这是这本书的最后一章了，在一本书的最后一章里总发生一些夹杂着暴力的事。也许人的一生也是这样——平凡单调，但到最后却发生一件激动人心的英雄事迹。

"当警察局长走进囚禁胡安的狱室的时候，他发现胡安正跪着祈祷。胡安一夜都没有睡觉，一直在为自己殉难做准备。他态度安详，甚至显得有些高兴。看见警察局长以后，他笑着问，是不是来带他去赴宴。警察局长迫害过不少无辜人民，但看得出，就是这个邪恶的人也被胡安感动了。"

男孩想，要是书后面写到枪毙人的事就有意思了。只要听到杀人，他就感到刺激。他急切地等待着那最后一声coup de grâce[1]枪响。

"他们把他带到监狱院子里，用不着捆住他的正在数念珠的双手。在走向行刑大墙前的短短几步路时，年轻的胡安是否回顾了一下他勇敢度过的几个幸福年头？是否记起他在修道院的日

---

1 法文，意为：（为解除对方临终痛苦的）慈悲的一击。

子，长老对他慈祥的训诫和塑造他人格的严格纪律？是否也记起他曾扮演罗马暴君尼禄，记起给老主教演过戏？如今不用扮演了，暴君就站在他身旁，他正置身于古罗马的斗兽场里。"

母亲的嗓音有些嘶哑。她很快翻了翻书，看看还剩下多少页。不值得留下再讲一次了，她加快速度继续读下去。

"走到大墙前边，胡安转过身开始祈祷——不是为他自己，而是为他的敌人，为面对他的一队可怜的印第安士兵，这些人是无辜的。他甚至还为警察局长本人祈祷。他举起系在念珠终端的小十字架，祈祷天主宽恕这些人，叫他们认识到自己的愚昧无知，最终把他们带到天国，正像迫害过基督教徒的扫罗[1]也能进入永恒天国似的。"

"他们的枪里装没装上子弹？"

"你是什么意思？什么叫'装没装上子弹'？"

"为什么他们不向他开枪，叫他停止祈祷？"

"因为天主没想叫他们这么做。"母亲咳了两声，接着读下去，"警官下令举枪。就在这个时候胡安的脸上现出崇敬和幸福的笑容，好像他见到天主正在张开双臂迎接他。过去他一直跟母亲和姐妹说，他有一种预感，自己会在她们之前先到天国去。他常常面带笑容地突然对那个善良、谨慎的家庭主妇说：'我到上面去打扫得干干净净等着你。'现在这一时刻果真来了：警官下令开枪，于是——"这时早已过了小女儿上床的时间，所以她读得特别快。一阵咳嗽把她的朗读打断了一会儿。她又重复读道：

1　扫罗曾迫害基督徒，但后来成了耶稣门徒。见《圣经·新约·路加福音·使徒行传》第9、10、21章等。

"开枪——于是……"

两个女孩子安静地并排坐着，看样子几乎已进入了梦乡。这是每本书中她们最不感兴趣的一部分，但是她们并没有表示不耐烦，因为前面她们已经听了很多有意思的事：课余演剧啊，初领圣体啊，以及第三章讲述胡安的姐妹要去做修女，同家人告别的动人情景。

"开枪，"母亲又重复了一遍，"于是胡安把双臂举过头顶，对着士兵同一排对着他的枪口英勇地高声喊：'主耶稣万岁。'话音刚落，他的身体已被密密麻麻的枪弹射穿。军官走到尸体旁边，弯着腰，用手枪对着胡安的耳朵又扣动一次扳机。"

窗边传来一声长叹。

"其实这一枪是多余的，这位年轻英雄的灵魂早已离开他尘世的躯体了。看到他脸上的幸福笑容，就是那些愚昧的士兵也知道现在他到什么地方去了。这一天，有一个士兵特别被他的表现感动，偷偷用一块手帕浸上这位殉教者的鲜血。后来这块手帕被切割成一百块，被许多虔诚教徒分藏起来。好了，"母亲很快地读完，拍了拍手掌说，"现在该上床了。"

男孩问："他们今天枪毙的那个人也是个英雄吗？"

"他也是。"

"他就是那个在咱们家住过的人？"

"是的。他是教会的一个殉教者。"

"他身上有一股怪味儿。"一个小女孩说。

"以后再不许说这种话了，"母亲说，"他可能成了圣人了。"

"咱们要不要替他祈祷？"

母亲犹豫了一会儿，说："也可以。当然了，在我们知道他是圣人之前，会先发生一件圣迹的。"

"他喊没喊'Viva el Cristo Rey'[1]？"男孩子问。

"喊了。他是个信仰坚定的英雄。"

"你是说把一块手绢蘸上他的血吗？"男孩子又接着问，"有没有人这么做了？"

母亲沉思地说："我相信会有人……吉米奈太太告诉我……我想要是你父亲给我一点儿钱，我就能弄到一块。"

"得花钱买吗？"

"不花钱怎么弄得到？不可能每个人都分到啊！"

"不可能。"

男孩坐在窗台上往外看，身后隐隐约约传来他两个妹妹上床时的窸窣声响。这使他又想到一件事——他们家里曾经住过一个英雄人物，虽然仅仅住了一天一夜。这是最后一个这样的人了。以后就不会再有神父，不会再有英雄了。他听着街道上传来皮靴走路的声音，感到无比气恼。平凡单调的生活叫他感到压抑。他从窗台上跳下来，拿起点在自己房间的蜡烛——扎帕塔、维拉、马迭罗和其他一些人都死了，是走过他窗外这样的人把他们杀死的。他觉得自己受了欺骗。

人行道上走过来的人是中尉，他走路时步履虽然轻快却又显露出他执拗的性格，好像每走一步路他都在说："我做了我已经

---

1 西班牙文，意为：基督君王万岁！

做的事。"他看到房子里那个擎着蜡烛的男孩不敢确定从前是否见过他。他对自己说："我还要为他，为他们这些孩子做更多的事，做许许多多事。他们的生活再也不会是我小时候那种情形了。"但不知为什么，他的喜爱扣动扳机的强烈感情却已经变得淡漠，甚至消失了。他对自己说，这没关系，早晚我还会变回来的。这就像对一个女人的爱似的，总是循环往复的。不会有别的原因，只不过当天早上已经得到满足，所以心中产生了一种满足感而已。他从窗户外边对男孩苦笑了一下，道了一句"晚安"。男孩的眼睛正盯着他的手枪套，这使他想起那天在广场上发生的事：他曾经让一个孩子摸过他的枪，也许就是这个男孩吧。他又笑了一下，摸了摸枪——为了叫孩子知道他还没忘记他。男孩皱起眉头，从护窗铁栏里往外啐了一口。他啐得很准，一口唾沫正好落在枪柄上。

男孩走过天井去睡觉。他同父亲住在一间小黑屋里，两人合睡一张铁床。他躺在床里边，挨着墙，父亲睡在外边。这样父亲晚一些上床睡觉就不至于惊动儿子了。男孩脱下鞋，在烛光下脱下汗渍渍的衣服，他听见隔壁屋子有人在祈祷。他感觉自己受了骗，非常沮丧，因为他失去了一件什么东西。他仰面躺在炎热中，凝视着天花板。他觉得除了他家开的店铺、母亲的朗读和在广场上的无聊游戏，这个世界好像什么都没有了。

很快他就沉沉睡去。他梦见那天早上他们处决了的那个神父还在他家里，穿着父亲借给他的衣服，僵直地停放在一张床上，等待埋葬。他自己坐在床边。母亲正读一本厚书，描述神父怎样给主教演戏。他扮演的是尤利乌斯·恺撒。母亲脚下摆着一个盛着鱼的筐子，鱼包在母亲的手帕里正在流血。他听着母亲朗诵非常厌倦，累得要命。一个人正在过道里一具棺木上敲钉子。突然，死了的神父向他眨了眨眼。他看得很清楚，神父的眼皮在眨动。

他从梦中醒来，听见有人在敲街门上的门环。父亲不在床上，旁边一间屋子里一点声音也没有。他大概已经睡了好几个小时了。他躺着听了一会儿，心里有些怕。整幢房子一点响动也没有。最后他还是不太情愿地把脚伸到地上，多半是父亲被锁在门外了。他点着蜡烛，披上一条毯子，又站着听了一会儿。也许母亲听见有人敲门也会起来，但是他知道开门是他的职责，因为家里现在只有他一个男人。

他慢慢走过天井，向大门走去，要是那个中尉因为他吐唾沫回来找他算账怎么办……他打开沉重的大铁门上的门锁，把门拉开。街上站着一个陌生人，身材瘦长，嘴角上挂着一丝愁容。这人提着一只小旅行箱。他说出孩子母亲的名字，打听这位太太是不是住在这里。是的，她住在这儿，孩子说，可是早已上床了。他开始关门，但是一只尖头皮鞋把门挡住了。

陌生人说："我是坐轮船从那条河上过来的，刚刚上岸。我想也许……我带着这位太太的一个好朋友写的介绍信。"

"她已经上床了。"男孩重复道。

"要是你能让我进去。"那人笑着说。他的笑容下面流露出几分惊惧，叫男孩感到有些异样。突然，他把声音降低说："我是个神父。"

"你？"男孩惊叫道。

"是的，"那人轻声说，"我的名字是——"但是这时候男孩早已把门打开，在那个人说出自己的姓名前，他已经把嘴唇贴在陌生人手上了。

导读：被抛弃的与被拯救的

赵 松

　　1938年的春天，热衷冒险的英国作家格雷厄姆·格林终于说服自己的出版商（英国朗文和美国维京），支持他去墨西哥考察"自伊丽莎白在位以来最残酷的宗教迫害"。这次特殊的旅行，跟两年前他经历的一个事件有关——在与特罗洛普神父就无神论进行了几次激辩之后，他"开始相信确实可能有某种我们可称之为天主的存在"，于是就怀着"一种阴沉沉的忧郁""根本就没有什么喜乐的成分"，做了有生以来首次总告解，并受了洗。不过他这样做也还有个现实目的，就是能娶那位身为天主教徒的女人为妻。当然，他之所以如此努力实现此行，也跟其性格有关，用厄普代克的话说，就是他的性格里"有一抹禁欲苦行、不计后果和蔑视生命的色彩，他多次投身轻率的冒险，1938年的墨西哥之行就是典型的一次"。

　　在墨西哥的那两个月里，有五个星期他独自考察了宗教迫害影响最为严重的两个州：塔巴斯科州和恰帕斯州。但总的来说，这个国度给他留下了极为糟糕的印象。以至于后来，他在以此行为素材写的那本游记《不法之途》（The Lawless Roads）里，充斥着对墨西哥风土民情的各种憎恶，从吃住条件、景观、纪念品到人，无一不令他痛恨不已。当然，作为将写作视为人生第一要务的作家，这些事情倒是丝毫没有影响他最终实现此行的真正目的——写出长篇小说《权力与荣耀》，而且在此次墨西哥之行中，他已搜集了太多的与神父丑闻有关的故事素材。

这部为他赢得广泛赞誉的杰作，既是其所有作品中最为重要的一部，可能也是写得最为艰难的一部。面对这部在其作品中唯一的主题先行之作，他要做的不仅是写出一部完美的小说，还要把其对人性、信仰与救赎的复杂思考自然地融入其中。据说在写作此书的过程中，为了保持好的创作状态，他甚至经常要靠服用兴奋剂来提神，其面对的写作难度可想而知。读了这部小说就会知道，能在如此精密的结构中将文体把控得这般出色，能对各种人物的灵魂世界做到这等深度的挖掘，他又怎么可能不殚精竭虑到备受煎熬的地步呢？

小说的主要背景地是墨西哥南部那座海边小城，放在整个墨西哥大地上，它不过是个斑点般的存在，与其民众一样微不足道。在那弥漫着死亡气息的寂静中，在兀鹰冷漠的眼睛里，那些麻木的面孔上看不到丝毫希望的痕迹。这当然可以归因于20世纪20年代《卡列斯法》的严酷施行，政府对天主教组织的迫害引发的武装起义——尽管1929年随着反政府游击队的战败和外部政治力量的调停，这场冲突表面上暂时解决，可实际上政府对天主

310

教徒的迫害和反政府恐怖袭击一直持续到20世纪40年代。但在格雷厄姆·格林眼里，这些事件不过是海面上的惊涛骇浪和狂风暴雨，他真正要探测的，是海面下那属于人的灵魂的领域。我猜，当那个无名神父被枪决的一幕写完后，那个弥漫着死亡气息的世界，那些深陷贫困与绝望的普通人，那些被命运抛弃的异乡人，那些在痛苦中难获解脱的灵魂，那种令人窒息的气氛仍会长久地留在他的脑海深处……身心俱疲的他，应会有种从深渊里脱身而出并像那位神父一样获得了自我救赎的感觉。或许，他会怀着深切的怜悯与宽恕之情，去重新回望那个世界。

从逃亡到灵魂获得拯救，堕落的人要走多远的路？

《权力与荣耀》的主要情节并不算复杂。其叙事主线，即在政府严酷迫害天主教组织期间，一个无名神父在逃亡八年的最后阶段所经历的一切，尤其是精神层面的迷茫、绝望与最后的嬗变。虽然几次逃脱追捕，但这一切也给他带来了精神的崩溃。一路上，他未能尽其神父的职责，信念发生动摇，还时常犯戒饮酒……"他就游荡在地狱的边缘"，他之所以还活着，还在逃亡，除了出于求生本能，还因其自认堕落有罪，"既不够好，可以上天堂，也不够坏，要被打进地狱"。作为神父，虽然他在美国接受过教会的培训，但在宗教学识修养上乏善可陈。在逃亡中他曾被警方捕获并关入监狱，却又因此获得了某种精神启悟，并意外获释。当他得到好人帮助并被虔诚信徒资助，即将前往希望之地时，思想上的变化却让他明知有被出卖诱捕的可能，仍坚持赶往危险之地为那个美国逃犯做最后的告解。最后，他自投警方布下的罗网，并以叛国罪被执行了枪决。

真正复杂的，是他的心路历程。这也正是格林重点着墨的核心部分。这位无名神父在当地天主教组织里只是个无足轻重的小角色，普通人有的缺点他都有，懦弱，怕死，缺乏意志力，无主见，也曾贪恋物质享受，屈从于欲望，甚至到了临刑前仍会发生信念动摇，去琢磨政府为什么不能像对何塞神父那样给他还俗拿政府养老金的机会。在逃亡中，真正令他备受煎熬的，其实并不是千辛万苦和死亡的威胁，而是对于得到宽恕的无尽渴望——与此相比，无论是生还是死，都已不重要。

他的觉悟是缓慢发生的。一方面是在自认堕落有罪的痛苦中，他意识到，其神父的职责与他这个人的缺陷是可以分别对待的，"我虽然是个懦夫，还有种种缺陷，但却不影响我履行自己的职责。我同样还能把圣体放在一个教徒口中，同样能使他得到天主的恩赦。即使我们教会中每个神父都是像我这样的人，于整个教会也丝毫无损"。这种意识之所以关键，在于他明白了神父的真正职责——只是上帝与人之间的通道，而不是某种特殊权力的化身，只要能把上帝之爱——怜悯与宽恕传达给世人，让那些有罪之人的灵魂获得救赎，那不管他是否堕落有罪，都是称职的。而且，他跟所有人一样，有权力获得宽恕与救赎。

另一方面，在逃亡中，尤其是他初入监狱的那个夜晚，在那种极其肮脏、绝望的环境里，他不仅意识到那种习惯性的虔诚信仰的无效，能在暴露人的原始欲望的事情里发现属于人性的美，更重要的是，那些普通人给予了他无私的帮助，即使面对悬赏诱惑和杀头的威胁，他们也不出卖他这个一无是处的神父……还有无神论者少女珊瑚以及路德派的雷尔兄妹对他的热情帮助，让他从这些普通人身上发现了人性善的光亮。在他的认知里，这微弱的光亮，不仅仅是黑暗人世的希望所在，还让他深切地意识到，怜悯与宽恕只有在属于所有人的情况下才符合上帝之爱的本旨。

尽管在这个觉悟的过程中他也会时有迷茫，"事实是，一个人常常不是明明白白地有两条路可供选择，一条路好走，一条路难走。有时候他只是身不由己地走上这条或那条路"。可是，当他把这种怜悯与宽恕给予了那个为了获得赏金而出卖他的混血儿，也给予了那个手上沾满鲜血的美国逃犯——甚至明知是警方设下的诱捕圈套，他仍坚持去为这个重罪之人做最后的告解。从表面上看，他愚蠢地做了件毫无意义的事——那个逃犯在临终时拒绝了他提供的告解帮助——并因此被警方逮捕而被枪决。但实际上，他正是以这种方式，传达了他对耶稣与犹大关系的精神领悟，也让自己通过彻底无条件的怜悯与宽恕，从堕落的谷底升至殉教的峰顶，完成了自我灵魂的救赎。面对行刑队，他尽管仍有悔恨，却不再畏惧，死得坦然平静。他走了那么多的弯路，经历了那么多的磨难煎熬，终于找到并穿越了耶稣所说的那道"窄门"。

一场没有胜利者的对决与改造社会的迷途

在《权力与荣耀》里，那位负责抓捕行动的警察中尉像死神一样对神父穷追不舍，甚至采取毫无人性的残暴手段——对神父可能去过的每个村庄都抓一个人质，如果神父去过却没人举报，就杀掉人质。作为反对天主教的坚定无神论者和对社会改良怀有狂热理想的人，这个中尉在小说里是个独特的存在，也跟神父构成了耐人寻味的对应关系。与神父的那种堕落状态相比，有时他反倒更像个标准的神父，在生活中非常自律，没有任何不良嗜好，一心要推动社会改良和进步。如果说神父直到最后才觉悟自己应尽的职责可以不受堕落之罪的影响，那么这位中尉从一开始就清楚其职责所在，并始终冷酷无情地加以落实，甚至不惜杀害无辜。但是，当他终于抓到神父之后，他并没有胜利者的喜悦，反而"觉得生活再没有什么目的，生命已经没有意义了"。

格林在小说中设置中尉这个人物，当然是有深意的。通过中尉的言行，他或许在暗示：政府严酷推行的对天主教组织的打击迫害，终归是服务于巩固权力的政治意图，这场惨烈斗争的真正受益者是权力的掌控者，而不是广大民众。因此这场代价巨大的冲突跟历史上那些政教之争并没有本质的差别。而具体到那位中尉身上，格林还揭示了一个发人深省的事实：即便是那种满怀社会理想、有强烈道德感和自我约束力的人，同样可能做出残酷的恶行。中尉也有同情心，会帮助弱者，甚至不惜冒着犯法风险，要帮助他所痛恨的那位无名神父实现临终告解的愿望……甚至他也会对自己所做的一切产生某种怀疑。但是，所有这些仍不足以遮掩在其内心深处与理想主义并存的那种狂热里的反人性因素。

也正是与中尉这样的人相比，那位神父虽然有种种缺点，却在逃亡的绝望中仍然保有其人性，并渐渐在其后来的言行中焕发出觉悟者才有的非凡光芒。中尉可以剥夺神父的生命，却无法剥夺神父的人性之光。尽管中尉出于意识形态上的立场，无法理解神父的想法与行为，但他在与神父的接触交流中，已经逐渐意识到了点什么，只是不想去厘清缘由而已。因为他可能也清楚，要是真的把整个事件里的各种因素都思考清楚，他所做的一切的合理性都有可能是站不住脚的。

当然，格林将中尉与神父作为主要矛盾对应关系来推动整个小说的进程时，其更深层的意图，或许就是试图传达这样的判断：不管是什么样的理想，社会的、政治的或宗教的，如果背离了人性因素，如果沉湎于权力的维护，都将不可避免地走向真正的邪恶深渊。身处两次世界大战之间，他显然已在这个世界上看到了太多的邪恶与黑暗，不管那些造成恶果的人如何为其行为声张何种理由，都不可能改变其行为的反人性本质。或许，对格林来说，人是难免会有罪过的，甚至欲望与罪过原本就是人性的一部分，但在人性里还有更重要的东西，就是由怜悯与宽恕构成的人性之光，不管这光有多么的微弱，也是那些仿佛罩着万丈光焰却行反人性之事的各种主义所无法比拟的，而不管是什么样的社会，如果没有基于人性的怜悯与宽恕，都有可能变成地狱。

那些被命运抛弃的挣扎在边缘的异乡人

在《权力与荣耀》里，还有一些值得注意的边缘人。比如开篇出场的那位来自英国的牙医坦奇，一个没有信仰、没有理想、专业技艺也不精湛、活得浑浑噩噩的人。没人知道这个英国人为什么会出现在这个墨西哥小城里，没人知道他经历过什么，为什么会陷入这样的一种既没有过去也没有未来，当下又毫无意义的生活困境里。跟他遇到的那位逃亡中的神父相比，他所受的是另一种无法言明的煎熬——尽管似乎并没有什么罪过，却全然就是个活死人。

还有那位同样来自英国的以经营香蕉园为生的费洛斯上尉，他出场时表现出来的那种乐观精神掩盖不了其尴尬的处境，妻子久病在床，香蕉生意也没能给他带来多少财富，从表面上看似乎比那位牙医的情况要好一些，至少他还有妻女为伴，实际上他也没有信仰和追求，甚至都没有什么个人爱好。从他的言谈中能略知的一点信息或许可以作解释其状态的佐证，他经历过第一次世界大战的惨烈，是作为幸存者来到这个陌生的国度的，是那场战争把他的精神世界打得粉碎。另外一对边缘人就是曾给过神父帮助的雷尔兄妹，他们是德国的路德派信徒，却来到了墨西哥这个天主教国度，也见证了政府对天主教组织的打击和迫害。

热衷于在世界各地游历冒险的格林，对这些被命运抛弃、流落异乡并挣扎在边缘的普通人是熟悉的。他不仅能对他们的艰难困境感同身受，还能深刻洞察他们内心世界里的煎熬与虚无。他们与世无争，与所在的社会也没有密切关系，举目无亲，也没有朋友，他们的过去无疑都已被命运剥夺殆尽，而他们的现在也没能聊以慰藉的东西。与神父那种备受煎熬的逃亡者相比，与那些在贫困中饱受苦难的当地民众相比，他们所承受的是无法描述的别样苦难，他们有的只是没有未来和希望的煎熬。

在格林冷峻的笔调里，其实不难看出他对这些人的深切同情。谁能拯救他们？或许，在他那里，答案就是希望他们内心深处那尚未泯灭的人性之光能延续下去。比如在小说的最后，他让牙医坦奇在内心挣扎纠结中开始给家乡的妻子写信，尽管根本不知道她是否还在人世，也不知道这封信能否抵达她那里。比如那位费洛斯上尉最后也动了重返家乡的愿望，以及他基于他们夫妻被命运抛弃的事实坚定地跟妻子相依为命。

正是这些表面上看起来无关紧要的边缘小人物的独特存在，让这部小说拥有了更为丰富的层次和内涵。或许在格林心里，尽管他们没有信仰，也没人知道他们曾做过什么，却仍然有权利获得同等的怜悯与宽恕，以自己的方式完成自我的救赎。否则，这个已经过于黑暗的世界就太没有希望了。当然，若是他从作家的角度来看他们，以及这部小说里所有人物的命运和遭遇，可能答案是相反的：这个世界其实早就没什么希望可言了。无论如何，这些生命都会消失的，在没有希望也没有意义的残酷世界里，可能永远会存在的，倒是那些始终冷漠地等待着尸体出现的兀鹰。

作为现代小说史上重要的大师，格林的非凡才华在《权力与荣耀》里发挥得淋漓尽致。厄普代克准确地点出了格林在这部小说里对电影技法的借鉴运用："同时身为影评家的格林在三十年代看过大量的影片，他笔下的场景描写斩截突兀、极具电影感，充满超群、巧妙的形象。"格林在小说里做场景呈现与转换时，确实都非常有电影感，经常能以类似于各种镜头远近及角度变换的手法，让人感觉到电影里才会有的画面展开与切换的效果。但他清楚，要想写好这部探索人物灵魂世界的小说，尤其是能更深入地呈现神父等主要人物的内心世界，仅靠这些极具视觉感的电影手法是不够的，因此他还做了相当多的心理描写，并在整体结构与叙事方式上都做出了相应的配合设计。

这部小说在整体结构上其实有点像一颗洋葱，整个情节的推进与展开就像是从外向内逐渐剥开的过程。从表面上看，神父的逃亡过程贯穿了小说的始终，但整个叙事的方式却并非线性的。就像我们把这个洋葱纵向切开，所看到的将是一个个圆环般的存在，而格林对这部小说的叙事采取的就是逐层圆环式的。

这种圆环式叙事，有以人物为衔接点的，比如开篇时是神父与牙医坦奇相遇，到小说的最后则是坦奇目睹了神父被枪决的场景。再比如神父在费洛斯上尉的女儿珊瑚的帮助下逃脱了警察中尉的追捕，到小说即将结尾时出现的则是费洛斯上尉夫妇的涉及是否返乡的对话。还有神父在第二部里遇到的那个混血儿，最后又是这个家伙为了赏金帮助警察诱捕了他。甚至包括在最初接待过神父的那户人家，在小说末尾时那个小男孩在深夜里开门见到的又是个神父，这种首尾呼应的场景也为这部小说的圆环式结构提供了别样的维度。

而这种圆环式叙事的另外一种呈现方式，则是以空间为衔接点完成的。比如那座肮脏的监狱，既是神父的觉悟之地，也是他生命最后时段的寄居之地。再比如费洛斯上尉的家，神父曾在那里得到救助，后来他再次回到了那里，见到的却是所有一切的消失。还有那个荒凉的印第安人村落，既是神父得以逃离险境的最后一站，又是他最终被警察诱捕的终点站。正是这些由人物与空间所构成的多重圆环叙事，让整部小说有了非常丰富的层次感——每个叙事圆环在展现的过程中就像石头投入水面后产生的圆形波纹，它向四周荡开，然后碰到了另一个波纹，就这样，一圈圈波纹相互荡动、此起彼伏，营造出能让小说整体既充满张力又富有空间感的叙事效果。

格林还是个擅长以简练的白描手法营造气氛的高手。关于这一特点，我们只需要引用一下小说开篇那段文字就足以证明了：

坦奇先生到外边去想给自己弄一罐乙醚，他走到了墨西哥炎炎的赤日下和白热的尘沙中。几只兀鹰用鄙视的眼神从屋顶上冷漠地看着他：他还没有成为一具腐尸。坦奇先生心中隐隐地感到一阵厌恶，他用几乎开裂的手指甲从路面上抠出一块土块，有气无力地向那些兀鹰抛去。一只兀鹰扑扇着翅膀飞走了。它从小镇上飞过去，飞过一个小广场，一座曾经当过总统和将军的某位历史人物的半身雕像，又飞过两个卖矿泉水的货摊，一直向河口和大海飞去。它在那里是找不到什么东西的，鲨鱼在那一区域也在寻找腐烂的尸体。坦奇先生继续往前走，越过小广场。

兀鹰在搜寻着猎物和腐尸，以及"他还没有成为一具腐尸"这句话，其中透露出来的死亡气息，为整部小说的追捕与逃亡过程奠定了气氛的基调。当我们追随着神父那逃亡的脚步，从这里到那里一圈又一圈地艰难辗转，在感觉到死亡气息正不断弥漫的同时，还能在神父反省悔过的过程中觉察到那种从微弱到明显的罪与悔、怜悯与宽容、人性与神性交织的气息，以及尽管模糊却足以动人的爱的气息，它们就像微弱的光，不时地穿透死亡的气息，轻轻触及人的内心深处……它可能是神父想起自己那个私生女时的闪烁眼光，可能是他在临刑前的内心宁静，也可能是他在那个出卖他的混血儿面前吹过的口哨声——那是他早年在乡间听来的民歌曲调，它属于他自己那已接近获救的灵魂，也属于所有那些被世界和命运抛弃了的灵魂。当然，其中还隐含着属于他的荣耀，与那段曲调所对应的歌词是这样的：

我在田野里看到一株玫瑰花。

2022年2月6日于上海